지금 죽으러 갑니다

지금 죽으러 갑니다

정해연

황금가지

차례

1. 죽다

1. 태어나지 않았으면 차라리 좋았을 인생.

생각해 보면 단 한 번도 살아야겠다고 느낀 적이 없는 인생이었다. 죽음이라는 소명을 받고 태어난 것처럼, 죽기 위해 살았던 적도 있었다. 가끔 태성은 주변 사람들에게 묻곤 했다.

당신의 첫 기억은 뭡니까?

분명 태어난 시, 분, 초가 있다면 인간에게는 각기 다른 첫 기억이 있을 터였다. 그러나 명확한 답을 내놓는 사람은 없었다. 태성의 질문에 사람들은 기억을 더듬고, 과거를 훑고, 눈을 허여멀건하게 까뒤집기도 하다가 이내 고개를 좌우로 흔들면서 웃음을 터뜨리고는 했다.

이 세상에 태어나 첫 기억을 가진 사람을 태성은 지금껏 단 한 번도 만나 보지 못했다. 사람에게 첫 기억이 없다는 것은 늘 신기하고 이상했다.

다른 사람들과 다르게 그는 자신의 첫 기억이 무엇인지 명확히 기억하고 있었다. 엄밀히 말해 그것은 첫 기억이 아닐지도 모르지만, 어쨌거나 태성의 머릿속에 있는 첫 기억이었다.

눈을 떴을 때 태성이 본 것은 하얀 천장이었다. 체리무늬가 그려진 하얀색 셔츠에 바지를 매치해 입은 여자가 팔에 뭔가를 감고 공기를 주입시키고 있었는데, 그 모습을 스윽 내려다보던 태성과 눈이 마주친 순간 기겁하며 어딘가로 달려 나갔다. 후에 그 여자가 간호사라는 것도, 공기를 주입하던 행위가 혈압을 재는 거라는 것도 알게 되었지만, 어쨌거나 그것은 꽤나 신선한 첫 기억이었다.

'사고'라고 했다.

태성에게 첫 기억이 병원 천장인 것도, 부모가 없는 것도 모두 그 '사고' 때문이라고 했다. 가끔 '사고'로 기억을 잃은 것이 아니라 애초에 스물다섯 먹은 정태성의 모습으로 병원 침대라는 자궁을 빌려 태어난 게 아닐까, 하고 생각한 적도 있었다. 그만큼 첫 기억 말고는 그가 가진 것이 없었다.

눈을 뜬 뒤 몇 가지 검사를 받고 병실로 돌아왔다. 6인실로, 침대 세 개가 출입문의 양옆으로 늘어서 있다. 태성은 출입문에서 가장 가까운 벽측 침대를 사용했다. 태성이 들어서자 TV를 보던 환자와 그들의 보호자 중 한 사람으로 보이는 여자가 돌아보았다. 눈이 마주쳤지만, 인사를 하기도 뭣해서 어색하게 웃고 말았다. 두 사람이 다시 TV로 고개를 돌렸다.

머쓱해진 기분으로 침대 위로 올라갔다. 문득, 침대 옆 벽에 붙은 거울이 눈에 들어왔다. 세면대 위에 달린 거울은 병실의 사용자들이 공동으로 사용할 수 있게 부착되어 있는 시설이다. 세면대를 사용하려는 사람들이 번잡하게 돌아다니는 공간에 누워 있어야 하는 것이라서 태성의 자리가 가장 인기가 없는 자리라고 했다.

태성은 침대에서 다시 내려와 거울 앞에 서서 얼굴을 찬찬히 뜯어보았다. 자신의 얼굴이라면 기억하고 있지 않을까. 하지만 거울 속의 얼굴은 낯설었다. 넓은 이마에 조금 진한 편인 눈썹. 균형 있게 자리 잡은 코 아래로 일반적인 것보다 조금 진한 인중, 그 아래의 얄팍한 입술. 피부는 흰 편이다. 잘생겼다고 보기에는 어렵지만 단정하게 생긴 편인 것 같다. 간호사들이 유난스레 친절을 베푸는 것을 보면 호감형이라고 평가받고 있을지도 모른다. 그는 거울을 보며 자신의 얼굴을 만져 보았다. 얼굴에 덮인 가면을 만지는 것처럼, 자신의 얼굴을 만지고 있는 것이라는 실감이 들지 않았다.

그래도, 이 얼굴 마음에 든다.

태성은 거울을 향해 검지를 뻗어 총을 쏘는 시늉을 했다.

그때 간호사가 문을 열고 들어왔다. 눈이 마주쳤다. 태성은 황급히 침대 위로 올라가 드러누웠다. 뭐야, 하는 얼굴로 간호사가 고개를 돌렸다.

* * *

양복을 입은 남자가 그를 찾아온 것은 첫 기억으로부터 며칠 뒤였다. 문이 열리고 검은 양복을 입은 남자가 들어왔다. 175센티미터쯤 되어 보이는 키에 잘 관리된 구두를 신고 있었다. 머리는 가르마 없이 빗어 넘긴 스타일이었는데 눈빛이 날카로운 편이었다.

남자의 구둣발 소리가 자신은 냉철하고 단호하고 정확한 사람이라고 말하고 있었다. 남자는 빠른 걸음으로 제일 안쪽까지 들어갔다가 도로 문 앞까지 나오며 침대에 붙은 이름을 확인했다. 그러다 뒤늦게 태성의 침대를 발견했다. 남자는 침대에 누워 있던 태성을 빤히 보았다. 태성은 엉거주춤 몸을 일으키고 앉았다.

"혹시 저를 아시나요? 제가…… 김태성이라고 하던데요."

"역시 기억이?"

"예. 하나도 안 납니다."

남자는 주민 센터의 생활복지과에서 나왔다고 자신을 소개했다. 경찰의 신고를 받고 찾아 왔다고 했다. 남자는 그가 앞으로 살아야 할 신분을 알려 주었다. 그 신분을 얻으면 일하지 않고도 한 달에 몇십만 원이 생길 거라고 했다. 설명을 마친 남자가 태성을 빤히 쳐다보았다. 남자의 기세에 태성은 뭔가에 이끌리듯 고개를 조아렸다. 감사합니다, 하는 말이 방귀처럼 입에서 비실비실 새어 나왔다.

"저기……. 혹시 제 가족은?"

그 물음에 남자는 답하기를 주저했다. 태성의 얼굴을 한번 보고는 잠시 고민에 빠졌다.

"담당 의사 선생님의 말씀으로는 깨어난 지 얼마 되지 않아 가급적 안정을 취해야 한다는군요. 퇴원 후에 찾아뵙지요."

그 말이 더 불안하다는 것을 남자는 모르는 것 같았다.

첫 기억이 병원의 천장인, 스물다섯의 정태성은 그날 남자의 말대로 기초 생활 수급자의 신분이 되었다.

남자가 나간 뒤, 풀린 휴지를 주섬주섬 되감는 것처럼 생각을 처음으로 돌렸다. 그리고 인간의 첫 기억을 수거하는 사람이 있는 것 같다고 생각했다. 이 세상의 모두가 첫 기억이 없다는 건 아무래도 이상한 일이 아닐 수 없었으니까.

남자가 태성의 기억 상자를 가지고 온 것은 그런 쓸데없는 생각들을 할 때쯤이었다.

모르는 것이 나올지도 모르지만 어쨌든 그것 역시 당신의 현실이니까.

그렇게 말하며 남자가 상자를 내밀었다. 남자가 돌아가고 나서도 태성은 한동안 기억 상자를 열지 못했다. 두려움 때문이었다.

한번 판 물건을 되돌려 받으려면 받은 돈을 환불해 줘야 하는 것은 경제의 기본적인 원리다. 기억을 누군가 가져갔다면 무언가를 분명 얻었을 것이었다. 기억을 되돌려 받는다는 것은 다시금 뭔가를 자신에게서 가져간다는 것이었다. 정체 모를 그것을 잃는 것은 두려웠다.

기억 상자를 연 것은 열흘이 지나서였다. 무언가를 잃기에 자신은 아무것도 가진 것이 없다는 것을 열흘 만에 깨달았다. 누군가 찾아오는 일도, 전화가 걸려오는 일도 없었다. 열흘간 그는 버려진 섬이었고, 병에 걸려 골칫덩이인 죽어 자빠진 고목나무였고, 유기견이었다. 두려웠던 기억 상자의 뚜껑을 연 것은, 그래서 잃을 것이 없다는 결론이 난 뒤의 일이었다.

기억 상자는 무겁지 않았다. 안에는 스크랩된 신문 기사들이 얌전히 자리잡고 있었다. 도둑질을 하다 걸린 부뚜막 위의 고양이처럼 날카로운 발톱을 숨기고 있는 것도 모르는 채 기사를 집어 들었다.

잠든 사이 피워진 번개탄, 살인인가, 자살 실패인가.

지난 4일 밤, 경기도의 한 아파트에서 신고를 받고 출동한 119대원에 의해 스물다섯 살 정 씨가 구조되었다. 신고자는 옆집의 노부부로 신음 소리가 나 복도에 나가 보니 정 씨가 쓰러져 있었다고 밝혔다. 당시 집 안에는 번개탄 5장이 타고 있었는데, 가스 냄새가 심하게 났다는 노부부의 진술을 토대로 경찰은 정확한 사고 경위를 조사 중에 있으며, 사고 전 정 씨와 함께 집 안에 있었던 것으로 파악된 정 씨의 부모 행방에 수사 초점을 맞추고 있다.

자녀 동반 자살, 부모의 이기심에 비난 잇따라.

자녀 동반 자살을 꾀하기 위해, 잠든 자녀 방에 번개탄을 피워 놓고 도주한 50대 부부를 긴급 체포하였다고 경기경찰서가 밝혔다. 사업 실패와 도박 빚으로 신변을 비관한 두 사람은 세상에 혼자 남을 무직자 아들을 걱정하여 아들이 잠든 사이 번개탄을 피워 놓았으며 자신들은 차량으로 이동, 경기도 외곽의 국도변에서 음독 자살을 시도할 계획이었으나, 죽음에 대한 두려움으로 주춤한 사이 아들 정 씨가 발견되어 시작된 조사에 의해 네 시간 만에 경찰에 붙잡혔다고 고백했다. 한편 일각에서는 동반 자살이 아니라, 자녀 살인 계획이 아니었는가 하는 의혹의 시선을 거두지 않고 있다. 전문가들은 부모의 신변 비관에 자녀들까지 죽음으로 몰아넣는 것은 극한 이기심이라고 보면서도, 이 사건이 단순히 자녀 동반 자살의 범주 안에 넣을 수가 있는가에 대한 사회적 고민이 필요하다고 입을 모았다. 경찰은 여러 가능성을 열어 놓고 수사할 방침이라고 밝혔다.

그 외에도 신문 기사들은 많았다. 같은 날짜에 발행된 다양한 신문이 같은 내용의 기사들을 앞다투어 보도했다. 그는 신문 기사 모두를 두 번씩 정독하고 나서야 깨달았다. 부모가 동반 자살을 하려고 했든, 살해를 하려고 했든 자신은 애초에, 살 이유가 없는 인간이었다. 죽여서라도 없애고 싶은 존재. 기억의 상자를 받은 날부터 그래서 그의 삶의 목표는 죽음이었다.

첫 시도는 창피할 만큼 유치하고 어이없게 시작되었고 창피할 만큼 빠르게 실패했다. 후에 생각하면 두고두고 얼굴이 빨개질, 두고두고 생각할수록 정말 죽어 버리고 싶어지는 부끄러운 기억이었다.

하이타이를 먹으면 죽어.

에이, 거짓말.

진짜라니까. 직빵이야.

기초 생활 수급자라는 신분으로 얻은, 조금만 기온이 내려가도 코가 얼고 입김이 보이는 허술한 방 너머에서 들린 집주인 할머니와 며느리의 그 말은 마치 주문과도 같았다. 밤의 불청객, 도둑고양이처럼 훔쳐들은 그 말은, 마치 애초에 그를 위해 준비한 말인 것 같은 착각을 불러일으켰다.

서울의 판자촌, 이름 그대로 판자로 만든, 어쩌면 서울에 살고 있는 사람들도 그런 곳이 있는지도 모를, 그런 곳에서 태성은 살고 있었다. 판자촌. 이곳은 서울 한복판의 오지였다.

이곳은 대기업에서 아파트 사업을 시작하면서 개발 구역에 들어갔다고 했다. 비워 준 사람도 있고, 다른 곳으로 이사할 수 있을 만큼 보상비가 나올 리 없으니 시위 아닌 시위를 하며 집을 못 비워 주거나 안 비워 준 사람도 있었다. 덕분에 바깥으로 나가 고개를 치켜들면 아파트가 보였지만 사방은 바람만 스쳐도 무너질 오래된 판자들과 흉물스럽게 버려진 폐가가 즐비했다. 길 하나를 사이에 두고 한쪽은 호화로운 도시, 한쪽은 버려진 섬. 기괴한 모습이었다.

사람 하나 지나갈 정도의 좁다란 골목을 따라 한참을 들어가면 태성의 방이 있다. 방으로 가는 골목 옆 벽에 'SE건설은 각성하라'나 '들어오면 박살!' 같은 엄청난 단어들이 빨간색 페인트로 아무렇게나 휘갈겨 있었다.

집이라고 이름 붙이기도 민망할 정도로 보일러 설비조차 갖추고 있지 않은 곳이었다. 집 안은 너무 추웠고, 움직이기엔 배가 고팠다. 움직이지 않으니 너무 추웠고, 속이 비어 더 추운, 악순환의 한가운데서 두 눈 벌겋게 뜨고 천장만 올려다보던 나날이었다. 한쪽 발을 삶이라는 웅덩이에 걸쳐 놓고 다른 한 발이 죽음이라는 늪으로 끌려가고 있었다. 그런 곳에 누워 태성은 스스로의 운명을 지켜보고 있었다.

하이타이.

태성의 눈에 불이 튀었다. 하이, 어서 와! 눈 안에서 뭔가의 손짓을 본 기분이었다. 언 것처럼 굳어 버린 몸을 일으켜 장판 아래를 뒤졌다. 1000원짜리 네 장이 흙에 가까운 먼지더미를 끌고 나왔다. 돈을 탈탈 털며 이 돈으로 그걸 살 수 있을까, 고민했다. 조금 들려서 걷은 티가 나는 장판을 발로 꾹꾹 눌러 놓고 일어났다.

그나저나 이 돈을 전부 써도 될까? 혹시 죽지 않으면 어떡하지? 만약 죽지 않으면 적어도 15일을 굶고 기다려야 다음 수급비가 나온다. 하이타이라는 것의 정확한 효력을 알지 못하니 함부로 돈을 쓰기가 어렵다.

어쩌면 살지도 모르는데.

태성은 꼬깃꼬깃한 지폐 넉 장을 내려다보았다. 한 번 눈을 깜박인 뒤 주머니에 쑤셔 넣었다. 단호히 문을 닫고 나섰다.

어차피 쓰지 않으면 누군가 가져간다. '누군가'라고 해 봐야 유력한 용의자는 베드로뿐이다. 이곳은 '완전'이라는 단어는 허용되지 않는 곳이었다.

완전한 내 공간도 없고, 완전한 내 물건이라는 것도 없다. 잠금장치 같은 것은 허울이었다. 물건이 없어지는 것은 흔히 있는 일이었다. 네 물건 내 물건 없이 나눠 쓰자는 미담 따위가 아니다. 현장만 들키지 않으면 상관없는 사람들이 많았다. 와중에 현장을 들켜도 아무렇지 않은 이가 있었으니 그가 바로 옆방을 쓰고 있는 베드로였다. 그는 최소한의 양심도 없었다. 돈을 장판 밑에 넣은 것도 그래서였다. 그래 봤자 계속 거기에 뒀어도 어차피 곧 들통날 투명 금고나 마찬가지였다. 베드로는 뒤지지 않는 곳이 없는 인간이다.

판자촌에서 나와 육교를 하나 건너면 작은 슈퍼마켓이 있었다. 신발을 꾸깃꾸깃 신고 밖으로 나서자 혹독한 겨울의 찬바람이 살을 베어 버릴 것 같았다. 촌놈은 서울에 오면 눈뜬 채로 코가 베이고, 판자촌 사람들은 추위에 발가락이 베여 나간다. 눈뜬 채로 코가 베이든 발가락이 베이든 사람들은 판자촌에 사는 생명체들을 아무도 상관하지 않을 것이다.

이곳은, 버려진 무인도다.

“춥다.”

뒷걸음질 쳐 다시 방 안으로 들어가고 싶은 유혹이 강렬했다. 하지만 하이타이라는 약물에 대한 유혹이 더욱 강했다. 그것만 있으면 평생(이라고 해 봐야 몇 년의 기억이 전부인 인생이었지만)의 숙원인 죽음을 가질 수 있을 것 같았다.

“어디 가냐.”

태성이 소리가 난 곳으로 고개를 돌렸다. 판자촌 입구 오른쪽 벽에 기대앉아 담배를 피던 베드로가 헤죽헤죽 웃고 있었다. 빗지도 않은 부스스한 머리가 커다란 얼굴을 반쯤 가렸다. 치아 사이에 적어도 어제 저녁은 굶지 않았다는 증거가 끼어 있다. 각진 턱을 가끔 한 대 쳐 주고 싶을 때도 있다. 낡은 삼선슬리퍼를 꿰어 찬 맨발이 반쯤 눈밭에 파묻혀 있었다. 저 인간은 춥지도 않나, 생각하는데 베드로가 담뱃갑을 내밀었다.

“필래?”

담뱃갑에는 빨간색 매직으로 크게 베드로의 이름이 적혀 있었다. 어제 아침, 판자촌 가운데에 설치되어 있는 공동 수도에서 세수를 하던 베드로가 벗어 놓은 점퍼에서 태성이 몰래 훔쳐다 서랍장에 숨겨둔 담배였다. 내 것, 네 것이 없는 이곳. 훔쳐 와도 내가 쓰기 전까지는 내 것이 아니다.

“주세요.”

옆으로 가 앉았다. 베드로는 날렵하게 담뱃갑 아래쪽을 다른 쪽 손바닥으로 쳤다. 담배 한 개비가 바깥으로 쑥 빠졌다. 아주 기술적이다. 기술 한 가지만 배워 놔도 먹고는 산다는 주인집 할머니의 말이 떠올랐다. 할머니, 가끔 밥 안 되는 기술도 있어요.

"어디 가는데?"

태성의 입에 물린 담배에 라이터를 켜면서 베드로가 물었다. 바람이 불어 불이 붙지 않자 혼잣말로 뭔가 중얼거렸는데, 잘 들리지는 않았어도 느낌상으로 아주 상스러운 욕이라는 걸 알 수 있었다.

불이 붙었다. 한 모금 쭉, 빨아 당겼다. 담배는 하루의 첫 한 모금이 가장 맛있다. 기억을 잃기 전에 아마 애연가였을 것 같다고 첫 기억 이후 처음으로 담배를 피다가 생각했었다. 담배를 피는데 조금도 껄끄러움이 없었다. 그 흔한 기침 한번 안 했다. 어쩌면 기억을 잃기 전의 나는 담배를 즐겨 피울 정도는 돈이 있었던 건 아닐까, 처음 눈을 뜬 병원에서 첫 기억이라는 것을 가진 뒤부터 태성은 생각해 왔다. 그게 맞다면 현재의 나에게는 왜 아무것도 없는 것일까.

연기를 내뿜으며 대답했다.

"하이타이 사러요."

어이없는 얼굴로 베드로가 말했다.

"서울 다방 김점례가 티켓은 팔아도 엉덩이는 안 팔아요, 하는 것보다 황당하다. 니가 그건 뭐에 쓰게? 평생 가야 옷도 안 빨아 입는 놈이."

"안 빨아 입는 게 아니라 빤 옷을 못 입은 거예요. 빨아 놓기만

하면 형이 가져가서요."

큼큼, 하고 베드로가 어울리지도 않는 헛기침을 했다.

"암튼! 뭐 하러 사러 가냐? 형이 구해 줄게. 돈만 내."

"형이요?"

"그래, 얼마나 필요하냐."

얼른 대답이 나오지 않았다. 아차 싶었다. 얼마나 필요한지 정작 필요한 태성이 알지 못했다. 얼마나 먹어야 죽는지 물어볼 도리가 없다. 주저하는데서 낌새를 차렸는지 베드로가 선수를 쳤다.

"얼마까지 알아보고 오셨어요?"

TV쇼에서 개그맨들이 의류 매장 점원을 장난스럽게 따라하는 목소리를 흉내 내며 베드로가 히죽 웃었다.

"그, 글쎄……. 한 4000원 어치?"

픽, 베드로가 웃었다. 기다리라고 하고는 판자촌 안으로 들어갔다. 베드로가 검은 봉지를 들고 나온 것은 10분 쯤 후였다.

* * *

해서, 지금 태성은 하이타이라는 가루를 한 컵 받아들고 방의 한 가운데에 앉아 있다. 흰 가루와 파란색 알갱이들이 뒤섞여 있다. 그것을 가만히 들여다보았다. 끝낼 수 있다. 부모조차 세상에서 지워 버리고 싶었던 존재, 그 불필요한 존재를 이 한 컵이 세상에서 사라지게 만들 수 있다. 낡은 주전자를 들고 가루가 담긴 컵에 물을 따랐다. 언젠가 지나가던 폐지 수거 리어카에서 굴러 떨어진 것을 주워 온 것이다. 수거하던 할머니가 주전자가 떨어진 것을 알고 돌아보았다가, 주전자를 주워드는 태성의 흉물스런 모습을 보고 아무 말 없이 갈 길을 재촉했다.

가루를 주면서 베드로는 묵은 때까지 박박 지워 주는 초강력 세제라며 10퍼센트의 가산세를 요구했다. 15일 뒤 수급비가 나오면 주겠다고 약속했지만 일이 잘만 되면, 베드로는 가산금을 받지 못할 것이었다. 수급비를 받을 태성이 이 세상에 없을 테니까.

쓰레기보다 못한 자신은 이 세상의 얼룩이었다. 어쨌든 베드로의 말대로라면 이 초강력 세제라는 것은 그를 이 세상에서 지워 줄 수도 있을 터였다. 그 묵은 때를 빼 주지 못한다면 초강력 세제의 면이 서지 않는다.

검지로 휘, 저었다. 물이 금세 부예졌다. 거품이 살짝 일었다. 냄새를 맡았다. 그다지 나쁘지 않았다. 화장실에 걸린 나프탈렌을 박하사탕과 뒤섞어 부수어 놓은 향이었다. 죽음이 맛있을 것 같았다. 두 눈을 꾹 감고 단숨에 털어 넣었다.

윽, 하고 하이타이의 1차 습격이 가슴을 쳤다. 막아 볼 새도 없이 입 밖으로 하이타이 물이 쏟아졌다. 반은 밖으로 뱉어지고 반은 독하게도 목구멍을 넘었다. 2차 습격이 거세게 몰아쳤다. 속이 뒤집힌다는 것은 세상이 뒤집히는 것보다 더 흉포했다. 밖으로 내달린 것은 본능이었다.

정신을 차리고 보니 공동 수돗가였다. 수도꼭지가 망가져도 누구하나 교체하는 사람 없는 동네였다. 교체할 사람이 있어도 애초에 그럴 돈이 없는 사람들이었다. 그럴 돈이 있으면 술 한 잔을 더 목구멍에 들이붓고 홧홧한 몸을 위안 삼아 잠을 청해야 하는 사람들이었다. 그런 사람들이었지만 망가진 수도꼭지 때문에 똑똑 떨어지는 물방울이 아까워 대야를 받쳐 놓는 그런 동네였다. 그 대야에 달려들어 물을 마구 들이켰다. 물 사이사이로 살얼음이 삼켜졌다. 물을 마시고 구역질을 하고 다시 물을 마시길 반복해야 했다. 정신이 들 때쯤 깨달았다. 하이타이 4000원어치는 사람을 죽이지는 못한다. 다만 죽을 만큼 괴롭게 한다.

질질 흘러내린 침을 찬물로 닦아 내고 입술까지 내려온 누런 콧물을 흥, 풀어낸 후 태성은 일어났다. 죽음을 맞이하지 못한 자는 또 살아갈 수밖에 없는 것이다. 돌아서다, 벽에 기대어 서 있던 베드로와 눈이 마주쳤다. 태양과 눈싸움을 하는 사람이라도 본 것 같은 눈으로 혀를 끌끌 찼다.

"참, 가지가지 한다."

대답할 기운도 없이 터덜터덜 방으로 들어갔다. 허락도 받지 않고 베드로가 따라 들어왔다. 나가라고 할 기력도 없거니와 쪽팔리기도 해서 그냥 두었다. 들어오자마자 이불을 뒤집어쓰고 누웠다.

"죽고 싶다고 해서 죽을 수 있었으면 이 동네는 지금 사람이 한 명도 안 살 거다."

대꾸할 기운도 없다. 몸을 움츠리고 이불을 더 뒤집어썼다.

일장연설이 더 길어질 줄 알았는데 그렇지는 않았다. 채깍채깍 초침소리가 커다랗게 들렸다. 그러다 어느 순간 초침소리가 작아졌다.

"시계 도로 꺼내 놔요."

"눈치 챘냐?"

키득거리며 베드로가 주머니에서 탁상시계를 꺼내 놓았다. 태성은 더 이불을 뒤집어썼고 베드로는 방에서 나가려고 일어섰다.

"형은 죽고 싶었던 적 없어요?"

문고리를 잡았던 베드로가 멈칫하는 것이 느껴졌다.

"나라고 왜 없겠냐."

"근데 왜 안 죽었어요."

장난스러운 대답이 돌아올 거라고 여겼는데 돌아오는 것은 적막뿐이었다. 태성은 몸을 일으키고 앉아 베드로를 올려다보았다. 베드로의 눈이 천장 어딘가로 향했다가 곧장 태성에게로 돌아왔다.

"새로운 인생이 시작된다고 확신하지 못해서 못 죽었어."

* * *

태성이 인터넷 카페 '더 헤븐'을 찾아낸 것은 그로부터 며칠 뒤의 일이었다. 겉으로는 '천국을 믿는 사람들의 모임'이었지만 실상은 동반 자살을 꾀하는 사람들이 모이는 카페였다.

* * *

베드로의 말은 태성으로서도 일견 수긍하는 말이었다. 죽으면, 다시 태어날까 두렵다. 이것보다 더 못한 삶을 살지도 모른다. 윤회가 있다는데 믿을 수는 없다. 어쩌면 이 세상은 거대한 기계로 조작되고 있어서 죽어 봐야 그가 태어난 1993년 10월 25일에 다시 태어나 25세에 친부모가 그의 방에 불붙인 연탄을 밀어 넣어 뇌손상으로 기억을 잃고, 죽음을 꿈꾸는 인생을 다시 살지 않는다고 보장할 수 있는 사람은 아무도 없었다. 보험 같은 것이 있어서 원하는 삶으로 태어나지 못했을 때 보상이라도 해 주는 것이 아닌 이상, 함부로 다시 태어나길 바라는 것도 찜찜하다.

그래서 죽고 싶은 사람은 허다하지만 죽는 사람은 소수인 것이다. 그럼에도 죽음에 대한 꿈을 놓지 못해 어둡고 곰팡내 나는 PC방 구석에 쪼그리고 앉아 '고통 없이 죽는 법' 따위나 검색하고 있는 것이다.

손가락을 세워 토닥토닥 키보드를 눌러 검색한 것은 역시나 '고통 없이 죽는 법.' 하지만 예상치 못한 검색 결과에 태성은 크게 실망했다. '당신은 소중한 사람입니다.'라는 글씨가 가장 크게 태성을 먼저 맞았다. 그 아래로 남녀 두 명의 캐릭터가 각각 붉은 하트와 싱그러운 초록색의 새싹을 가슴에 그러안고 있었다. 그것이 생명 사랑 캠페인의 일환이라는 것을 태성은 뒤늦게 알았다. 인터넷에는 그렇게 대단하다는 정보의 홍수가 유독 자살 관련해서는 아무것도 알려 주지 않으려 하고 있었다. '당신은 소중한 사람입니다'라는 글자를 한참이나 들여다보았다. 인터넷 화면을 제외하고는 그를 낳아 준 부모마저 소중한 사람이라고 생각하지 않는다고 항의하고 싶었다.

검색에 실패하자 더 이상 할 일이 없어 무료했다. PC방에 괜히 왔다 싶었다. 괜한 돈을 쓰게 됐다는 이미 늦은 후회가 그를 괴롭게 했다. 주머니에 든 2000원을 내려다보았다. 베드로에게 환불받은 2000원이었다. 화장실에 가다 집주인 할머니의 세탁기 옆에 놓인 세제 상자를 보게 된 것은 우연이었다. 안에 든 가루는 베드로가 가져온 것과 같았다. 어디서 구해 왔나 했더니 저기서 퍼 온 것이었다. 주인할머니에게 들키지 않은 것만 해도 다행이라 생각하며 지나치려는데 세제 상자에 적힌 글씨가 태성의 발목을 잡았다.

그건 수퍼타이였다.

그 길로 쫓아 올라가 베드로의 등에 올라탔다. 비명을 지르는 베드로의 목에 사정없이 헤드록을 걸었다. 느닷없는 공격에 베드로가 휘청였다.

"수퍼타이니까 내가 안 죽은 거야! 하이타이라고 했다고! 난 하이타이가 필요하다고!"

따져 묻는 태성에게 베드로는 수퍼타이가 하이타이와 같은 것이라고 울듯 변명했다. 수퍼타이라는 세제명을 주인할머니가 임의대로 하이타이라고 부른다는 것이 변명의 주요 골자였다. 하지만 태성은 아랑곳하지 않았다. 두 번 다시 속지 않겠다며 베드로를 쓰러트려 놓고 십자꺾기에 들어갔다. 죽음에게 하이, 인사하지 못하고, 수퍼타이에게 죽음을 가로막힌 분노를 태성이 가라앉힐 수 있을리 없었다. 결국 새우꺾기까지 이어진 다음에야 베드로는 4000원 중 2000원을 환불해 줬다. 베드로는 2000원을 팩 집어던지고는 태성을 보며 독한 놈이라고 고개를 저었다. 독한 놈 소리에 반박하지 못했다. 자신을 존재하게 한 부모가 밀어 넣은 번개탄 가스에도 살아남았으니까, 독하게 살았으니까.

그렇게 들고 나온 2000원으로 선택한 것이 PC방이었다. 어차피 방에 둬도 다시 베드로의 손에 들어갈 것이기 때문이다.

며칠째 한파가 계속되고 있었다. 고작 2000원을 가지고서는 제대로 된 식사를 못할 것은 자명했다. 눈에 띈 것은 PC방에서 내건 현수막이었다. 시간당 700원, 월드 PC방. 1가구 1PC 시대를 넘어서 요즘은 일반 가정에서도 PC방 컴퓨터의 속도에 못지않은 환경을 구축하고 있었다. 한때 붐처럼 일었던 PC방 사업 역시 사양길에 접어들고 있었다. 더구나 이런 빈민촌 근처에 있는 최신 컴퓨터 시설의 PC방이라니, 개 발에 편자다.

게다가 안전성을 따져 봐도 야간시간대에는 손님이 들래야 들 수가 없었다. 불 한 점 없는 이 동네는 태성도 가끔 무서울 정도였다. 그렇다고 문을 닫을 수도 없고 빈 컴퓨터만 돌릴 수 없어서, 현수막을 내걸은 것은 주인이 호구지책으로 내놓은 사업방안이었다.

시간당 700원, 적어도 한 시간은 따뜻하게 있을 수 있다는 생각에 태성은 주저 없이 안으로 들어갔다. 주머니에 남은 1300원으로 컵라면을 먹을 수 있었다. 갑자기 베드로에게 뺏긴 2000원 생각이 간절해졌다.

PC방 안은 생각보다 깨끗했다. 교체한 지 얼마 안 되어 보이는 컴퓨터는 불로 뛰어드는 불나방의 마지막 날갯짓이었다. 손님이 얼마 없었다. 그나마도 모두 남자 손님이었다. 입구 쪽에 앉은 손님은 평범한 게임을 하고 있었지만, PC방의 안쪽으로 들어갈수록 음험함이 느껴졌다.

머리가 벗어진 남자는 번들거리는 이마의 기름을 손으로 훔치면서 히죽거리고 있었다. 이따금 빠르게 타자를 쳤는데 슬쩍 보니 채팅 중인 것 같았다. 대충 표정만 훑어봐도 일반적인 채팅은 아닌 것이 확실했다. 또 다른 한 남자는 멀리서 보면 바탕화면만 보고 있는 것 같은 착각을 불러 일으켰다. 가까이 가 보니 동영상을 아주 작은 창으로 보고 있었는데 창을 왼쪽 하단으로 끌어다 놓고 몸으로 가리고 있었다. 태성의 시선이 느껴지자 빠르게 마우스를 클릭해 창을 내렸다. 만일의 사태에 대비해 미리 마우스 포인터의 위치를 맞춰놓은 것 같았다. 스피커에 연결한 헤드폰을 머리에 쓰고 있었지만, 사위가 조용하다면 밖으로 새어나올 소리가 무엇인지는 자명했다.

태성은 남자들에게서 가장 멀리 떨어진 구석에 자리를 잡고 앉았다. 흡연석이었지만 담배를 피우는 사람들은 없었다.

* * *

그렇게 앉은 컴퓨터를 가지고 한 '고통 없이 죽는 법'에 대한 검색 결과는 실로 실망스러웠다. 자살과 관련된 모든 단어에 검색 제한이 걸려 있다는 것을 안 것은 그로부터 얼마쯤 지난 후였다. 애초에 알고 싶었던 것을 검색하지 못하게 되자 태성에게 PC방의 컴퓨터는 암자 속 스님에게 보낸 에이 투플러스급 평창 한우 선물세트만큼이나 소용없는 것이었다. 다른 사람들처럼 게임을 할 줄도 모르고, 화려한 언변으로 채팅창에 들어온 혈기 왕성 소녀들을 붙들어 놓을 줄도 모른다. 인터넷을 켜서 오늘의 연예 단신이나 사건 사고 소식, 웹툰을 보는 것이 그가 인터넷을 가지고 할 수 있는 전부였다.

그나마도 관심사는 아니라서 태성은 금세 지루해지고 말았다. 그렇다고 나가기에는 내야 하는 돈과 이곳의 온기가 너무 아까웠다. 주변을 둘러보고, 허공에 대고 애꿎게 쩝쩝대다가 무슨 생각이 들어선지 태성은 돌연 검색창에 '천국'이라는 글자를 입력했다. 요즘 인기를 끌고 있는 남성 듀오 듀얼리스트k의 '천국'이라는 노래와 신촌의 맛집 닭발천국, 그리고 '천국 가는 꿈 해몽 좀 해 주세요.'가 어지럽게 검색되었다. 마우스 볼을 득득 긁어 내려 보았지만 클릭을 할 만큼 마음을 끄는 것은 없었다. 검색창의 카테고리를 '카페'에 맞춰 두고 다시 검색하였다. 검색의 가장 첫 줄이 어쩐지 태성의 마음을 끌었다.

더 헤븐 - 천국을 믿는 사람들

카페명을 클릭하고 들어갔다. 어둠 속에 묻혀 있는 계단의 양옆으로 불 켜진 초가 늘어선 사진, 어딘지 모르게 일반 교회에 걸린 것과는 다르게 느껴지는 예수님의 사진, 터널을 빠져나가기 직전 환하게 비춰지는 빛의 사진이 카페의 첫 화면에 걸려 있었다. 카페의 전체적인 바탕은 검은색이었다. 천국이라는 단어와 검은색은 어딘가 생경하게 느껴지면서도 어울린다는 생각이 들었다.

카페의 회원 수 12,867명. 새로 올라온 글 43건.

생각보다 활동이 활발한 카페였다. 카페의 새 글 목록을 읽어 본 순간 태성은 자신이 찾던 것이 바로 이 카페임을 깨달았다.

천국에 동행하실 분.

천국 가고 싶으시죠?

천국 동반자를 찾습니다.

이곳은 단속을 피해 음지로 스며든 자살 카페였다. 모든 햇살이 비추는 곳에는 필연적으로 그늘이 생긴다. 천국이라는 가림막 뒤의 자살 카페는 아무도 생각지 못했을 것이다.

태성이 클릭한 것은 '천국 동반자를 찾습니다'였다. 그러나 클릭한 순간 급격히 뛰던 심장이 가라앉을 만큼 실망하지 않을 수 없었다. 가입한 카페 멤버에게만 공개된 게시물이라는 안내가 나왔다. 다른 글도, 또 다른 글도 마찬가지였다. 가입하기를 눌렀다. 몇 가지 질문에 대답을 해야 했고, 자동 가입 방지 문자도 입력해야 했다. 모든 질문에 '네'라고 답을 넣었다. 대략, 천국을 믿나요? 천국을 원하나요? 천국 주민들과 화목하게 함께하실 거죠? 같은 질문이었다. 아니요를 입력하면 가입 자체가 안 되었다.

첫 기억 이후부터 태성이 자의적으로 한 것은 죽음을 꿈꾸는 일뿐이었다. 기억을 잃은 것도, 기초 생활 수급자가 된 것도 모두 자신의 의지와는 달랐다.

부모에 의해 기억을 잃었고, 남들이 쥐어 주는 대로 기초 생활 수급자가 되었고, 사회복지사라는 사람을 따라 판자촌에 들어섰다. 카페 가입마저 남들이 깔아 놓은 정답의 선로를 걸어야 한다는 건 조금 씁쓸했다.

그런 그를 더 씁쓸하게 만든 것은, 바로 승인 제도였다. 숨기는 게 많은 카페라 그런지 가입을 한다고 바로 게시글을 읽을 수 있는 건 아니었다. 카페 주인의 승인이 날 때까지 기다리라는 쪽지창이 떴다. 뭔가 당한 기분이 들었다.

"에라이!"

* * *

카페 가입 승인이 떨어진 것은 그로부터 사흘 뒤였다. 정확히 말하자면 태성이 다시 PC방으로 가 카페 가입 승인이 떨어졌는지를 확인할 수 있었던 것이 사흘 뒤였다.

돈이 없었다. PC방에 가야 승인이 났는지 확인할 수 있는데 PC방에 갈 돈이 없다는 것이 기가 막혔다. 이러다 가입 거절되는 거 아냐, 하는 생각에 잔뜩 똥줄이 탈 때쯤, 몇 걸음 걷지도 못하는 좁은 방안을 이리저리 맴돌다가 결정했다.

베드로의 방을 뒤지기로.

그때의 태성은 마치 카페 더 헤븐, 그들이 아니면 죽을 수 없는 사람처럼 굴었다.

베드로는 외출한 상태였다. 그의 방 잠금 장치는 있으나마나 한 것이었다. 방 실린더가 망가졌을 때 베드로는, 인근 철물점에서 제일 싼 멍텅구리 실린더를 무려 3000원이나 깎아서 들고 왔다. 열쇠가 있는 다른 실린더들과 달리 멍텅구리 실린더는 열쇠를 꽂는 구멍이 막혀 있다. 대신 세로로 난 홈 부분에 동전 같은 것으로 꾹 눌러 열쇠로 열듯이 비틀어 돌리면 문이 열리는 형태였다. 그런 실린더라면 애초에 달지 않느니만 못하다는 것을 베드로는 멍텅구리처럼 생각하지 못했다.

손쉽게 문을 열고 들어갔다. 그제야, 베드로의 방에 그동안 단 한 번도 들어온 적이 없다는 것을 깨달았다.

첫인상은 의외, 라고 할 수밖에 없는 것이었다. 늘 헐렁한 바지에 슬리퍼를 짝짝 소리가 나도록 끌고 다니는 베드로와는 매치가 되지 않을 만큼 방은 깔끔했다. 그렇다고 고급 원목 가구가 있다거나 화사한 커튼이 달려 있는 정도의 반전은 아니지만, 낡은 벽지와 허름한 창뿐인 방을 깔끔하다는 느낌이 들 정도로 잘 정리해 놓았다. 청소를 해도 한 것 같지 않은 자신의 방과는 영 딴판이었다.

휘유, 휘파람을 불며 주변을 둘러보았다. 선반 대신 귤박스를 구석에 세우고 그 위에 잡동사니를 올려놓았는데, 뒤지고 말고 할 것도 없이 그 위에 베드로의 반지갑이 놓여 있었다. 사용감은 좀 있지만, 지갑은 꽤 고급품으로 보였다. 지갑을 집어 이리저리 외양을 확인했다. 척 보기에도 이곳 판자촌과는 어울리지 않았다.

훔친 것이 분명하다.

태성은 목을 길게 빼고 문 쪽을 주시했다. 그렇게 하면 닫힌 문 너머가 보이기라도 할 것처럼. 하지만 사실은 문 너머의 인기척에 집중하고 있는 것이다. 베드로가 방을 비우는 일은 자주 있었지만 지갑을 놓고 나갔다는 것은 금세 들어올 가능성이 크다는 것이다. 급한 마음에 반지갑을 펼쳤다. 부모님으로 보이는 남녀의 오래된 사진이 신분증을 넣는 자리 두꺼운 비닐 안쪽에 자리 잡고 있었다. 세상에 부모님이 없는 사람은 없을진데, 어째서인지 베드로에게도 부모님이 있다는 사실이 생경하게 느껴졌다.

의외로, 지갑을 가득 채운 현금을 보고는 아무렇지 않았다. 태성의 방에서 마음대로 꺼내가기도 하고 남의 하이타이를 가져다가 팔기도 하는 모습을 자주 봤지만, 쓰는 것을 본 일은 몇 번 되지 않았다. 흡혈귀보다 무섭다는 꽃뱀에 물려 피 빨리듯 빨리는 것이 아니라면, 돈이 없는 게 오히려 이상한 일이다. 몇천만 원을 가방에 지고 다니는 거지도 있는 세상에 베드로의 지갑에 들어 있는 조금 두툼한 현금은 놀랄 축에도 못 낀다.

며칠 전의 태성이라면 돈 욕심도 그렇거니와, 어디 당해 봐라 하고 한 움큼의 지폐를 제 바지에 쑤셔 넣었겠지만 태성은 단돈 1000원만 꺼내 바지에 넣었다. 천금을 주어도 안 바꿀 단 한 번의 기회. 카페 더 헤븐은 태성에게 그랬다.

내내 바라왔던 목적 달성 앞에서 죽음과 카페 더 헤븐 이외의 것은, 설령 돈이라도 아무 관심이 없었다.

지갑을 내려놓고, 보고 또 봐도 신기한 깨끗한 방을 둘러보고 무슨 생각이 들어선지 지갑을 열어 부부의 사진을 다시 한 번 열어보고, 태성은 그대로 베드로의 방을 나섰다. 문은 제대로 닫았으나, 방문 밑에 떨어져 있던 종잇조각이 무엇을 의미하는지는 전혀 눈치 채지 못했다.

* * *

사흘 전과 마찬가지로 PC방은 그대로 운영 중이었다. 계단을 내려설 때 나는 퀴퀴한 냄새나 좌우로 붙은 게임 홍보 포스터가 너덜너덜한 채 붙어 있는 것도 그대로였다. 다만 PC방 내부에는 손님이 전보다 더 없었다. 이대로 운영이 가능한 건가. 앞으로는 이 PC방과 전혀 상관없을 태성도 걱정이 될 정도였다.

사흘 전과 같은 자리에 앉았다. 컴퓨터가 부팅되자마자 인터넷을 켜 포털사이트에 로그인했다. 카페 더 헤븐의 가입 승인이 되었다는 알림이 떴다. 혹시 거절될 수도 있는 건가 걱정했던 마음이 안도로 가라앉았다.

카페 더 헤븐으로 들어갔다. 동반 멤버를 구하기 전에 먼저 가입 인사에 각자의 사정을 적어 두면 멤버 구성에 용이할 거라는 공지에 따라 가입 인사를 남긴 후 처음 가입했을 때부터 보고 싶었던 동반자 찾기 카테고리의 목록들을 살폈다. 의외로, 진의가 의심스러운 글들이 많았다.

참가비 선 입금을 요구하거나, 여자 동반인을 구한다며 올라온 글에는 사진을 먼저 자신에게 보내야 한다는 전제 조건이 붙어 있었다. 게시자는 자신을 여자라고 밝혔지만 문맥이나 단어 사용에서 어쩐지 남성의 음흉함이 느껴졌다. 위험한 글들이 카페 도처에 도사리고 있었다. 죽음을 늘어 놓은 시장판이었다. 누군가의 죽음이 누군가에게는 이용거리였다.

크게 기대를 했는데 실망으로 맥이 빠져 버렸다. 자신이 올린 가입 인사글이 찜찜하게 느껴졌다. 지울까. 생각하는 그때, 카페 내부에서 누군가 1:1대화를 걸어왔다. 주저하다가 대화 수락을 눌렀다. 상대의 닉네임은 '메시아'였다.

메시아 : 안녕하세요

상대가 먼저 말을 걸어왔다. 태성은 잔뜩 경계태세를 갖췄다. 이용하려 하거나 뭔가 위험하다 싶으면 당장 종료창을 눌러 버려야지. '네, 안녕하세요.' 되받아 인사하며 태성은 그렇게 생각했다.

메시아 : 인사글 남기신 거 봤어요. 글이 진실되어 보이고, 정말 원하시는 것 같아 이렇게 대화를 걸었어요.

다른 글들은 장난 글들이 많아, 동반자들을 구하는데 힘들었다고 '메시아'가 말했다. 그 말에 경계의 벽이 훅 무너졌다. 공감의 힘이 주효했다. '정말 원한다.' 그 말 한마디에 믿음이 갔다.

게다가 메시아는 이 카페의 운영자 본인이라고 했다. 카페 메인화면에 나와 있는 운영자를 보니 정말로 메시아가 맞았다. 믿음이 굳건해졌다. 메시아가 지도자처럼 느껴졌다.

메시아 : 이미 두 명의 멤버는 있어요. 저를 포함해 세 명이죠. 3~4명이 적당한 것 같아 기억님이 원하시면 이 정도로 동반하려고요.

이쪽은 당연히 OK이다. 알겠다고 대답하자 '메시아'가 즉각 계획을 털어 놓았다. PC방 오기도 만만찮은데 이 '메시아'를 잡아야겠다고 태성은 생각했다.

이미 동반 방법은 다 정해 놓았어요. 이번 주말 모여서 제 차로 이동할 겁니다. 남은 시간 동안 신변 정리 하시고 그날 봬요.

신변 정리 따위는 할 것이 없는 태성이었지만 일일이 설명할 수 없어, 알겠다고 답하였다. 즉시 '메시아'가 모임 장소로 정해진 주소를 채팅창에 올렸다. 시간은 토요일 오후 1시였다. 단 1분이라도 지각하면 먼저 출발할 거라고 했다.

태성은 주소를 외워 보려다 포기하고 주변을 둘러보았다. PC방의 제일 안쪽 화장실 앞에 자판기와 정수기가 설치되어 있었는데 그 옆 간이 테이블에 메모지와 볼펜이 비치되어 있었다. '메시아'에게는 절대 늦지 않겠다, 약속한 뒤 자리에서 일어나 볼펜과 메모지를 가지러 갔다. 볼펜은 200원이면 흔히 살 수 있는 싸구려였고, 메모지는 달력이나 광고 전단지 따위를 조악하게 잘라 놓은 것이었다. 이것도 감지덕지 하는 마음에 집어 들고 자리로 돌아오던 태성은 우두커니 서서 자신의 컴퓨터 화면을 들여다보고 있는 남자의 모습에 걸음을 멈춰 세웠다.

"형?"

남자의 어깨가 움찔했다.

"베드로 형?"

남자가 천천히 고개를 돌렸다. 베드로였다.

언제 PC방에 들어왔는지 모를 일이었다.

이면 1.

요청한 자료가 책상 위에 올라왔다. 누군가의 노고와 영광과 쾌감의 흔적이 '수사 자료'라는 이름으로 누렇게 빛바래 있었다. 그 서류들이 다시 빛 속으로 꺼내진 순간, 그것들은 일순 다른 얼굴을 드러내기도 한다.

"선배, 뭐하고 있어요? 뭐가 좀 있어요?"

뒤돌아보자 후배 형사 신경환이 서 있었다. 김진성 형사는 다시 자신이 읽고 있던 프린트물로 시선을 되돌렸다. 그러고는 말없이 프린트물을 묶음별로 늘어놓았다. 모두 지난해와 올 한해 강원 지역에서 벌어진 집단 자살 사건들의 보고서였다. 이미 각기 내사 종결되어 끝난 사건들이었다.

"종결된 사건 보고서 같은데 왜요? 뭐 있어요?"

김진성 형사는 사건들의 공통점을 말했다. 사망자가 모두 네 명이라는 점, 남자 두 명과 여자 두 명 구성 비율이 모두 같다는 점.

사망자의 주머니에서 모두 똑같이 '이 죽음은 스스로의 선택이다'라고 적힌 유서가 발견되었다는 점. 같은 강원 지역이지만 모두 다른 관할서에서 처리되어 연쇄성을 아무도 알아채지 못한 공통점이었다.

"글쎄요. 우연이 아닐까요? 강원권은 구석진 곳이 많아서 통계적으로도 집단 자살 선택지로는 전국 1위 먹을걸요. 전부 네 명이고 비율이 같은 건 우연일 수도 있겠죠. 이런 일은 소수가 좋고, 짝 맞추기는 인간의 본능이랄까."

경환이 장난스럽게 말했다. 그러나 김진성 형사의 얼굴이 심상치 않음을 눈치채고는 얼른 얼굴에서 웃음기를 거둬냈다.

경환의 말이 전혀 사실이 아닌 건 아니었다. 하지만 김진성 형사는 이 각자의 사건들에서 관심을 뗄 생각이 없어 보였다.

"여기엔 이 사람들 초면이라고 되어 있는데 어디서 만난 걸까?"

경환이 보고서 쪽으로 몸을 기울였다. 그러고는 한 지점을 손가락으로 가리켰다.

"그것도 여기 적혀 있네요. 인터넷……."

경환의 움직임이 멈추었다. 김진성 형사가 내내 못 지워 냈던 찜찜함의 정체가 그의 머릿속에도 떠오른 것 같았다. 김진성 형사가 그 순간을 놓치지 않고 확인하듯 되물었다.

"그러니까 인터넷, 어디?"

김진성 형사는 경환과 함께 곧장 그 사건에 몰두했다. 당시 수사를 담당했던 각 지구대에 그들이 인터넷에서 어떤 루트로 만나게 됐는지 확인해 달라는 협조 요청 공문을 띄웠다. 그리고 몇 시간 뒤 답신이 들어오기 시작했다.

"인터넷 카페, 더 헤븐……."

그는 보고서를 다시 내려다보았다. 각각의 사건 중 두 사건에는 공통적으로 한 명의 생존자가 있었다. 그 생존자가 동일 인물이라는 것은 지독한 우연이었을까. 어쩌면 이 생존자가 만들어 낸 결과물은 아니었을까.

김진성 형사의 눈에 날카로운 빛이 스쳤다.

2. 천국을 믿는 사람들

동반자들과 만나기로 한 장소는 서강동 488번지 건물 앞이었다. 주소만으로 찾아오는데 한참 걸릴 것 같아, 버스 기다리는 시간, 갈아타는 시간, 걸어가는 시간, 두리번거릴 시간에 헤맬 시간까지 계산해 출발하다 보니 40분이나 일찍 도착해 버렸다. 이따금 지친 표정의 사람들이 지나가기는 했지만 동반자로 보이는 사람은 아직 나타나지 않았다. 약속된 488번지 건물 담에 기대어 기다려 보기로 했다. 그러다 문득, 주변을 둘러보았다. 주선자인 메시아가 왜 이곳으로 약속 장소를 정했는지 알 것 같았다.

서강동은 서울에 남아 있는 대표적인 달동네 중 하나였다. 곧 재개발을 앞두고 있어, 태성이 살고 있는 판자촌만큼은 아니지만 이사를 나간 집도 많아 언뜻 보기에도 황량해 보였다.

무엇보다, 488번지 부근에는 CCTV가 없었다.

카페 더 헤븐에서 동반자를 찾은 사람들이 대부분 이런 곳을 약속 장소로 잡는다는 것은 메시아와 이야기를 나눈 날, 카페의 게시글들을 훑어보다 알게 되었다.

간혹 자살자들을 찾기 위해 가족들이 실종 신고를 하고, 경찰이 수색에 나섰을 때 CCTV는 자살자들에게 있어 큰 걸림돌이자, 그들이 어디로 갔는지를 알려주는 이정표가 되기 때문이라고 했다. 목적을 행동에 옮기기 전에 발각되어 실패하는 것 정도는 아무것도 아니다. 그 정도의 실패는 후일을 도모할 수 있다.

문제는 간혹 자신들이 구해낸 자살자를 정신병원에 보내는 가족들이 있다는 것이었다. 살기가 힘들어 죽음을 택한 이들을, 차라리 죽는 것이 나은 구렁텅이에 쑤셔 넣는 것이나 다름없는 행위였다. 그들은 살리고 싶었던 것이 아니었다. 필요할 뿐이었다. 정신에 병이 걸린 가족을 내버려 두지 않는다는 자기 위안. 나는 적어도 최선을 다하고 있다는 자기 만족.

어쩌면 메시아는 태성이 올린 가입 인사 글을 보고, 그가 동반자로서 더할 나위 없이 완벽하다고 생각했는지도 모른다. 태성은 설령 자살을 하러 떠난다 해도 찾을 가족이 없다.

발치에 있는 작은 돌을 걷어차며 문득, 하늘을 올려다보았다.

약속 장소를 잡던 채팅창을 베드로가 물끄러미 보고 있었을 때는 일이 글렀을지도 모른다고 생각했다. 아무리 돈 받고 하이타이를 팔아먹는 위인일지라도 정상적인 사고 아래 있는 사람이라면, 보편타당한 반응이 예상되는 건 당연하지 않은가. 어쩌면 하이타이를 사다 준 것도, 그것을 먹어 봐야 죽지 않을 것이라는 것을 알고 있기 때문일지도 모른다는 생각마저 들었다.

그러나 베드로는 화면을 물끄러미 보다 고개를 돌려 태성의 얼굴을 가만히 응시할 뿐이었다. 대화창을 읽지는 않은 건가 생각하며 표정을 살폈지만 무슨 생각을 하고 있는지 모를 만큼 무덤덤한 표정이었다. 머뭇거리며 다가가자 아무 감정 없는 표정으로 베드로는 손을 내밀었다. 태성이 당황하여 더듬거렸다.

"아, 저…… 필요해서……."

주섬주섬 주머니를 뒤져 꺼낸 것은 PC방 비용을 선 결제 하고 남은 300원이었다. 베드로의 손에 내려놓는 알량한 동전의 짤그락 소리가 굴욕적이었다. 베드로는 이렇다 말도 없이 300원을 주머니에 쑤셔 넣고 돌아서 PC방을 나갔다. 태성은 그 뒷모습을 멍하니 보다, 자리에 앉았다. 가지고 온 메모지에 화면에 떠 있는 주소를 옮겨 적었다. 입맛이 썼다.

뭐지, 서운한 건가?

자신도 왜 그러는지 알 수 없는 이상한 감정에 대해 태성은 뒤늦게 생각했다. 서운……했나? 그렇게 생각하다 태성은 피식 웃었다. 너무 감상적이 된 것 같다. 고작 베드로가 아무 반응을 안 보였다고 서운할 리가 없다. 자신에게 있어 죽음은 누군가 관심을 가져주길 바라서 던지는 돌이 아니다.

타박.

발소리에 태성은 문득 고개를 들었다. 골목길 저쪽에서 이쪽을 향해 느릿한 걸음으로 걸어오는 한 여학생이 보였다. 찰랑거리는 머리가 허리까지 늘어져 있고 피부는 새하얗다. 엉덩이를 가릴 정도의 길이의 흰색 패딩에 다리에 밀착되는 블랙 진을 입었다. 열여덟, 열일곱쯤 됐을까 싶은 외양이었다.

그럼에도 한눈에 '일원'이라는 것을 알았다. 카페 더 헤븐에서 만난 동반자들의 일원. 소녀는 태성을 발견하고도 걸음을 빨리 하거나, 어색하게 목례를 하지도, 함부로 미소 짓지도 않았다. 시선을 줄곧 아래로 내리고, 떼는 한걸음 한걸음이 너무 지겹고 고달프다는 듯 권태롭게 걸어오고 있었다.

"더 헤븐에서 오늘 만나기로 하신 분…… 맞죠?"

태성이 먼저 말을 걸었다. 그제야 소녀가 고개를 들었다. 그 공허한 눈빛에 태성은 조금 당황했다. 객관적으로 보면 상당히 미소녀라 불릴 만한 외모였지만, 그 공허한 얼굴이 다가서려는 사람에게 경계 벽을 치고 있었다. 하긴, 아무리 이제 죽을 거니 어떻게 되든 상관없다고 생각하는 사람들이라지만 다들 처음 보는 사람들이다. 게다가 여자이니 조심하는 것도 무리는 아니다.

저는 착한 사람이에요, 하고 말해 주고 싶었지만 그게 더 위험해 보일 것 같아 그만두었다.

동반자의 구성이 완료된 후 메시아는 일원들의 대강의 인적사항을 메일로 보내주었다. 인적사항이라고 해 봐야 나이, 이름, 성별, 직업 정도였다. 알고 있는 것은 그뿐이었지만, 태성은 한눈에 이 아이가 일원 중 '최린'이라는 것을 알았다. 일원들 중 10대의 소녀는 최린뿐이었다. 멤버에 미성년자가 포함됐다는 이야기를 들었을 때 멈칫, 했던 것은 사실이었다. 진짜 그래도 되는 건가 하고 도덕적 브레이크가 걸렸다. 찜찜했다. 하지만 이 아이를 보고 그 생각을 잊었다. 그리고 깨달았다. 십 대든, 이십 대든, 중년이든, 노인이

든 삶은 각자에게 견딜 수 없는 무게로 죽음을 짓누른다는 사실을.

그런 사실을 깨닫게 한 것은 최린의 두려우리만치 공허한 표정이었다.

"아직…… 아무도……."

태성의 인사나 다름없는 물음에 최린은 대답할 생각이 없어 보였다. 그저 빨리 하기로 한 일이나 진행됐으면 좋겠다는 태도였다. 괜스레 웃으며 말까지 건 것 같아 멋쩍었다.

태성은 얼른 덧붙였다.

"약속시간보다 아직 일러요."

최린은 이번 역시 대답하지 않았다. 다시 시선을 내리깔고 꿈쩍도 하지 않은 채 서 있는 것으로 대답을 대신했다. 어떠한 바람이 불어도, 머리카락 한 올 흔들리지 않을 것 같은 모습이었다. 고작 열여덟의 나이 위에 얹힌 무게가 대체 어떤 것이면 저런 모습이 되는 건가. 잃어버린 기억 속에도 저 나이의 자신이 있을 거라는 것이 믿어지지 않았다. 어쩌면 열여덟의 자신도 저런 모습은 아니었을까.

"나는 김태성이에요."

정적의 공기를 깨 볼 요량으로 태성이 말했다. 사실 최린이 대답하지 않을 거라고 생각하면서도 붙여 본 말이었다. 그런데 예상 밖으로 최린은 고개를 들어 태성을 보았다. 고작해야 열여덟의 눈이 가지고 있는 끝없는 어둠에 태성은 시선을 피하지 못했다. 정적이 흐른 끝에 최린이 말했다. 낮고 무거운 음성이었다.

"이름 같은 건 중요하지 않아요. 억지로 친해질 필요도 없고."

중요한 것은 죽음뿐. 그런 말이 뒤에 숨어 있을 것 같았다. 할 말이 없어 애꿎은 바닥만 운동화 끝으로 툭툭 걷어찼다. 추위가 코끝을 얼렸다. 겨울이 사지육신 끄트머리에 매달려 괴롭히고 있다. 이제 두 번 다시 느낄 수 없는 감각이라고 생각하니 참을 만했다.

어색하게 선 두 사람의 사이로 몇 분의 시간이 기어가듯 흘렀다. 설마 다들 마음이 바뀌어서 아무도 오지 않는 것은 아닐까 하는 생각이 들었을 때, 다음으로 도착한 것은 남자였다. 청바지에 깨끗한 운동화를 신고 있었고, 마찬가지로 깨끗한 하얀 셔츠가 청바지와 잘 어울리는 재킷 아래로 보였다. 잡티 없는 피부에, 친절한 미소가 매력적이었다.

"기억님…… 맞으시죠? 기억, 김태성님. 소개 안 받아도 알 것 같은데요."

그가 바로 메시아, 한동준이었다. 우리는 모두 죽음이라는 목표를 갖고 모였다. 그럼에도 이렇게 분위기가 다를 수 있는 건가. 최린과 한동준을 번갈아 보며 그렇게 생각했다. 두 사람의 모습은 너무나 정반대였다. 무엇보다 한동준은 죽음을 바라 마지않는 사람처럼 보이지는 않았다.

한동준이 악수를 청하며 내민 손을 태성이 마주잡았다.

"이십 대 남자는 저밖에 없으니까요."

"그건 그러네요. 그럼 이쪽은 최린 양?"

한동준이 웃으며 최린을 보았다. 최린은 그저 눈만 들어 올려 한동준을 쳐다보고는 다시 바닥으로 시선을 내렸다. 긍정하는 뜻이겠지만 괜히 옆에선 태성이 무안해졌다. 오히려 한동준은 태연하게 넘겼다.

"이제 두 분만 오시면 되네요."

그는 기대에 가득 찬 얼굴로 양손을 비볐다. 모르는 사람이 보면 어디 근사한 곳에 여행이라도 떠나는 줄 알 것이었다. 태성은 벽에 기대어 하늘을 올려다보았다. 그들의 여행을 지켜보던 구름이 침묵하며 흘러갔다. 전화가 하고 싶었다. 나 죽으러 간다고. 말려 달라고 말하고 싶은 건 아니었다. 그냥 그렇다고. 이 세상에 나라는 사람이 살았고, 좀…… 힘들었다고. 지금 죽으러 간다고.

"더 헤븐……. 맞죠?"

조심스러운 목소리가 들렸다. 한동준과 태성이 동시에 그리로 고개를 돌렸다. 서 있는 것은 조심스러운 목소리와 아주 매치가 잘 되는 소심해 보이는 자세로 구부정하게 서 있는 여성이었다. 여자에게 관심조차 없이 그대로 서 있던 것은 최린뿐이었다. 그 아이는 벌써 죽어 있는 것 같았다. 조금 신경 쓰였지만 태성은 여자에게로 관심을 돌렸다.

"맞습니다. 민서라 씨죠?"

한동준이 인사를 건넸고, 민서라가 고개를 끄덕였다. 이름 민서라, 나이 27세. 태성은 한동준으로부터 받았던 멤버들의 인적사항을 떠올렸다. 스물일곱이지만 민서라는 그보다 조금 더 나이가 들어 보였다. 눈 밑에 그늘진 우울감이 그녀를 그렇게 보이게 만드는 것 같았다. 온몸으로 풍기는 독특한 회색빛의 분위기만 아니라면 객관적으로 볼 때 그녀는 미인형에 가까웠다.

몇 명인지 세는 듯 민서라의 눈이 세 사람을 짚어 나갔다. 눈치 빠르게 한동준이 대답했다.

"아직 한 명이 안 왔어요. 5분 지났습니다."

조금이라도 늦으면 먼저 떠난다고 했었다.

"그럼 그냥 떠나는 건가요?"

민서라의 얼굴에 불안한 기색이 스쳤다. 그 불안을 캐치하고 한동준이 재빨리 말을 덧붙였다.

"잠깐만요. 연락을 한번 취해 보죠. 연락이 닿지 않으면 빨리 출발하는 것이 나을 수도 있어요. 포기한 것일 수도 있으니까."

휴대폰을 꺼내는 한동준의 얼굴이 어두웠다. 조금이라도 늦으면 출발해 버리겠다고 엄포를 놓기는 했지만, 가장 좋은 것은 예정되어 있던 인원이 모두 떠나는 것이었다. 모인 사람 이외에 한 사람이라도 그들의 계획을 아는 이상 신고를 할지도 모르는 일이었다.

연락이 닿지 않으면 빨리 출발하자는 한동준의 말은 그런 걱정을 생각하면 일리 있는 이야기였다. 전화를 해서 받지 않는다는 것은 어쨌든 마음이 바뀌었다는 불길한 징조였다. 내내 움직임에 변화가 없던 최린도 이쪽을 응시하며 입술 안쪽을 깨물고 있었다.

통화 버튼을 누르고 한동준이 입술을 다물었다. 전화기 너머로 신호음이 울리고 있을 것이었다. 태성은 그 신호음이 들리는 것만 같았다. 전화기를 여전히 귀에 대고 있던 한동준이 '이젠 틀렸다'라는 듯 고개를 가로저을 때였다.

"늦었습니다! 죄송해요. 떠나 버렸는 줄 알았네."

숨을 몰아쉬며 한 남자가 뛰어왔다. 뛰어도 걷는 것과 별반 다르게 보이지 않았다. 뭐가 들었는지 어깨에 맨 커다란 크로스백이 엄청나게 불룩했다. 무게도 상당해 보였다. 핸드백만 달랑 메고 온 민서라나, 아무것도 들고 오지 않은 태성이나 최린과는 대조적이었다. 파마를 한 것인지 눈을 가릴 만큼 길게 내려온 앞머리가 정리도 안 된 채 구불거리며 흔들렸다. 서른셋 정태오, 태성은 자기도 모르게 중얼거렸다.

"더 헤븐?"

한동준이 암호라도 대는 듯 물어보았고, 숨찬 남자는 대답할 힘도 없는지 손가락으로 동그라미를 그려보였다. 숨을 몰아쉰 뒤 그가 간신히 말을 했다.

"정태오예요. 먼저 갔을까 봐 얼마나 뛰었는지."

머리를 벅벅 긁으며 정태오가 변명했다. 이번만큼은 한동준도 다른 사람들에게 보였던 미소를 짓지 않았다. 그저 자신을 메시아라고 소개했다. 아무리 곧 죽을 사람들이라도 피해만 받고 사과를 받지 못하면 불쾌하다. 당연한 말이지만 살아 있는 동안은 인간이기 때문이다.

"이 구성 참 대박이네요. 나이 대 비슷한 한동준 씨와 나 빼고 성별, 연령가지고 구분할 수 있는 구성이네. 소개 안 해도 다 알아보겠어요. 이런! 꼬마 아가씨도 있네. 남말 할 처지는 아니지만 꼬마 아가씨가 여기 들어올 만큼 뭐가 그리 힘들었어?"

늦게 온 주제에 주절주절. 정태오는 수다스러운 타입이었다. 최린은 대꾸도 않고 한동준 쪽으로 몸을 틀었다.

"출발, 안 하나요?"

* * *

모든 것은 이쪽에서 준비하겠다.

그것이 메시아 한동준이 약속했던 바였다. 그 약속 그대로 한동준은 목적지까지 이동할 차량을 준비해 왔다. 7인승 SUV차량이었다. 운전석에는 한동준이 올라탔다. 최린은 말없이 뒷좌석 제일 구석자리로 들어갔다. 눈치를 보다가 민서라가 그 뒤를 따라 뒷좌석에 올랐다.

"나도 뒷자리에 앉을게요. 짐도 있으니까."

정태오가 히죽 웃으며 안으로 짐 가방을 던지듯 놓고는 뒷좌석에 올라탔다. 다른 자리도 많은데 굳이 민서라 옆에 바싹 다가앉았다. 민서라가 흠칫하며 엉덩이를 옆으로 움직였다. 그 곤혹을 아는지 모르는지 정태오는 알 수 없는 웃음을 짓고 있을 뿐이었다. 룸미러를 통해 한동준이 그쪽을 흘깃 보았다가, 뻘쭘히 서 있는 태성에게로 시선을 던졌다. 올라타지 않고 뭐하느냐는 눈빛이다. 태성은 황급히 조수석에 올랐다. 탁, 닫히는 조수석의 차 문소리가 어쩐지 온몸을 울려왔다.

한동준의 차는 승차감이 대단히 훌륭했다. 기억을 잃은 뒤 많은 차를 타 본 것은 아니지만, 아무리 모르는 태성이라도 좋다는 것만은 확실히 느낄 수 있었다. 어떤 세상에 던져져 살았든지, 어떻게 살았든지 간에 마지막 길이 훌륭하다면 아무리 불행한 생이었다 해도 최악은 아니지 않을까.

차창 너머로 서울 시내가 빠르게 스쳐 지나갔다. 물기 어린 눈으로 보는 세상이 점점 뭉개 놓은 듯 일그러져 갔다. 서울의 위용을 자랑하는 빌딩숲, 멀리서는 보이지도 않는 그곳에 판자촌이 있을 터였다. 마지막이라는 것이 새삼 피부에 와 닿았다. 그에게 남아 있는 모든 기억은 그 안에 있다.

"우리 어디로 가나요?"

고속도로로 진입할 때 태성이 물었다. 다 같이 함께하기로 약속을 잡고, 모이고, 인사를 나누고, 출발하는 동안 아무도 그 사실을 묻지 않았다는 것이 새삼스럽게도 이상하게 느껴졌다. 한동준은 정면을 응시한 채로 대답했다.

"천국요. 천국으로 갑니다."

문자나 채팅도 아닌 육성을 통해 듣기에는 좀 민망할 정도로 연극 연습을 하는 것처럼 어색한 어조였다. 티내지 않으려 태성이 어색하게 웃었다.

"아니, 저…… 우리의 목적 말고……. 그 목적을 이룰 목적지라 할까……."

어째서인지 '자살'과 '자살할 곳'이라는 단어를 입에 올리기가 쉽지 않았다. 그렇게 말해 버리면 자신들의 숭고한 의도가 가볍게 느껴지는 것 같다. 이번에도 역시나 한동준은 표정의 변화 없이 대답했다.

"우리는 이미 세상을 등졌어요. 우리의 생명이 끊어지는 것과는 별개로, 우리가 마음먹고 세상에서 떠나온 것만으로 우리는 이제 천국으로 들어서는 겁니다."

알 듯도 모를 듯도 한 소리였다. 모르는 척을 할 수 없어 태성은 또다시 생긋, 입만 끌어올려 웃었다. 공감을 하는지, 얼마나 알아들었는지 하는 것에도 한동준은 별 관심이 없어 보였다.

"그런데 말입니다."

운전석과 조수석의 사이로 정태오의 머리가 불쑥 들어왔다. 불쾌하다는 듯 한동준의 미간이 살짝 구겨졌지만 정태오는 눈치 채지 못한 것 같았다. 아니, 눈치 채지 못한 것이 아니라 모르는 척하는 건지도 몰랐다.

"우리는 어떤 방식으로 가나요?"

운전을 하면서도 한동준의 시선이 룸미러 안에서 정태오에게 꽂혔다.

"아니, 뭐. 이미 다 알고 만난 사이끼리 쉬쉬 할 일도 아니고요. 이렇게 다 모여서 가는 건데 각자 목 매달 건 아니겠고, 역시 번개탄 그런 건가요?"

어차피 별로 대화도 없었지만 조금 전보다 더 묵직한 침묵이 차 안을 메웠다. 삶의 무게에 짓눌린 노동자처럼 아무도 입을 열지 않은 채 차를 따라 이리저리로 흔들렸다.

진짜로, 우리는, 죽는다.

정태오가 질문한 순간, 그 현실이 눈앞에 닥쳐 있었다.

"사실 계획은 있어요. 목적지에 도착하면 이야기하죠. 물론 모두가 동의해야 하겠지만요."

모두가 동의하지 않을 수도 있는 방법이라는 건가. 더 묻고 싶었지만 그만두고 창밖으로 고개를 돌렸다.

빛나는 태양이 빽빽한 나무들 사이로 점멸하듯 모습을 드러냈다

감추었다. 죽음만을 꿈꾸며, 죽음과도 같은 판자촌 바닥에 침잠해 있던 태성에게는 이런 아름다운 경치조차 익숙지 않았다. 태성은 자기도 모르게 눈을 감았다.

그로부터 한 시간 남짓이나 더 달려 차가 멈춰 섰다. 갑자기 멈춰진 진동에 태성은 눈을 떴다. 잠들었었다는 것을 깨달았다. 죽기 직전에 잠이나 자고 세월 좋다, 는 비아냥거림을 들어도 싸다. 와중에 꿈까지 꿨으니 할 말 다했다.

꿈에서 그는 좀 더 앳된 모습이었다. 그는 어두운 공간에 있었다. 그냥, 아무것도 하지 않고 멍하니, 어둠을 응시하고 있었다. 그는 가쁜 숨을 몰아쉬었다. 숨이 쉬어지지 않는 건가 할 때 검은 봉투 속으로 얼굴을 파묻었다.

이상한 꿈이었다.

"태성 씨?"

누군가 부르는 소리에 퍼뜩 정신을 차렸다. 운전석은 이미 텅 비어 있었다. 창밖을 보니 태성을 제외한 모두가 차에서 내린 뒤였다. 얼굴이 붉어지는 것을 느끼며 태성은 황급히 차에서 내렸다. 정태오가 실실거리며 웃고 있었다.

도착한 곳은 낡은 별장의 앞마당이었다. 잠에 빠져 있었어도, 어렴풋이 어떤 길을 달려 왔는지는 알고 있다.

차의 덜컹임이 긴 시간 이어졌던 이유가 납득되었다. 이곳은 완전한 산속이었다. 위를 올려다봐도, 주변을 둘러봐도 보이는 것은 산의 능선과 나무뿐이었다. 건물은 영화에서나 나올 법한 거대한 크기의 3층 벽돌 건물이었다. 붉은 벽돌 위로 담쟁이덩굴이 올라가 멀리서 보면 초록색 건물로 보일 지경이었지만, 그것이 멋있다기보다는 웬일인지 소름끼치는 느낌이었다. 끈질긴 생명력으로 사력을 다해 기어 올라가는 벌레의 욕망 같은 것이 느껴졌다.

고작해야 3층뿐이지만 고개를 꺾고 봐야 할 정도로 높다랬고 3층의 창은 윗부분이 둥근 디자인의 창을 쓰고 있었다. 이 거대한 건물이 그럼에도, 멋지다거나 훌륭하다고 느껴지지 않는 것은 단지 건물 자체가 노후 되었기 때문일까.

아니다. 노후 정도가 아니다. 이 건물은 전혀 관리되고 있지 않았다. 한때는 잘 가꾸어졌을 정원의 잔디는 올해 유난스러웠던 장마 때문인지 상당수 벗겨져 빨건 흙을 그대로 내보이고 있었고, 엉망진창으로 자란 잡초가 정원을 집어 삼킬 것처럼 보였다.

이런 곳이, 나의 삶에 마지막으로 허락된 공간이다.

부모가 자신을 죽이려 했고, 살아남았지만 기억을 잃었고, 죽음만이 희망인 스산한 인생에 더없이 잘 어울리는 공간이 아닌가. 사실 처음 모이기 시작할 때만 해도 뉴스에 나오는 많은 동반 자살자들이 그렇듯 강원도 어딘가의 펜션 정도일 거라고 생각했었다.

"들어가죠."

예상치 못했던 건물의 모습에 넋을 잃고 있는 동안 한동준이 앞서 걸으며 안내를 했다. 민서라가 약간 어두워진 얼굴로 뒤따라 들어갔고, 최린은 그 건물을 가만히 응시하다가 민서라와 마찬가지로 안으로 들어갔다. 건물을 올려다보던 최린의 눈빛에서, 벌레 같은 담쟁이덩굴과 같은 욕망을 보았다고 태성은 생각했다. 그녀는 지금 죽음을 욕망하고 있다.

"으이차!"

정태오가 잠깐 내려놓았던 짐 가방을 한쪽 어깨에 걸치며 기합을 외쳤다. 뭐가 그리도 많이 들었는지 걸쳐 메는 순간 한쪽 발을 뒤로 내딛으며 휘청했다. 자살할 사람이 대체 뭐가 그렇게 많이 필요한 걸까.

"같이 들어 줄까요?"

태성이 한쪽 팔을 내밀었다. 순간, 정태오가 반사적으로 한 걸음 물러났다. 크게 놀라기라도 한 것 같은 행동에 태성도 놀랐지만 정작 정태오도 당황한 것 같았다. 어색한 공기 속에서 정태오가 어색하게 웃었다.

"괜찮아요. 부피가 커서 그렇지 별로 무겁지도 않고."

무겁지 않다는 것치고는 심하게 휘청인 주제에. 태성은 몸을 홱 돌렸다. 흠칫 하는 태도에 기분이 상했다. 황급히 물러선 그의 발아래에 태성에 대한 원초적 무시가 깔려 있는 것만 같았다. 그런 걸 아는지 모르는지 정태오가 빠른 걸음으로 다가와 태성의 옆에 바짝 붙어 서서 걸었다.

"그런데 메시아가 생각해 놨다는 방법이 뭘까요?"

"들어가 보면 알겠죠."

태성이 획하니 앞으로 치고 나갔다. 정태오가 실실거리며 뒤에서 바짝 붙어 따라왔다. 왠지 싫은 사람이다.

* * *

안으로 들어가자 넓은 거실이 펼쳐졌다. 현관 오른쪽으로 두 개의 문이 보였고, 안으로 더 들어가니 계단이 나왔다. 위로 올라가는 계단은 2층으로 연결되어 있었다. 아래로 내려가는 계단까지 있는 것을 보니 지하실이 있는 모양이었다.

"이 문들이 다 방이야? 대체 방이 몇 개인 거야?"

정태오가 휘유, 휘파람을 불면서 관심 있게 여기저기를 둘러보았다. 그는 특히 지하에 관심을 보였다. 남의 초대를 받고 온 사람이 정말 뻔뻔하리만치, 마치 매매를 성사시키러 온 부동산 직원처럼 구는 것에 태성은 혀를 내둘렀다.

"부모님이 이 별장을 사실 때, 초대할 친구분들이 많아서 큰 방들을 합판으로 나눠 여러 개로 만드셔서 많은 거예요."

한동준이 대단한 것이 아니라는 듯 말했지만, 방 하나를 두 개로 나눌 수 있다는 것 자체만으로도 태성에게는 대단한 것이었다. 여전히 집 안을 둘러보느라 정신 빠진 정태오가 계단 밑을 향해 몸을 기울여 아래를 내려다보았을 때 한동준이 친절한 어조로 말했다.

"둘러보는 것은 조금 이따가 하실까요? 잠깐 의논드릴 일도 있고 해서."

아까 말했던 '방법'에 대한 의논인 모양이었다. 태성은 자기도 모르게 마른침을 삼켰다. 그냥 단순히 '죽는다' 정도로만 생각했는데, 방법이라는 말을 들으니 현실의 무게가 느껴졌다. 그러나 정태오는 별로 긴장이 되지 않는 모양이었다.

"근데 여기는 메시아 씨 겁니까? 아니면 그냥 폐가?"

정태오의 물음에 한동준이 고개를 돌렸다. 거실 창을 가리고 있는 암막 커튼의 벌어진 곳을 고쳐 닫는 중이었다.

"버려진 건물은 아니에요. 제 소유긴 하지만 관리를 못한 건 사실이죠."

"완전 시골이긴 하지만 부지가 굉장해 보이는데 한동준 씨 나이에 벌어서 샀을 리는 없고, 유산?"

그때 한동준의 얼굴에 짙은 혐오감이 스치는 것을 태성은 보았다. 같이 죽음을 택하자고 모인 것은 사실이지만 개인적인 문제까지 파고드는 것은 달갑지 않은 듯 보였다. 저런 사람을 일원으로 선택한 것에 후회를 하고 있는지도 모른다. 한동준과 정면으로 서 있는 정태오가 그것을 못 느꼈을 리 없는데도 그는 연신 태연자약하게 뻔뻔스러움을 유지하고 있었다. 그런 정태오의 쓸데없는 말을 잘라낸 것은 의외로 최린이었다.

"서로 호구 조사나 하겠다고 다 같이 모인 건 아닐 텐데요."

그제야 정태오의 관심이 한동준에게서 거두어졌다. 느물거리는 정태오의 시선을 최린은 꿈쩍 않고 받아쳤다. 정태오가 어깨를 으쓱했다.

"같이 가자고 모인 처지에 그렇게 무섭게 나올 필요가 있나. 보아하니 아직 민증도 못 만든 핏덩이 같은데 그렇게 뾰족해지려면 대체 어떻게 살아온 거야?"

최린의 표정이 대번에 쌍그래졌다. 팽팽한 긴장이 홍수의 강물처럼 둘 사이에 흘렀다. 태성은 어쩔줄 몰라 두 사람 사이에서 시선을 이리 저리로 옮겼다. 이 와중에도 몸을 축 늘어뜨리고 앉아 바닥만 보고 있는 민서라가 오히려 대단해 보였다.

"자, 그만하시죠. 우리는 싸우자고 모인 게 아니잖습니까."

한동준이 나섰다. 그제야 정태오도 한발 물러섰다. 쩝 소리를 내며 시선을 피했다. 최린도 문제를 더 물고 늘어질 생각은 없어 보였다. 다시 특유의 공허한 표정으로 돌아왔다.

"그럼 한동준 씨 계획이라는 걸 좀 들어 봅시다."

그래봐야 연탄이지, 하고 중얼거리며 정태오가 소파로 다가와 털썩 주저앉았다. 소파 위에 있던 먼지들이 일제히 빛 속에서 공중으로 부유했다. 먼저 소파에 앉아 있던 민서라가 날벼락이라도 맞은 것처럼 흠칫하며 소파 끄트머리로 재빨리 옮겨 앉았다. 얼굴 앞에서 손을 펄럭펄럭 휘저었다. 먼지들이 손가락사이로 빠져나갈 뿐 치워지는 것 같지는 않았다.

"아, 미안 미안. 거기 앉아 있는 줄도 몰랐네. 어찌나 조용한지."

누가 봐도 전혀 미안하지 않은 태도로 정태오가 낄낄거리며 사과했다.

"자, 태성 씨도 앉으시죠."

한동준의 말에 태성은 머뭇거리며, 자신이 앉아야 할 자리를 탐색했다. 1인용 소파가 놓여 있고 그 옆으로 3인용쯤 되는 긴 소파가 좌, 우 한 개씩 있었다. 일단 척 보기에도 1인용 소파는 한동준의 몫이다.

왼쪽 소파로 고개를 돌렸다. 3인용이지만 거의 가운데에 정태오가 다리를 쩍 벌리고 앉아 있고 민서라가 끄트머리에 간신히 매달리듯 앉아 있다. 거기에는 자신이 앉을 만한 자리가 전혀 없다고 봐도 무방했다.

그렇다면 오른쪽 자리다. 고개를 돌리자 최린의 눈과 마주쳤다. 검은 눈이 그를 응시하고 있다. 노려보고 있는 것이 아닌 줄은 알지만 어쩐지 위축되는 기분이다. 무너지듯, 태성은 바닥에 다소곳이 앉았다. 그것이 그의 결정이었다. 최린의 옆자리 가시방석보다야 백오십 배 쯤은 편할 것 같았다. 그런 그를 최린이 이상하다는 듯 쳐다보았다. 태성은 어색하게 웃었다.

"원래 바닥을 좋아해서."

한심하다는 듯 최린이 낮게 고개를 저었다.

* * *

어찌 되었든, 착석이 끝난 후 미리 약속이라도 한듯 네 명은 동시에 한동준의 얼굴을 쳐다보았다. 자, 어디 말해 봐라. 그런 분위기였다. 긴장이 된다는 듯 양손을 비비며 한동준이 입을 열었다. 그리고 자신의 이번 여행에 대한 계획을 말하기 시작했다. 말하는 중간에 버벅거리는 일도 없었고, 자기 혼자 흥분해 언성을 높이지도 않았다. 어쩌면 이번 여행을 위해 사람들을 모으기 훨씬 이전부터 생을 마감하는 방법에 대해 고민하다 내린 결론인지도 모른다. 그런 생각들을 한동준은 침착하게 하나하나 꺼내놓았다. 그리고 그의 제안이 모두 끝났을 때 선불리 말을 꺼내는 사람은 없었다. 대신 모두 비슷한 생각들을 하고 있는 것 같았다. 태성도 아무 말도 하지 못한 채 침묵을 지키고 있었지만, 이 상황이 비현실적으로 느껴졌다.

죽자고 모인 사람들에게, 이곳에서 5일간 함께 살자니.

"푸하하하!"

정적을 깨고 느닷없이 웃음을 터뜨린 것은 정태오였다. 발작이라도 하는 것처럼 어깨를 들썩이며 숨을 껙껙 몰아쉬는 유난스러운 웃음이었다. 지나친 웃음 때문에 배가 뒤틀리는지 한손으로는 배를 움켜쥐면서도 다른 한손은 치켜들었다.

"나는 찬성. 재밌는데? 난 좋아요. 내 인생 사실 얼마나 피곤했다구. 죽기 전에 그 정도 호사는 누려도 되잖아?"

그랬다. 그것이 한동준의 제안이었다. 그냥 죽는 것은 억울하다. 죽기 전 제대로 호사를 누려 보자. 음식이든, 뭐든 원하는 것은 한동준이 준비하겠다고 했다. 가장 행복하게, 마지막이라도 행복하게, 그리고 자유롭게. 그것이 한동준의 목표라고 했다.

자신의 지난 인생이 너무 불행했기 때문에 이대로 죽는 건 억울하다고 말했다. 그러고 나서 모두를 돌아보는 그의 눈빛은 나머지 네 명에게 묻고 있었다.

너희들도 그렇지 않냐고.

"다른 분들은 어떻게 생각하세요?"

정태오의 찬성에 한동준은 표정이 풀려 있었다. 그의 시선이 태성에게로 향했다. 태성으로서도 마음이 혹하는 건 사실이었다.

'음식이든, 뭐든.'

한동준의 그 말은 마법과도 같았다. 판자촌의 생활은 끔찍했다.

하루 한 끼, 자원봉사자의 밥을 얻어먹는 걸로 끼니가 끝나는 날이 수두룩했다. 겨울엔 냉방이, 여름엔 난방이 되는 것 같은 열악한 판자촌은 현실 속 지옥이었다. 그곳에서는 잠을 자도 악몽뿐이었다. 죽더라도 한 번쯤, 원하는 만큼 누리는 삶이 며칠쯤 있어도 좋지 않을까. 음식이든, 뭐든. 목숨을 담보로 한 죽음 앞의 사치로 평생의 결핍을 상쇄하겠다는 것이다.

마치 약속이라도 한 포즈인 것처럼 태성도 정태오와 마찬가지로 한손을 들었다.

"저도 좋습니다."

화답하듯 한동준이 고개를 끄덕였다.

"언니는? 언니도 나쁘지 않지?"

정태오는 신이 나서 민서라에게로 얼굴을 들이밀었다. 그녀가 벌레라도 피하는 것처럼 몸을 젖혔기 때문에 태성은 민서라가 소파에서 떨어지지나 않을까 걱정했다. 하지만 그런 일은 벌어지지 않았고, 대신 민서라는 예상 외로 얼굴을 꼿꼿이 들고 한동준에게 질문했다.

"음식이든, 뭐든이라고 하셨나요?"

뻘쭘해진 정태오가 민서라에게서 몸을 뗐다. 아무도 신경쓰지 않았다.

"네. 원하는 건 모두 다요."

"모두요? 어떤 거라도 해 주실 수 있나요? 가능하시냐고 묻는 거예요. 이를테면, 금전적으로 말이에요."

지금까지 민서라의 소극적 태도를 보아서는 상당히 의외의 질문이었다. 정태오도 놀랐는지 이번에는 낄낄거리며 끼어들지 못했다. 죽음 직전에 반드시 하고 싶은 '뭔가'라도 있는 모양이었다. 태성은 생각했다. 뭔가라……. 죽음 직전 먹고 싶고, 갖고 싶은 것 이외에 '소원'을 들어 줄 수 있다면 태성은 '기억'을 찾고 싶었다. 하지만 그것은 재력으로 해결할 수 있는 부분이 아니었다. 마지막 소원이 금전적으로 해결할 수 있는 것이라서, 태성은 민서라가 부러웠다.

"가능합니다. 원하시는 게 어떤 것인지 모르지만. 가능해요, 어떤 것이든."

휘유, 하고 정태오가 휘파람을 불었다. 민서라가 고개를 끄덕였다. 한동준의 제안을 받아들이겠다는 것이었다.

태성은 한동준에 대해 궁금해졌다. 이런 별장을 자신의 명의로 소유하고 있다는 것이나, 금전적인 것도 들어준다는 것을 보면 꽤 재력가의 자식인 것 같다. 적어도 재정적으로 힘든 사람은 아닐 것이다. 그런 사람들의 인생은 어떤 걸림돌에 걸려 자살로 고꾸라지는 것일까. 물어보면 알려 줄까? 어쨌든……. 이제 한 명 남았다.

누군가의 지시라도 떨어진 것처럼 모두의 시선이 일제히 최린에게로 쏠렸다.

최린은 모두의 시선에 위압된 듯, 잠깐 몸을 굳혔다. 그러나 곧 어이없다는 듯 하, 웃었다.

"정말 어이가 없네. 행복하게 죽는다고? 이게 무슨 드라마야, 소설이야? 너무 감상적인 거 아냐? 난 그럴 마음 없어."

최린이 자리를 박차고 일어났다. 주저함도 없이 밖으로 나갈 태세를 취했다. 이곳으로 올라오는 동안 산 입구에서부터, 가로등도 하나 없는 산길을 얼마나 오랫동안 거슬러 왔는지에 대한 생각이나 두려움은 없어 보였다. 고작 5일인데, 화를 낸다. 그녀에게 죽음은 5일을 허용하지 못할 정도로 간절한 걸까.

최린은 현관으로 가 신발을 신었다. 한동준은 꼼짝 않고 가만히 있었다. 최린의 움직임을 멈춰 세운 것은, 의외로 민서라였다.

"나가서, 신고하면 어떡해요?"

마치 중얼거리는 듯한 그 은밀한 목소리에, 태성은 소름이 끼쳤다. 잔잔한 호수에 던져진 작은 돌멩이의 악의가 커다란 파문을 만든다. 미처 생각지 못했다는 듯 정태오가 맞장구를 쳤다.

"그러네! 혹시 모르잖아. 신고할지도."

"그런 거 안 해요!"

발끈하는 최린의 낯빛이 어딘가 파리하게 질려 있었다. 생각하고 싶지 않은 두려운 광경을 떠올린 모양이었다. 이 사람들은 신고를 두려워한다. 그 일을 막기 위해 무슨 일을 저지를지도 모른다. 한 발짝 주춤 물러서는 태도는 최린의 그런 머릿속 생각을 여실히 드러내 보이고 있었다.

"아니, 솔직히 그 말을 믿을 수야 없지. 애초에 우리가 얼마나 잘 안다고."

"죽겠다는 사람들이 홍청망청 즐겨 보겠다는 게 더 이상한 거 아냐? 신고 같은 거나 할 생각이었다면 애초에 동반 자살하러 오지도 않았어."

항변하는 최린의 얼굴을 정태오가 물끄러미 보았다. 뱀 같은 눈이었다. 그 눈이 최린의 머리부터 발끝까지를 핥듯이 훑어 내렸다.

"그럼 너 먼저 죽어. 바로 여기서."

"그런……!"

이건 아니다. 태성이 벌떡 일어섰다. 애초에 죽으려고 모인 것이었다. 다른 제안 때문에 당혹스럽고 마음에 들지 않는 사람이 나오는 것은 당연하다. 그것을 이렇게 자극적인 말로 비난해서는 안 된다는 생각이 들었다.

"잠깐만요."

한동준이 일어섰다. 동요 없는 차분한 목소리였다. 뭔가 말하려는 정태오를 향해 한쪽 손을 들어 저지했다. 그러고는 소리도 잘 나지 않는 걸음으로 최린에게 다가갔다. 그녀의 얼굴을 정면으로 응시했다.

"내 제안이 무리일 수 있다는 거 알아요. 동의를 미리 받았어야 하는데 여기까지 와서야 얘기한 것도 사과할게요."

최린은 아무 말도 하지 않았다. 한동준의 정중한 사과가 오히려 그녀에게는 위압적인지도 모른다.

"하지만 우리 너무 힘들었잖아요. 힘든 인생 그만 살고 싶은데, 이렇게 죽어 버리는 것도 너무 허무해요. 난 그 감정들을 이해하고, 똑같이 공감해요. 조금이라도 보상, 받아야 한다고 생각해요."

이를 악물고 한동준을 보다가, 최린은 아직 거실에 남아 있는 사람들에게로 시선을 던졌다. 어정쩡한 자세로 서 있는 태성, 파문을 일으켜 놓고는 정작 고개를 숙이고 있는 민서라, 피해 주지 말라는 듯 팔짱을 끼고 보고 있는 정태오.

최린의 시선이 다시 한동준에게로 돌아갔다.

“흥청망청 즐기면, 보상받는 거예요?”

“그건 각자의 인생에 뭐가 보상이 되느냐에 따라 다르지요. 최린 양이 뭘 원하느냐에 따라 최린 양 인생에 대한 보상은 달라지겠죠. 당신은 당신의 마지막을 스스로 정할 수 있는 5일을 갖게 된 거예요. 사실, 최린 양이 이대로 나가든 아니든 난 상관하지 않아요. 신고하지 않겠다는 말도 믿어 줄 수도 있어요. 하지만 최린 양, 여기서 나가면 뭘 할 건가요? 열심히 그대로 살아갈 건가요? 아니죠? 근데 혼자는 죽을 수도 없어. 스스로 죽기에는 무서우니까 여기에 왔잖아. 당신은 또다시 함께 죽어 줄 사람을 찾아 나서겠죠. 이런 거나 들고서.”

한동준은 팔을 뻗어 최린의 조끼 주머니에 손을 집어넣었다. 앗, 하고 최린이 피하지도 못하는 사이 한동준의 손에 들려 나온 것은 접이식 칼이었다. 윗부분에 달린 은색 버튼을 누르자 서슬 퍼런 칼날이 착! 하고 올라왔다.

당황한 얼굴로 최린이 재빨리 한동준의 손에서 칼을 낚아챘다. 몸을 돌려 얼굴을 볼 수는 없었지만 뒤에서 보이는 팔꿈치가 미세하게 떨리고 있었다.

한동준은 그런 최린을 내려다 볼 뿐 아무 말도 하지 않았다.

기다릴 생각도 없는지 정태오가, 설마 우리를 죽이려 한 건 아니었냐며, 그새를 못 참고 쓸데없는 소리를 떠들어 댔다.

민서라는 자신의 주머니에 들어 있던 것을 테이블에 꺼내 놓았다. 칼이었다.

칼을 본 태성이 놀란 눈을 했다. 최린과 같은 공포가 민서라의 칼날에도 서슬 퍼렇게 붙어 있었다.

"나도 알아."

후, 하고 한숨을 쉬고는 말을 이었다.

"언젠가 신문 보도가 된 적이 있었지. 동반 자살을 위장해서 불러 내놓고 성폭행한 사건. 알게 모르게 그런 사건 많았다는 거, 동반 자살에 관심 있었으니 다들 알 거예요. 그 사건 보도한 기사 댓글에 뭐라고 써 있었는지 알아요? 어차피 죽을 거 기부 좀 하고 죽으면 어때서."

여자라는 이유만으로 당하는 치욕이, 이 세상 도처에 깔려 있다. 찬물을 끼얹은 듯 모두 침묵했다.

태성 역시 아무 말도 하지 못했다. 그도 그럴 것이 태성으로서는 그런 보도, 들은 적도 없었다. 그런 판자촌에서 신문은 낡은 방문에 난 구멍을 막거나, 급할 때 비벼서 아래 구멍을 닦거나, 모아서 폐지 수거 상에게 팔아 몇백 원 만들었다가 베드로에게 빼앗기는 일이 전부였다.

"근데 아니거든요. 어차피 죽을 거라도 그 어떤 일도 당해도 되는 건 아니거든."

민서라의 그 말이 최린의 마음을 건드렸나 보다. 이곳까지 오는 동안 쌓이고 쌓여 풍선처럼 부풀었던 두려움이 한 번에 터진 듯, 최린은 울음을 터뜨렸다.

"말했잖아요. 뭐든 원하는 대로 해 준다고. 그런 게 걱정된다면 어떤 안전장치라도 마련해 줄 겁니다. 당신은 스스로 원하는 대로의 죽음을 맞을 거예요."

최린이 고개를 끄덕였다. 손등으로 눈물을 쓱쓱 닦았다. 어떤 힘든 인생을 살았는지 몰라도 고작 열여덟 어린 학생일 뿐이었다. 태성은 문득, 최린이 안고 있는 고통이 궁금해졌다. 어떤 고통이 그녀를 죽음을 향해 손 뻗게 만들었는가. 뭔지 알게 되면, 그래서, 돈 많아 보이는 저 한동준이, 원하는 건 다 들어준다는 한동준이 도와주면 되는 게 아닐까? 그럼 죽지 않아도 되는 것 아닌가 하는 주제넘은 생각이 들었다.

"아, 뭐야. 멤버에 여자도 끼어 있겠다, 흥청망청 살다 보내 준다고 해서 괜히 기대했……."

태성은 참지 못하고 정태오의 목을 뒤에서 감아 당기고 다른 한 손으로는 그 분위기 파악도 못하고 시도 때도 없이 벌려 대는 입을 막았다. 누군가 한동준에게 부탁해 줬으면 하는 마음이었다. 정태오의 입을 막아 달라고.

"그럼 이제 모두의 동의를 구한 거 맞죠?"

침묵. 그러나 그것은 동의의 다른 표현이었다.

"그럼 잠깐 쉴까요? 여자분들은 2층 방을 쓰세요. 열어 보시고 맘에 드는 곳 아무거나 쓰시면 돼요. 두 분이 같이 쓰셔도 되고 각각 쓰셔도 됩니다. 남자분들은 여기 1층. 마찬가지로 같이…… 쓰실 거 같지는 않네요. 원하는 대로 방을 정하세요. 각자 좀 쉬었다가 한 시간 후에 뵐게요. 그때 원하는 것을 제가 들을게요."

정태오가 버둥거려 태성의 손을 벗어났다. 잠깐 태성을 노려보았다가 벌떡 일어나 자신의 거추장스러운 짐들을 들고 복도 쪽으로 사라졌다. 방문을 열었다 닫는 소리가 연이어 들렸다. 방을 고르는 모양이었다. 태성은 어떤 방이든 상관없었다. 잡초로 엉망이 된 정원에 개집을 던져 놓아도 판자촌보다는 나을 것 같다.

최린과 민서라는 2층으로 향했다. 방을 따로 쓰겠다고 하는 최린의 목소리로 보아 기분이 많이 풀린 것 같았다. 계단을 다 올랐는지 모습이 보이지 않았지만, 여기저기 방문을 여닫는 소리가 들려왔다.

"넌 뭘 해 달라고 할 거니?"

어딘지 들뜬 민서라의 목소리도 들렸다.

한동준은 거실의 중간에 서서, 사람들의 오가는 소리를 듣고 있었다. 태성은 한동준을 물끄러미 쳐다보았다.

뭐든 원하는 것은 들어준다.

행복의 정점에서 죽음을 맞을 수 있게 도와준다.

그 순간 그는 모두의 '메시아'였다.

이면 2.

"메시아?"

경환이 가지고 온 조사 자료를 훑어보던 김진성 형사는 웃음을 터뜨렸다. 메시아라는 아이디를 쓰고 있는 것은 집단 자살 카페 더 헤븐의 운영자였다. 조사한 바에 따르면 더 헤븐은 몇 번의 자살 사건 이후에도 아직 비밀리에 운영되고 있었다. 수사를 피해 카페의 폐쇄와 개설을 번갈아 한 듯하다.

"조사해 보니 지금 카페 운영자 메시아가 현재 연락 두절이고 며칠째 카페에 로그인도 안 하고 있어요. 혹시 또 자살을 시도하려는 건 아닌지 걱정되는데 조사해 볼까요?"

"확실해진 다음에 천천히 가자고."

김진성 형사가 보고서를 흔들며 물었다.

"얜 뭐하는 인간인데?"

경환은 김진성 형사와 3년을 함께 일해 왔다. 김진성 형사의 스타일도 가장 잘 알고 있고, 그가 미리 원하는 바가 무엇인지를 파악해 최대로 조사를 해 두는 면에서 파트너로서의 가장 큰 이점을 갖고 있었다.

"그게……."

경환이 머뭇거렸다. 조사하지 않은 것은 아니지만, 뭔가 쉽게 말하기에 껄끄럽다는 뉘앙스였다. 그를 보는 김진성 형사의 눈이 반짝였다. 머뭇거림만으로 '뭔가 있다.'는 것을 깨달은 사람의 눈빛이었다.

"한동준이라고……."

"그 이름은 알지. 지난번 홍천 집단 자살 사건 보고서에서 이름 봤잖아."

본론부터 말하라는 독촉. 경환은 목소리를 낮추고 말했다.

"제이티그룹 외손자입니다."

"뭐?"

전혀 예상치 못한 말에 김진성 형사의 눈이 커다래졌다. 하지만 놀랄 일은 그것이 끝이 아니었다.

"그리고, 서장님께서 올라오시랍니다."

3. 누구에게나 죽을 이유는 있다.

어디선가 버스럭거리는 소리가 들렸다. 바깥에 바람이 부는 모양이었다. 비가 오는지도 몰랐다. 짙은 보라색 암막 커튼은 전 층에 걸쳐, 창이란 창마다 전부 쳐져 있었다. 낮에도 빛 한 점 들어오지 않을 만큼 두터운 커튼은 밤이 되어도 어둠조차 안으로 들여보낼 것 같지 않았다. 이상한 것은 그들 중 아무도 그 커튼을 열려고 하지 않았다는 것이었다. 태성 역시 그런 마음은 들지 않았다.

사람들이 모두 모이자 한동준은 거실의 등을 모두 켰다. 거실 정중앙 천장에 달린 대형 사각등 외에도 벽에 걸린 회화액자를 빛내주기 위한 반매입등까지 모두 빛을 밝혔다.

밝은 빛 아래에서 태성은 자신의 앞에 놓인 종이와 펜을 곤혹스러운 듯 내려다보았다.

"각자 유서부터 작성하실까요?"

한동준의 제안은 태성을 제외한 다른 사람들에게는 전혀 놀랄 일이 아닌 듯했다. 정태오가 잠깐 한숨을 쉬기는 했지만 모두들 펜을 쥐고 묵묵히 적어 내려갔다. 자신의 성격과 많이도 닮은 악필로 쓱쓱 적어 내려가던 정태오가 멍하니 앉아 있는 태성을 보며 혀를 끌끌 찼다.

“이거, 이거. 완전 초짜구만. 카페에 올라온 게시글 복습을 전혀 안 했어? 쯔쯔…… 이봐, 한 대표. 이 정도는 오기 전에 가르치지 뭐했어?”

“가입 시기가 바로 얼마 전이었다는 것을 간과했네요. 제가 설명할게요. 그리고 그 대표라는 호칭은 상당히 민망한데요. 저 역시 여러분들과 같은 동반자일 뿐이에요.”

“뭐면 어때? 어차피 죽어 자빠질 몸뚱이, 썩어 문드러질 주둥이야. 무슨 말을 하던 한 귀로 흘려들어. 내가 그렇다고 회사 대표를 하래, 여당 대표를 하래?”

뻔뻔한 말을 잘도 뱉어 놓은 정태오는 쯧, 혀를 차고는 자신의 유서를 작성하는 것에 집중했다. 저런 사람은 대체 누구에게 어떤 내용의 유서를 남길까.

한동준이 태성에게 설명했다.

모두 단 한 번의 시도에 원하는 바를 이룬다면 정말 좋겠지만, 그것은 누구도 자신할 수 없는 일이었다. 실제로 한두 명, 혹은 더 여럿이 살아남는 일은 자주 발생했다. 그리고 경찰의 조사를 받고 처벌을 받았다. 자살 방조죄. 이 유서가 그 죄를 완전히 벗길 수는 없겠으나, 적어도 참고될 수는 있다. 그래서 카페에는 동반자를 찾는 이들이 유서를 작성해 오거나 함께 만나 작성하자는 게시글들이 자주 올라오기도 했다. 이미 더 헤븐에 가입되어 있던 이들은 그래서, 동반의 첫 단계로 유서를 작성하게 된다는 것을 이미 다들 알고 있었던 것이다.

유서라는 것은 지극히 개인적인 내용들로 작성된다. 세상이나 가족에 대한 원망, 자신을 잊어 달라는 당부. 하지만 절대 빠져서는 안 되는 문장이 있다.

"이 죽음은 나 스스로 정한 것이며."

태성은 입으로 그 말을 되뇌어 보았다. 그를 보던 한동준이 고개를 끄덕여 보이고는 자신의 유서를 작성하기 시작했다.

* * *

유서 작성이 모두 완료된 것은 한 시간쯤 지난 뒤였다. 모두들 한마디도 하지 않고 고심 속에 유서를 적어 내려가기 시작했다. 유서가 발견되는 것은 자신의 죽음 이후다. 그런데도 유서 내용을 신경 쓰는 것이 비현실적으로 느껴졌다.

정태오는 진즉에 작성을 마치고 이 사람, 저 사람의 유서를 기웃대며 빈둥거렸다. 그러고는 이내 참지 못하고 민서라의 어깨 너머로 유서를 훔쳐 보았다. 저러면 안 될 텐데, 하는 생각이 들어 태성은 신경이 쓰였다. 정작 민서라는 눈치 채지 못한 것 같았다.

"저기……."

참지 못하고 태성이 말을 걸었다. 대번에 정태오가 눈을 사납게 떴다. 조용히 있으라고 태성에게 보내는 경고였다. 하지만 그 사이 인기척을 느낀 민서라가 고개를 들다가 정태오와 눈이 마주쳤다. 뭔가를 훔치다가 걸린 사람처럼 정태오는 히죽 웃었고, 민서라의 얼굴은 잔뜩 굳어진 채 새파랗게 질려 버렸다.

"정태오 씨, 본인 것에만 집중합시다."

결국 한동준의 경고를 받고서야 입을 비죽거리며 일어섰다.

"에이, 재미없어. 계집애들처럼 이게 뭡니까? 난 방에 들어갈 테니 많이들 해요."

아무도 그를 잡으려 하지 않았다. 정태오는 고개를 숙이고 유서를 쓰고 있는 태성의 앞에서 발로 바닥을 툭툭, 찼다. 태성이 올려다보았다.

"밥 때 되면 불러."

애교 섞인 목소리다. 어울리지도 않았다. 어이가 없어 대답할 마음도 들지 않았다. 그럼에도 태성이 불러 줄 것이라고 확신했는지 정태오는 흥얼거리며 방으로 들어갔다.

밥 때 안 부르면 가만히 두지 않겠다는 말을 남기고.

"다 쓰셨으면 방에 가져다 놓으시든, 잘 보관하고 있으세요. 갈 때, 몸에 지니고 가게 될 겁니다."

갈 때. 그 말이 경고한다. 아무리 좋은 집에 있어도, 그 어떤 소원을 한동준이 들어준다 하더라도, 잊지마라. 우리는 모두 죽는다.

태성은 잠시 생각하다가 유서를 들고 일어섰다. 작성을 마쳤는지 민서라도 뒤이어 일어섰다. 얼핏 보니 최린은 유서를 반으로 접은 뒤 다시 한 번 접어 바지 주머니에 넣고 있었다. 그런 그녀의 모습이 어딘지 모르게 위태했다.

“그럼 주방으로 모이세요. 오늘 저녁은 일단 제가 적당히 준비했습니다.”

2층으로 오르던 민서라가 고개를 까딱, 했다. 최린은 유서를 방에 가져다 놓지는 않을 모양인지 한동준의 뒤를 곧장 따랐다. 태성은 1층 복도의 제일 안쪽에 있는 자신의 방으로 향했다. 가는 길에, 복도 중간 오른쪽에 있는 방문이 벌컥 열렸다.

“지금 저녁 먹으러 나오라고 한 거지? 한번 가 보실까나. 뭘 얼마나 차렸을지?”

콧노래라도 부르는 것처럼 정태오가 룰루랄라 주방으로 향했다. 느닷없는 출현에 놀라 멍하니 입을 벌리고 서 있던 태성은 그 뒷모습을 물끄러미 보다 어이가 없어 고개를 절레절레 흔들었다.

자신의 방으로 돌아간 태성은 문득 그런 생각을 했다. 자신이 살던 판자촌에 베드로와 정태오를 같은 공간에 두면 어떤 일이 일어날까. 뻔뻔하기로는 서로 지지 않을 것 같았다. 절대 보고 싶지 않은 광경이지만 만에 하나 그렇게 된다면 저 두 사람은 밤에 잠도 한숨 자지 못할 것 같다. 베드로가 정태오의 방에서 물건을 훔쳐다 팔고, 정태오는 그 돈을 베드로의 방에서 도로 훔쳐 올 것 같다. 분명 이자까지 붙여서. 그런 광경이 머릿속에서 둥둥 떠다녔다.

아니다. 더욱 무서운 일이 벌어질 수도 있다. 두 사람이 서로 경쟁이라도 하듯 태성의 방에 드나들며, 그의 물건을 초토화시켜 버릴지도 모를 일이었다. 느닷없이 떠오른 엉뚱한 생각이었지만 더 이상 생각하고 싶지도 않다. 태성은 가볍게 몸을 떨며, 생각을 털어냈다.

유서를 어디에 놓을까 주변을 둘러보았다. 낡은 책상 하나가 있다. 아무렇게나 그 위에 올려 두었다. 주방으로 나가기 위해 문손잡이를 잡았지만 선뜻 나서지지 않았다. 누군가 보기라도 하면 민망할 것 같아, 다시 들어가 책상의 서랍을 열고 제일 안쪽에 넣었다. 그래 봐야 텅 빈 서랍이라 누군가 열기라도 하면 금방 눈에 띄겠지만 말이다. 만약 누군가 자신의 유서를 훔쳐본다면 그것은 백퍼센트 정태오일 거라는 생각이 들었다. 이왕 다 같이 죽을 거면 한자리에서 시작해서 끝을 맺었으면 좋겠다. 괜히 정태오가 뒤늦게라도 자신의 유서를 보고 낄낄댈 것 같다는 걱정에 시달렸다.

그런 쓸데없는 고민을 하다 식당에 들어갔을 때 이미 다른 사람들은 모두 자리를 잡고 앉아 있었다. 정태오는 여전히 민서라의 옆자리에 자리를 잡았다. 좌우를 모두 거느리고 앉을 수 있는 정중앙 자리는 당연히 한동준의 것이니 앉을 마음이 없다. 정태오의 옆 자리는 절대 앉고 싶은 마음이 없다. 태성은 최린의 옆 자리로 가 앉았다. 설핏, 시선이 마주친 것도 같아 태성은 히죽 웃으며 고개를 까딱했다. 그러나 최린은 고개를 홱 돌려 버렸고, 이후에는 눈도 마주치지 않았다.

무안했다.

저녁 식사는 더할 나위 없이 거창했다. 겉보기에도 거창한 식사는 질적인 면에서도 근사했다. 주 메뉴인 두툼하게 자른 안심스테이크는 입에 넣기가 무섭게 깊은 풍미를 자랑하며 입안에서 녹아내렸다. 기억을 잃기 전에는 어땠는지 모르지만 기억을 잃은 후에는 단연코 처음 먹어 보는 엄청난 요리였다. 식탁 가운데에 놓은 볼에 상큼한 키위 드레싱을 뿌린 샐러드를 담아 놓았는데 한동준은 이따금 개인 접시에 덜어 주면서 사람들을 살뜰히 챙겼다. 어디에 가도 환영을 받고, 모두가 좋아할 것 같은 사람이었다. 그런 사람이 대체 왜 자살을 할까. 역시 남의 인생은 어깨 너머로도 들여다 볼 수 없고 속단할 수 없다.

한동준은 냉장고에서 와인도 한 병 꺼내 왔다. 와인을 보는 정태오의 입이 헤 벌어졌음은 두말할 것도 없다. 태성도 와인 병에서 눈을 떼지 못했다. 와인이라는 건 한 번도 마셔 보지 못했다. 어떤 맛인지 궁금했다. 부의 맛이라는 것이 따로 있다면 스테이크에 곁들이는 와인이 아닐까 하는 생각마저 들었다.

"어이, 동생! 센스가 엄청나네. 아주 폭풍 센스야."

정태오가 반색하는 웃음으로 엄지손가락을 척, 세워 보였다.

아까는 한 대표라고 하더니 이번에는 동생이다. 고개를 절레절레 흔들며, 두툼한 스테이크 한 조각 위에 소스에서 건진 양송이버섯을 얹어 입에 한가득 넣었다. 씹자마자 퍼지는 육즙이 입안을 온통 메웠다. 황홀한 맛이었다. 죽지 않고 다시 살아 봐도 되지 않을까 싶은 맛이었다.

손바닥만 한 스테이크가 마술사의 동전처럼 사라져 버려 아쉬움에 입을 쩝, 다실 때쯤, 한동준이 곧바로 스테이크 한 장을 더 구워 왔다. 한동준의 머리 뒤로 큰 쟁반만 한 빛덩이가 쏟아지는 것처럼 보였다.

메시아!

어깨가 들썩일 만큼 신이 나 칼질에 몰두하던 중 문득, 시선이 최린에게로 향했다. 그녀는 스테이크를 반도 먹지 못하고 있었다. 원래 좋아하지 않는 음식인가 생각하기에는 그녀의 표정이 지나치게 어두웠다. 무슨 생각에 빠졌는지 지독히도 우울한 표정에서 갑자기 사납다고 할 수밖에 없는 살기를 띠는 표정으로 바뀌기도 했다. 몇 시간 전 모두의 설득으로 '행복한 순간에 죽음 맞기 프로젝트'에(누구도 그런 이름을 붙인 적은 없지만) 동참하겠다고 결정한 뒤에는 표정이 좀 나아보이기도 했었는데 다시 원상태로 돌아왔다.

무엇보다 기분의 전환이 저렇게 빠른 것은 문제가 있는 게 아닌가, 태성은 생각했지만 곧 그 생각을 그만두었다. 이곳의 모두는 각자의 문제를 넘지 못해 여기에 와 있는 거니까.

한동준도 그런 최린이 못내 신경 쓰였는지, 음식이 입맛에 맞지 않느냐고 물어보았다. 다른 음식을 준비해 주냐고 묻는 것도 잊지 않았다. 태성은 대신 대답하지는 않았지만 음식이 입맛에 맞지 않는 건 아닐 거라고 생각했다. 이렇게 굉장한 음식을 먹지 않는 건, 이 고기의 주인인 소밖에 없을 터였다.

한동준의 배려에도 최린은 기어이 포크와 나이프를 테이블에 내려놓았다.

"죄송해요. 먼저 일어날게요."

"어디 아픈 건 아닌가요? 비상약 정도는 준비되어 있어요."

최린은 고개를 저었다.

"아니에요. 먼저 올라갈게요. 자면…… 좋아질 거예요."

목만 숙여 인사하고는 곧장 밖으로 나갔다. 태성은 최린의 남은 고기를 응시했다. 가져다 먹을까 하는 생각 때문은 아니었다. 그녀의 접시를 쳐다보다가 태성도 뒤를 따라 나갔다. 한동준의 시선이 그를 향하는 것 같았지만, 한동준은 따라 나오지 않았다.

태성이 거실에 들어섰을 때, 최린은 2층으로 올라가는 계단을 밟고 있었다.

"저기요!"

최린이 뒤돌아보았다. 또다시 무(無). 그리고 공허. 그녀의 눈엔 또다시 아무것도 존재하지 않았다.

"괜찮아요?"

물끄러미, 최린의 시선이 자신의 눈으로 곧장 박히자, 태성은 자기도 모르게 긴장했다. 그러나 그 시선은 이내 걷혔다. 대답할 마음도 없는지 최린은 다음 계단에 발을 올렸다. 그 모습을 물끄러미 보다가 아, 모르겠다 싶어 태성은 주방으로 몸을 돌렸다. 남은 고기 전부를 정태오가 입안에 구겨 넣어 버렸으면 어떡하지?

"너."

갑자기 등 뒤에서 날아온 최린의 목소리가 그의 발을 잡았다. 돌아보니 이쪽을 노려보고 있다.

"너는 너 때문에 누군가 죽은 적 없지?"

죽임을 당할 뻔한 적은 있다. 그 말을 해야 하나 싶어 고민할 때 최린이 다시 말해 왔다.

"죽은 사람이 밤마다 찾아온 적 없지?"

밤마다 찾아와도 알아보지 못할 거야. 기억을, 모두 잃었으니까.

"그런 주제에, 네가 뭘 안다고."

침을 퉤, 뱉기라도 하듯 뇌까린 최린이 곧장 쿵쿵 소리를 내며 2층으로 사라져 버렸다. 이번에는 태성도 몹시 화가 났다. 그는 인상을 구기며 2층을 향해 소리쳤다.

"근데 너 언제부터 나한테 반말 썼냐?"

그런 최린이 시신으로 발견된 것은 바로 다음 날의 일이었다. 예상치 못한 일에 모두 말을 잃었다.

* * *

자살이었다. 옥상으로 연결된 가스 배관에 목을 매달았다. 몸을 구부려 배관에 줄을 연결해 목에 걸고 아래쪽으로 뛰어 내린 듯했다. 건물 외벽에 매달려 새벽녘 찬 이슬을 맞은 채 발견되었다. 굳어 버린 시신보다 더 차가운 눈빛을 보내던 마지막 모습이 태성의 머릿속에 스쳐 지나갔다. 언제 방에서 나와 홀로 옥상에 올랐는지 모를 일이었다.

최린을 가장 먼저 발견한 것은 민서라였다. 새벽에 바깥에서 창을 두드리는 것 같은 소리에 잠이 깨어 밖으로 나갔다고 했다. 처음엔 비가 오는 소리인 줄로 알았다고 했다. 설핏 깨어 흘깃 창 쪽을 보았을 때 반쯤 열린 커튼 사이로 검은 그림자 같은 것이 아른거렸다. 어릴 적 창밖으로 보이는 나무들의 그림자가 창에 어른거리면 그것이 귀신같기도 하고 짐승 같아 보이기도 하는 경험은 익숙한 것이었다. 그러려니 하고 잠을 다시 청해보려 했으나 쉽게 잠에 빠지지 못했다. 30분쯤, 혹은 40분 정도쯤 더 애써 보다가 포기했다. 공기 좋은 곳이니 산책이라도 하자. 그런 생각이었다고 했다.

그래서 정원에 나갔고, 그녀의 생각보다 정원이 넓어서 창문가에 그 정도 크기의 그림자로 어른거릴 만큼 가까이 있는 나무가 없다는 것을 알아차렸다.

그럼 뭐였지? 건물을 확인하기 위해 돌아본 순간, 민서라의 눈에 들어온 것은 바람에 흔들거리고 있는 최린이었다. 목이 매달린 최린의 발치에 민서라가 사용하는 방의 창이 있었다. 그녀의 방 창문을 두드리던 것은 최린의 발이었던 것이다. 목이 졸린 순간 고통에 몸부림치다 창을 발로 찬 것이었다. 그날 민서라는 창을 두드리던 그 소리가 귓속을 떠나지 않고 맴돌아 내내 고통스러워해야 했다.

최린의 시신을 끌어올리는 것은 한동준과 태성, 그리고 정태오가 맡았다. 민서라는 벌벌 떨며 옥상의 반대편 구석에 쪼그리고 앉아 있었다. 저럴 거면 내려가지. 태성은 그렇게 생각했다. 사람들은 두려워하면서도 남의 불행을 보고 싶어 한다.

축 늘어진 최린의 시신은 생각보다 무게가 있었다. 반쯤 줄을 당겼을 때 줄을 타고 묘한 감각이 전해졌다. 굳이 소리로 표현하자면 투둑, 정도로 표현할 법한 느낌이었다. 다른 두 사람도 같은 것을 느꼈는지 동시에 순간적으로 움직임을 멈추었다.

"모가지 빠졌나 보다."

정태오의 말에 태성은 살갗에 소름이 돋았다. 기분 나쁜 느낌이 손바닥에 진득이 붙어 있는 것 같다. 태성은 자기도 모르게 양쪽 손바닥을 쫙 벌렸다. 그렇게 하면 그 엄청난 느낌이 떨어져 나가기라도 할 것처럼.

"놓으면 어떻게 해, 이 개새끼야!"

정태오가 발악하듯 소리를 질러댔다. 용을 쓰느라 얼굴부터 목까지 시뻘겋게 달아올라 있었다. 태성은 화들짝 놀라 줄을 다시 잡아 당겼다. 최린의 몸이, 세 사람이 힘을 쓰는 반동에 맞춰 들썩들썩, 위를 향해 올라왔다.

최린을 위로 끌어올리자고 제안한 것은 정태오였다. 힘 좀 적게 들이자고 밑으로 떨어뜨렸다가는 서로 흉한 꼴을 보게 될 거라고 주장했다. 그의 의견은 일리 있어 보였다. 아래쪽은 돌로 만들어 놓은 계단 층이었다. 머리가 깨지기라도 해서 뇌수가 흘러나오는 것은 보고 싶지 않았다.

하지만 정태오의 말은 절반쯤은 틀렸다. 위로 들어 올려도 흉한 꼴은 보아야 했다.

최린은 눈 뜨고는 보지 못할 상태였다. 뼈가 빠져 목이 비정상적으로 늘어나 있었다. 혀는 한 자만큼 빠져 목 밑에서 덜렁거렸다. 가랑이 사이에서 흐른 오물이 신발 안에 가득 차 있었다. 눈은 반쯤 뜬 채였다.

누구도 시키지 않았는데 민서라가 곁눈질로 이쪽을 흘끔거리다 시신의 상태를 보고는 구역질을 해댔다.

* * *

목을 매는 줄로 사용된 것은 빨랫줄이었다. 사용은 하지 않지만 아주 예전부터 옥상에 걸려 있었던 것이라고 한동준이 말했다. 빨랫줄은 여러 가닥으로 단단히 꼬인 주황색의 것이었다. 90년대 초반쯤 어느 집에든 가면 있던 것으로 집만큼이나 참 고풍스럽다고 정태오가 비웃듯 말했다.

빨랫줄이 목을 파고들어 최린의 목에는 심한 상처와 피멍울이 잡혀 있었다. 당장에라도 피가 터져 버릴 것 같았다. 빨랫줄이 낸 상처 외에도 다른 생채기들이 그녀의 고통을 증명해 주고 있었다. 빨랫줄에 목이 결박된 순간 그 고통에서 벗어나기 위해 손으로 줄을 잡아떼다 상처가 난 것이었다. 최린의 손가락 끝에 피가 묻어 있었다.

모든 것을 버리고 죽기로 결심했음에도 정작 마지막 상황이 오면 이건 아니야, 하듯 죽음에서 벗어나기 위해 발버둥 친다. 그러나 발버둥은 무위로 돌아가고 이내 죽음으로 발을 디딘다. 살아가는 고통에서 벗어나기 위해 죽음을 택했지만, 생의 그 어떤 고통보다 가장 심한 고통을 받으며 죽어간다. 죽음의 아이러니다. 태성은 문득, 최린의 얼굴에 자신의 얼굴을 대입해 보다 두려워졌다. 마지막 순간에 살고 싶어지면 어떡하지? 살고 싶은데 벗어날 수 없다면. 그것은 공포일 것이다.

한동준의 표정이 이상했다. 그의 얼굴은 잔뜩 일그러졌으며 눈은 살기로 번뜩였다. 꽉 다문 이 사이에서 고함이 터져 나올 것 같았다. 주먹 쥔 손이 부들거렸다. 그가 계획한 이 프로젝트를 최린이 비웃었을 때도, 그래서 사람들끼리 언쟁 아닌 언쟁이 붙었을 때도 침착했던 한동준이었다. 그런데, 분노한 것으로 보인다, 지금 저 모습은.

어째서일까. 태성은 한동준에게서 느껴지는 감정이 이해되지 않왔다. 함께 가기로 했지만 먼저 갈 수밖에 없었던 동료의 죽음 앞에 자신이 느끼고 있는 것은 공포에 가까운 안타까움이었다. 하지만 한동준은 화를 내고 있다. 누가 맞는 감정인 것일까?

"어떻게 하지? 그냥 여기에 둘까?"

정태오가 한동준에게 물었다. 한동준은 그제야 꾹 다문 입을 벌리고 하, 숨을 뱉었다.

"지하로, 옮깁시다."

"지하로? 그냥 여기에 두면 안 되나?"

정태오가 못내 귀찮다는 듯이 말했다. 그것은 불평에 가까웠다. 또 하나의 이상한 감정이 등장했다. 당신이 죽거나 말거나, 나를 귀찮게 하지 마라.

"여기, 헬기가 많이 지나는 곳입니다. 옥상에 뒀다가 난처해질 수 있어요."

한동준이 낮은 목소리로 말했다. 속에서 끓어오르는 화를 꾸역꾸역 누르는 듯한 목소리였다. 하지만 그런 노력도 잠시, 한동준은 끝내 분노를 터뜨렸다.

"이럴 거면 이 여자는 대체 여기 왜 온 거죠? 어제 바로 쫓아 버렸어야 했어. 이 버러지 같은 년! 죽을 때까지 할 수 있는 게 남한테 민폐 끼치는 것밖에 없지? 쓰레기 같은 년, 개 같은 년!"

그의 입에서 욕이 나오는 것을 처음 보았다. 상상도 못했다. 그런 이미지로는 보이지 않았다. 민서라도 놀랐는지 아무 말도 하지 못했다. 한동준의 폭발한 분노를 잠재운 것은 의외로 정태오였다. 그는 귀찮다는 듯, 눈 하나 깜짝하지 않고 한동준에게 말했다.

"시끄러. 나한테 징징대지 마."

* * *

결국 목을 매단 최린을 끌어올릴 때처럼 남자 셋이 시신을 지하로 옮겼다. 머리는 정태오가, 양쪽 다리는 각각 한동준과 태성이 맡았다. 축 늘어진 시신이라 세 명이 들었어도 무게가 꽤 있었다. 앞선 두 사람의 뒤에서 머리를 떠받치고 따라오던 정태오가 숨이 차 씩씩거리다, 욕지기를 해 댔다.

"하, 시발. 내가 이딴 빵이를 치고!"

분을 못 참겠는지 정태오가 들고 있던 머리를 탁 놓았다. 태성과 한동준에게 다리만 들린 채 머리가 바닥으로 처박혔다. 깨지진 않았지만 엄청난 소리가 났다. 반쯤 떠 있던 눈꺼풀이 덜렁거렸다. 민서라가 입을 틀어막고 경악했다.

그러면 먼저 들어가라고, 이 여자야.

"우리의 목표는 그대로 진행합니다."

최린의 시신을 지하로 끌어내린 뒤, 한동준이 선언하듯 말했다. 그는 최린을 노려보고 있었다. 태성은 한동준의 '우리'가 '우리'로 들리지 않았다. '나'의 목표는 그대로 진행합니다, 로 들렸다. 하지만 입 밖으로 내지 않았다. '나'든 '우리'든, 최린은 죽었고, 나든, 우리든, 결국 모두 죽는다.

"최린 씨의 시신은 우리와 함께 발견될 겁니다."

"그때 되면 썩는 거 아냐?"

"3일뿐이니까 괜찮을 겁니다. 지하라 온도가 낮기도 하니까. 그럼 이만 올라가시죠."

한동준이 먼저 계단으로 올라섰고, 최린의 시신을 몇 번 더 돌아보던 정태오가 그 뒤를, 민서라가 다음으로 계단에 발을 디뎠다. 태성 역시 그들을 따르다 걸음을 멈추었다. 최린의 바지 주머니에서 흰 종이의 귀퉁이가 빠져나와 눈길을 사로잡았다. 다른 사람들도 인기척을 느끼고 걸음을 멈춘 채 태성을 지켜보았다. 태성은 최린의 시신 가까이로 다가가 손가락 끝으로 종이를 빼내 보았다. 유서였다.

제 이름은 최린입니다. 은파고등학교 2학년입니다. 저는 왕따입니다. 저는…… 당신들을 원망합니다. 죽어서까지, 잊지 않겠습니다.

유서에는 같은 반 학생들에게 당한 폭행과 폭언, 그보다 더 그녀의 인격을 짓밟은 잔인한 행위들에 대해 상세히 적혀 있었다.

'당신들은 살인자입니다.'라고 최린은 유서에서 덧붙였다. 그녀가 말한 '당신'은, 폭력을 행사한 가해자들, 그 피해가 자신에게 돌아올까 봐 입을 다물었던 같은 반 아이들, 왕따가 전염병이라도 되는 듯 잡았던 손을 놓아 버린 절친했던 친구들, 이런 사실을 알고도 '네가 성격을 좀 바꿔 보는 게 어떻겠니?' 했던 선생님들의 제안, '우리 집 애는 친구도 없고 소심해서 속상해 죽겠어.' 했던 부모님이 모두 포함되어 있었다. '미영'이라는 이름을 가진 아이에 대한 죄책감도 있었다. 내용으로 볼 때 미영도 왕따의 피해자로 자살

한 것 같았다. 도움을 주지 못한 자신이 그녀를 죽게 했다는 언급도 되어 있었다. 문득 어젯밤 자신에게 쏘아붙이던 최린의 목소리가 떠올랐다.

'너는 너 때문에 누군가 죽은 적 없지. 그 죽은 사람이 밤마다 찾아온 적 없지.'

태성은 최린의 얼굴을 물끄러미 보았다. 어제도 그 죽은 사람이 찾아왔던 걸까. 얼마나 큰 무게가 이 아이를 짓눌렀던 걸까. 고작해야 열여덟인데. 반쯤 감긴 눈에서 가득한 공허가 흘러나왔다. 태성은 자기도 모르게 손을 뻗어 그녀의 눈을 감겨 주었다.

"이제 그만 올라갑시다."

갑자기 싸늘한 목소리가 들려 태성은 화들짝 놀라 최린의 시신에서 손을 뗐다. 나쁜 짓이라도 하다 들킨 기분이었다. 한동준이 다가와 태성의 손에서 유서를 받아들었다. 원래 접혀 있던 대로 만들고는 최린의 바지 주머니에 도로 넣었다. 둘의 모습을 보던 정태오와 민서라가 계단 위로 올라갔다.

머쓱해진 기분으로 태성 역시 그 뒤를 따랐다. 중간쯤 올라가다 문득, 아래를 내려다보았을 때 아직 최린의 시신 앞에 서 있는 한동준이 보였다. 그는 뭔가 중얼거리고 있는 듯 보였다. 태성은 주의 깊게 귀를 기울였다. 거리가 있고 워낙 목소리가 작아 잘 들리지 않았다.

"네까짓 게 감히…… 망쳐?"

온몸이 굳을 만큼 차가운 목소리였다. 잘못 들은 거라고, 태성은 고개를 저었다.

하지만 그보다 좀 더 시간이 흐른 뒤, 태성은 그때 제대로 들은 것이 맞다는 것을 깨닫게 된다. 그리고 그때 별장에서 도망쳐 나왔어야 했다는 것도. 그 모든 후회가 이미 늦었다는 것도.

"네까짓 게 감히 내 계획을 망쳐?"

* * *

그날은 조금 무거운 마음이었다. 최린의 시신이 발견된 것이 주요 원인이겠으나, 그 죽음이 자신의 미래라는 것을 알았기 때문인지도 몰랐다. 적어도 민서라는 태성의 그런 기분과 비슷한 듯 보였다. 하지만 나머지 두 사람, 정태오와 한동준은 다른 것 같았다. 정태오는 여전히 무슨 생각을 하는지 알 수 없었으며, 한동준은 낯선 기운을 뿜고 있었다. 태성은 그것이 내내 신경 쓰였다.

"각자 원하는 죽음을 맞게 해 드리고 싶었는데."

역시나 근사한 아침 식탁에서 한동준이 씁쓸한 얼굴로 말했다. 그 얼굴 기저에 먼저 죽음을 택한 최린에 대한 분노가 여전히 깔려 있었다. 식탁에는 다섯 사람분의 수저와 식기가 세팅되어 있었다. 네 사람이 앉고 남은 한자리, 그곳으로 시선들이 옮겨가자 한동준이 얼른 빈자리를 치웠다.

"그게 뭐 동생 때문인가?"

정태오가 베이컨을 양송이 스프에 찍어 입안에 구겨 넣으며 말했다. 성격만큼이나 대단히 독특한 입맛이었다.

"하지만 제가 어째 죄송해지네요. 어쨌든 필요한 것 있으면 언제라도 말하세요."

"그러지. 확실히, 내가 살았던 어떤 날들보다 평온하고 풍족해."

"그런데요."

민서라가 포크를 내려놓으며 두 사람의 대화 사이에 끼어들었다. 말하기를 주저하다 용기를 낸 듯 무겁게 입을 열었다.

"저희는 언제…… 원하는 걸 말하면 될까요?"

그 말에 정태오가 놀란 눈을 했다가 큰소리로 웃음을 터뜨렸다. 민서라에게도 몸을 기울이며 그녀의 귓불을 툭 쳤다. '생각보다 욕심이 많네.' 잘 들리지는 않았지만 그 정도의 소리를 지껄였던 것도 같았다. 그러나 그 말이 모두에게 정확하게 전해지기도 전에 민서라가 테이블 위의 나이프를 정태오의 목에 가져다 대었다. 나이프가 멈춘 곳은 정태오의 목에서 불과 1센티도 넘지 않았다. 파랗게 질린 얼굴로 벌떡 일어선 민서라의 손이 바들거리며 떨리고 있었다. 모르는 사람이 보면 목에 나이프가 들어온 것이 정태오가 아니라 민서라로 보였을 것이다. 그녀의 이마와 목에 푸른 힘줄이 툭 불거졌다.

"한 번만 더 내 몸에 손대기만 해! 정말 죽여 버릴 거야!"

"뭐야, 이봐. 진정하라구."

정태오가 두 손을 들어보였지만 황당해하는 얼굴이었다. 뒤늦게 정신이 들었는지 민서라는 벌게진 얼굴로 한동준과 태성을 번갈아 보았다. 무슨 말을 걸어 보기도 전에 그녀는 나이프를 던지듯 내려놓고 주방 밖으로 나가 버렸다. 이어 쿵쿵거리는 소리가 빠른 속도로 이어지는 걸로 보아 아마도 2층 자신의 방으로 뛰어올라가는 것 같았다.

"뭐야. 뒈지게 놀랐네. 좀 이상한 여자 아니야?"

검지를 오른쪽 귀 옆에서 빙글빙글 돌리며 정태오가 고개를 저었다. 그때 한동준이 들고 있던 스프 스푼을 내려놓았다. 더없이 싸늘한 표정이었다.

"모두 자살을 선택해서 여기에 온 만큼 개인의 사정이 있어요. 함부로 건드려서 괜한 분란을 만들지 마세요. 전 죽음 전 행복한 날을 한번 살아 보자고 이 자리를 마련한 거니까요. 건드릴 여자가 필요하다면 그것 역시 준비해 드리죠."

"아니, 뭐……."

자기 편이라도 들어줄 줄 알았던 모양인지 정태오가 말끝을 흐렸다. 한동준이 자리에서 일어섰다. 당황한 정태오를 보고는 예의 친절한 미소를 지어 보였다.

"어쩌면, 계획을 좀 앞당겨야 할 수도 있겠어요."

"우리, 가는 거?"

정태오의 목소리가 떨렸다. 그가 약한 모습을 보이는 것은 보기 드문 일이었다. 막연하게 생각했던 죽음을 눈앞에서 봐서 이제야 실감이 난 걸까. 그의 떨림을 눈치 채지 못했는지 한동준이 태연하게 말했다.

"네. 오늘 오후에 듣기로 할까요. 다들 어떤 죽음을 원하는지."

말을 마친 한동준이 먼저 일어날게요, 하고는 주방에서 나갔다. 그 뒷모습을 보던 정태오는 한동준의 모습이 시야에서 완전히 사라지자 심각한 얼굴이 되었다. 뭔가의 생각에 빠져든 것 같았다.

그 상황들을, 태성은 모두 지켜보고 있었다. 그는 특히 한동준을 주시했다. 최린이 시신으로 발견된 후 한동준은 어쩐지 변했다. 정확히 어떤 점이 변한 건지 누군가 묻는다면 어디라고 딱 짚어 말할 수는 없어도 확실히 그랬다.

한동준은 여전히 다른 사람들이 호화로운 생활을 지낼 수 있도록 최대한의 물량 공세를 펼치고 있지만, 그런 그를 보는 태성은 어딘지 모르게 오싹한 느낌을 받았다. 처음 만났을 때 보였던 공손한 말투와 여유로움이 사라진 것 같았다. 집단 자살은 자살하는 순간에 두려워져 포기하게 될까 봐 선택하는 경우가 대부분이다. 최린이 먼저 자살했더라도 계획은 틀어지지 않는다. 하지만 최린을 향해 터뜨리는 한동준의 분노는 어딘가 이상했다.

태성은 식탁 위로 시선을 떨어트렸다. 여전히 호화로운 식탁이지만 제대로 먹은 것은 정태오뿐이었다. 문득 그런 생각이 들었다.

대체 이 음식들은 모두 어디에서 오는 걸까.

* * *

"다 죽어 버려!"

어차피 다 죽을 사람들을 앞에 두고 민서라가 고함을 질렀다. 불콰해진 얼굴과 풀린 동공으로 세 남자를 노려보고 싶어 하는 것 같았으나 제대로 되지 않는 모양이었다. 그녀의 몸은 자꾸만 무너졌고, 머리는 쉴 새 없이 꺼떡거렸다.

어쩐지 서로 대화하기조차 껄끄럽던 하루였다. 저녁 식사를 하는 자리에서 마신 두 잔의 와인이 민서라를 저렇게 만들어 놓았다. 고작해야 여행 이틀째, 태성은 이 여행이 너무나 길고 지루하게 느껴졌다. 문득 문득 정신이 들 때면 '내가 여기서 뭘 하고 있지?' 하는 생각을 떨칠 수가 없다. 그렇다고 그만두자고 하지도, 얼른 죽자고 하지도 못한다. 모든 것이 우리를 위한 것이라고 하지 않는가. 아귀가 맞지 않는 틈에 끼어 버린 기분이었다.

"남자 새끼들은 도대체 다 뭐야. 니들은 왜 그래? 꼭 만져야 직성이 풀려?"

소리를 버럭 지른 민서라가 테이블 위에 풀썩 엎드렸다. 곧이어 엉엉 울어 댔다. 정태오가 황당한 얼굴로 말했다.

"진상이구만, 진상. 고작 와인 두 잔에."

"아직도 밤이 되면 그날의 꿈을 꿔. 10년이 지나도 안 잊혀져. 근데 10년이 지났는데 왜 아직 그 일에서 못 벗어나냐고? 그게 내 잘못이야? 10년이 지나면 없었던 일이 돼? 난 아직도 그 나이 또래 남자들은 다 소름끼쳐. 그게 내 잘못이냐고. 날 사회생활도 못하게 만든 건 그 새끼들인데 왜 잊지 못한다고 나를 탓해, 왜?"

"서라 씨 혹시……."

자기도 모르게 말을 꺼낸 태성을 향해 한동준이 손을 들어 저지했다. 태성은 흠칫, 입을 다물었다. 성폭행. 하마터면 배려 없이 내뱉은 그 말이 무겁기만 했던 그녀의 삶을 짓눌러 버릴 뻔했다.

민서라는 그 뒤로도 한참이나 더 엉엉대고 울었다. 중간중간 욕설이 섞인 푸념을 늘어놓는 것도 잊지 않았다. 그러나 지쳐서 그런지 아니면 술기운인지 그녀의 말이 늘어진 테이프를 플레이 시켜 놓은 것처럼 바닥을 향해 잔뜩 늘어져 내렸다. 눈은 반은 뜨고 반은 감은 상태였다. 몸이 서서히 가라앉는 것처럼 무너지더니 이내 식탁에 엎어져 눈을 감았다. 코라도 골까 봐 무섭네. 정태오가 빈정거렸다.

태성의 시선이 한동준에게로 옮겨졌다. 어쩐지 신경 쓰게 되니 자꾸 한동준을 살피게 된다. 한번 그쪽으로 쏠린 신경줄 때문에 계속 생각이 비약적으로 발전하게 되는 건지도 모른다.

한동준은 고요히, 고요하다고 표현할 수밖에 없는 눈으로 민서라를 보고 있었다. 이내 그의 눈앞에서 민서라의 울음이 잦아들자 기다렸다는 듯 그가 말했다.

"그래서, 당신이 원하는 죽음은 뭡니까?"

"응? 지금 뭐랬어?"

민서라가 게슴츠레한 눈을 껌벅이며 고개를 들었다. 한동준이 재차 물었다. 민서라는 잠시 고민하더니 서글픈 미소를 지었다.

"하느님의 품으로 돌아가고 싶어."

"엥? 지금 목사한테 안수 기도라도 받으면서 죽고 싶다는 거야, 뭐야?"

황당해 하며 정태오가 끼어들었다. 정태오는 어딘가 신경이 한두 줄기쯤 끊어졌을 거라고 태성은 생각했다. 그렇잖으면 저렇게 무신경할 수가 없을 것이다.

"더러워진 나라도 하느님은 품어 주실 테니까…… 죽으면 교회 봉안당에…… 그래서 돈……."

그래서 한동준에게 재정적인 어떤 것이라도 들어줄 수 있냐고 물었던 것 같았다.

민서라는 다시금 기진해진 얼굴로 테이블에 엎드렸다가 이번에는 완전히 잠에 빠져들었다. 한동준은, 웃고 있었다. 그 웃음의 의미를 알 수 없었다.

"정태오 씨는 원하는 게 뭔가요?"

이번에는 한동준의 질문이 정태오에게로 향했다. 정태오의 대답은 태성도 궁금했다. 자신이 원하는 죽음은 자살하는 이유와도 상통했다. 이곳에서 함께 보낸 이틀. 제일 잘 먹고 제일 잘 놀고, 확인한 적은 없지만 아마도 제일 잘 쌌을 정태오는 스스로 죽음을 택한 사람처럼 보이지는 않았다. 그는 왜, 그리고 어떤 죽음을 원할까.

정태오는 대답을 머뭇거렸다.

"나야 뭐, 사실 이렇다 할 바람 같은 건 없어요. 이거 쑥스럽구만. 사실 나처럼 목구멍이 포도청이었던 사람이야 먹는 문제가 제일 힘들었지. 이렇게 호화로운 음식 말고 내 목구멍을 호강시켜 주는 게 더 뭐 있겠나."

쑥스러운 듯 허허, 웃었다. 한동준이 물었다.

"가난이었습니까? 정태오 씨를 여기까지 내몬 것이?"

정태오는 좀 당황한 듯 보였다. 태성도 그의 대답이 궁금했다. 정태오는 어쩐지, 죽음과는 어울리지 않는 양지에 선 사람 같아 보였었다.

"그런 것까지 말해야 하나."

정태오가 두 사람의 얼굴을 번갈아 보았다. 두 사람에게서 말하지 않아도 된다는 대답이 돌아오지 않자, 이내 못 이기겠다는 듯 입을 열었다.

"뭐랄까. 힘들었어. 계속 고시에 떨어졌거든."

"고시요? 어떤 고시요?"

"뭐 그냥……. 말하기 창피하니까 깊이 묻지 마. 어쨌든 계속 시험은 떨어지지. 돈은 없지. 내가 쓰레기 같았어. 그래서 살 의미도 별로 못 찾겠고."

그는 귀찮다는 듯 말을 이었다.

"그러니까, 난 더 이상 필요한 거 없어. 오케이?"

그것은 더 이상 묻지 말라는 방어선처럼 느껴졌다. 태성의 마음속에 있는 정태오에 대한 의혹이 조금 짙어졌다. 민서라는 자신의 상처를 다른 사람들이 눈치 채자 흠칫했다. 잊히지 않는 고통에 몸을 떨었다. 이야기를 하는 민서라의 온몸에 고통이 배어 있었다. 그런데 정태오는 조금 다르게 느껴졌다. 물론 정태오 역시 자신의 처지를 비관하는 것처럼은 보였다. 하지만 어딘가 구체적이지가 못하다는 인상을 지울 수 없다. 그가 말하는 고시라는 것도 어떤 것인지 말하지 못한다. 게다가 그는 숱한 고시 낙방으로 인해 목구멍이 포도청이었다고 했다. 하지만 그가 입은 옷은 상당히 고가의 브랜드였다. 판자촌에 살기는 하지만 태성은 가끔 판자촌 사람들을 따라 고급아파트에 숨어들어 헌옷수거함을 털었다. 입기도 하지만 팔기도 했다. 정태오가 입은 브랜드는 분명, 고급 아파트에서 자주 볼 수 있는 고가의 것이었다.

태성은 한동준을 보았다. 그저 고개만 끄덕이고 있다. 확실히 정태오는 이상하다. 태성도 알아보는 그것을 한동준이, 알아보지 못하는 걸까?

"그럼 태성 씨는?"

한동준의 시선이 태성의 얼굴 위로 꽂혔다.

"태성 씨는 원하는 거 없어요?"

정태오에 대한 생각을 내려놓고, 태성은 한동준의 질문에 집중했다.

"난, 내 머리를 열어 보고 싶어요."

정태오가 풋, 웃음을 터뜨렸다. 태성은 그를 노려보았다.

"아니, 내가 비웃은 건 아니고. 웃겨서 못 참은 건 내 탓이 아니라구. 너무 갑자기 하드고어로 넘어갔잖아?"

"그게 아니라 내가 잃어버린 기억이 내 머릿속에 남아 있는지 알고 싶단 뜻이었습니다."

태성이 기억을 잃었단 사실을 알지 못했던 정태오가 놀라는 표정을 지었다. 한동준이 몸을 앞으로 기울였다. 눈을 반짝였다.

"기억을 찾고 싶다는 이야긴가요?"

"아뇨. 내 머릿속에 혹시라도 기억이 숨어 있다면 꺼내서 버려 버리고 싶어요."

자신을 죽이려 했던 부모와의 기억 따위가 좋은 것일 리 없었다. 하나도 남기지 않고 싹싹 긁어내 할 수만 있다면 마지막 유품으로 그들에게 던져 주고 싶었다.

당신들이 그리도 죽이고 싶어 했던 자식이, 당신들이 원하는 대로, 마침내 죽었습니다. 축하드립니다. 이 기억은 당신들의 전리품입니다.

그러면 그들은 어떤 표정을 지을까? 안타까워할까? 참회의 눈물이라도 흘릴까? 아니면 기뻐할까? 그들의 얼굴을 기억하지 못하는 것이 안타까웠다. 상상으로라도 그들의 괴로워하는 얼굴을 떠올릴 수 없으니까.

문득, 그런 생각이 들었다.

그 남자는 왜, 그 신문 기사들을 나에게 보여 준 걸까.

이면 3.

쓸데없는 일에는 관심을 가지지 마라.

다른 중요한 일도 많이 있다.

어차피 부잣집 아들의 치기 어린 잠깐의 유흥일 뿐이다.

이미 종결된 사건을 들쑤시지 말고 다른 일에나 머리를 써라.

얼마나 더 위까지 올라가야 정신을 차리겠는가. 어차피 죽을 사람들이었잖아.

그것이 서장실에서 김진성 형사가 듣고 나온 지시들의 주요 골자였다. 서장실 문을 닫고 나오자 경환이 걱정스런 얼굴로 다가왔다.

“위에서 뭐라고 해요?”

“들쑤시지 말래.”

“그렇죠. 잘못하다가는 제이티그룹에서 가만히 안 있을걸요. 그냥 덮어요, 선배.”

“아니.”

김진성 형사는 단호하게 말했다. 그런 그의 입가에는 미소까지 서려 있었다.

"자꾸 덮으려고 하니 그 밑에 뭐가 있는지 궁금해서 말이야. 똥통을 덮으려고 하는 거면 덮는 걸로 되겠어? 퍼내 버려야지."

경환은 경악했다. 김진성 형사의 성격을 알고 있기에 더욱 놀란 것도 있다. 일에 있어서는 고집이 있는 편이긴 했지만, 경찰 조직에 누구보다 특화되어 있는 사람이었다. 상관의 지시를 한 번도 어긴 적은 없다.

시종일관 날카로운 눈을 빛내는 김진성 형사를 보며, 경환은 대체 이 사람은 어떤 카드를 손에 넣고 알아내려 하는 건지 궁금했다.

4. 운무

방으로 되돌아 간 것은 밤 10시가 채 되지 않아서였다. 한동준은 술에 취한 민서라를 2층 그녀의 방으로 옮겼다. 정태오는 피곤하다며 곧장 자신의 방으로 들어갔다. 술을 더 마시겠다고 버티고 앉아 있을 줄 알았다. 손도 대지 않은 음식도 많이 남아 있었는데, 욕심부리지 않고 수저를 놓았다. 그간 보여 준 엄청난 식탐과 애주가의 모습과는 또 다른 모습이었다. 가볍게 굴기는 했어도, 자신과 같은 무게를 가지고 땅을 딛고 있는 인간이구나. 태성은 그런 생각이 들었다. 죽음을 앞두니 먹고 마시는 것이 무의미해진 것이다. 아니면 죽음의 무게가 그의 목줄을 누르고 있는 건지도.

긴 하루였다. 최린이 죽었고, 남은 사람들은 자신의 죽음에 관해 이야기했다. 조금 멀리 있다고 생각했던 목적지가 정신을 차리고 보니 목전에 바짝 다가와 있다. 태성은 커튼을 걷고 침대에 걸터앉았다. 등 뒤에 있는 창밖의 나무가 눈앞의 장롱에 그림자를 드리우고 흔들거렸다.

태성은 일어나 장롱의 아랫부분에 달린 서랍장을 열고 흰 봉투를 꺼냈다. 안에는 자신의 유서가 담겨 있다. 최린은 유서에서 자신을 궁지로 몰아넣은, 그리고 궁지 속의 그녀를 모른 체한 모든 이들에 대한 원망을 쏟아냈다. 보지는 않았지만 아마 민서라의 유서도 마찬가지일 것이다.

모두 누군가에 대한 마지막 인사를, 미안함이나 원망을 적어 넣었을 테지만, 유서를 쓸 때 태성은 난처했다. 그 누구에게도 인사든 원망이든 남길 수 없었다. 부모가 교도소에 수감되어 있다고는 하지만 어디에 있는 누군지도 태성의 기억 속에는 없었다. 알아보려고 한다면야 불가능하지는 않겠으나 그것은 아무 의미도 없는 일이었다.

태성은 자신의 유서를 펼쳤다.

> 나는 내가 왜 죽어야 하는지 설명하지 못하는 것처럼, 내가 왜 살아야 하는지 이유를 모릅니다. 이 죽음은 나 스스로의 결정입니다.

그것 이외에는 적을 말이 없었다. 자신을 부모가 죽이려 했다는 데 충격을 받아 삶에 대한 의욕을 잃었다고 생각해 왔지만 생각해 보면 그것은 핑계에 지나지 않았다. 삶에 이유가 없다. 왜 살아야 하는지 모르겠다. 그것이 정확한 이유 아닐까. 그런데 그렇게 적기에는 너무 한심해 보이는 이유다.

태성은 고개를 저었다. 자살의 이유가 대단한 것이든, 자신처럼 한심한 것이든 중요하지 않다. 어차피 죽음은 모두에게 공평하게 찾아올 것이다.

유서를 원래대로 접어 봉투에 넣었다. 뭔가 말을 첨언해 보려 했지만 더 이상 덧붙여 봐야 의미 없는 일이었다. 유서를 읽는 사람이 자신을 이해하지 못하든, 한심하게 생각하든 모두 자신이 죽은 뒤의 일이다. 죽은 뒤에는 알 도리가 없는 비난이다. 도로 서랍에 봉투를 넣으려던 태성의 눈에 뭔가가 들어왔다. 봉투의 아래쪽 끝부분에 검붉은 무언가가 묻어 있었다. 한동준으로부터 봉투나 유서를 적을 종이를 받을 때는 없던 얼룩이었는데. 태성은 손끝으로 봉투의 얼룩을 만졌다. 꽤 굳어서 그런지 손에 묻어나지는 않았지만, 손가락 끝이 얼룩 위에서 진득하니 붙었다 떨어졌다.

"뭐지?"

서랍장 안에서 묻은 것일 수도 있다. 얼핏 보기에는 깨끗해 보였는데 서랍장 내부에 이물질이 묻은 건지도 몰랐다. 태성은 확인하기 위해 서랍장을 빼냈다.

그때 어디선가 문 여닫는 소리가 희미하게 들려왔다. 태성은 잠시 움직임을 멈추고 반사적으로 귀를 기울였다. 더 이상은 아무 소리도 들리지 않았다.

그것은 확실히 이상한 일이었다. 문 여닫는 소리가 들린 것은 정태오의 방이라는 느낌이 왔다. 한동준의 방은 거실 왼쪽 끝이기 때문에 태성의 방에서는 멀어서 들릴 리가 없다. 그렇다면 정태오의 방에서 들린 것이라고 생각할 수 있는데 그 또한 자연스럽지 않다. 태성과 붙어 있는 정태오의 방문에서 난 소리라면 소리가 더 확실히 들려야 했다. 게다가 방문이 여닫힌 뒤 발소리가 들리지 않는다는 것은 한 가지로밖에 설명할 수 없었다.

정태오는 바로 옆방에도 희미하게 들릴 정도로 조심스럽게 문을 여닫고, 발소리를 죽여 어딘가로 가고 있다.

적어도, 물을 마시기 위해서 라고는 생각되지 않았다. 아직 잠에 빠져 있는 다른 사람들을 깨울까 봐 까치발을 세울 정도로 그는 그렇게 세심한 성격이 못 된다.

태성은 자기도 모르게 방문을 열었다. 반사적으로 숨을 죽이고 발걸음소리가 나지 않도록 주의했다. 사방은 암흑으로 가득차 있었다. 1층 어디에도 정태오의 인기척은 없었다. 거실까지 나가 보았지만 역시 정태오는 없었다. 눈이 암순응 되어 사방의 사물이 구분될 정도로는 보였다.

밖으로 나간 걸까? 단순한 산책으로?

그런 태성의 눈에 지하로 내려가는 계단이 들어왔다. 머릿속에는 아무런 생각이나 계산도 없었지만 정신을 차리고 보니 그는 어느새 지하로 내려가고 있었다.

계단 반 층을 내려가 방향을 꺾어 다시 반 층을 내려가자 심상찮은 일이라는 생각이 문득 들었다. 지하실 안에서 느닷없는 빛이 이따금씩 터져 나오고 있었다. 조심스레 완전히 계단을 내려섰다.

따로 문이 달려 있지 않아 지하실 내부가 훤히 보였다. 안을 들여다 본 태성에게 오싹한 공포가 몰려들었다.

정태오가 최린의 시신 사진을 찍고 있었다.

카메라의 플래시를 터트릴 때마다 탐욕으로 번들거리는 그의 눈이 빛을 발했다.

* * *

악몽을 꾸었다. 납덩이에 눌린 듯 온몸이 꼼짝도 하지 않았다. 비명이든 고함이든 내지르고 싶어도 아무 소리도 내지 못했다. 목구멍 어딘가가 막힌 것도 같았다. 눈앞은 운무로 가득했다. 그 사이로 어떤 장면이 흐릿하게 보였다.

중년의 여자였다. 필사적으로 허둥지둥 어떤 방에서 나가고 있었다. 흡사 도주를 하는 모양새였다. 그 필사의 도주를 막은 것은 뒤에서 나타난 커다란 손이었다. 손은 여자의 발목을 잡았다. 여자는 벼락이라도 맞은 것처럼 몸을 부르르 떨었다. 돌아보는 여자의 눈에는 경멸의 빛이 어려 있었다. 여자는 자신의 발목을 빼내려고, 있는 힘껏 다리를 흔들었다. 하지만 여의치 않자 손을 내려 억지로 손가락을 떼어냈다. 마침내 손이 여자의 발목을 놓았을 때, 태성은 손의 주인을 보기 위해 애썼다. 그러나 지독한 운무 속인지라 아무것도 보이지 않았다.

저 중년의 여자는 나쁜 사람일까. 태성은 그녀를 잡으려 사력을 다해 몸을 비틀고 소리치려 애썼다. 소리는 전혀 나오지 않았지만 그가 이곳에 있다는 인기척을 느꼈는지 여자가 이쪽으로 눈을 치떴다.

태성을 보고 있는 그녀의 눈은 뜻밖에도 폭행을 저지를 포악함을 담고 있지 않았다. 원망이었다. 지독한 회한과 슬픔이었다. 여자에게 가해진 무자비한 폭력보다, 태성은 그 눈이 더 두려웠다.

여자가 태성을 향해 말했다.

"너 같은 건 태어나지 말았어야 했어."

* * *

"어이, 이봐!"

"헉!"

눈을 번쩍 떠올렸다. 희뿌연 천장이 눈에 들어왔다. 꿈이었다. 온몸이 땀에 젖어 있었다. 꿈에서 도망치기 위해 실제로 달린 것처럼 심장이 뛰었고 숨을 헐떡였다. 약간의 두통과 함께 머리가 혼탁했지만 꿈은 그의 기억 속에서 아주 생생하게 남았다. 악몽을 꾼 적은 있었지만, 지금처럼 알 수 없는 막연한 두려움에 짓눌린 적은 처음이었다.

"무슨 잠꼬대를 그렇게 버라이어티하게 해?"

소리가 난 쪽으로 고개를 돌렸다. 정태오가 웃으며 그를 내려다보고 있었다. 지난밤 최린의 사진을 찍던 모습이 머릿속에서 스쳐 지나갔다. 그것은 분명히 꿈이 아니었다. 흥미롭게 내려다보고 있는 정태오의 시선을 내치기라도 하듯 태성은 화들짝 놀라며 침대에서 일어났다. 온몸이 땀에 젖어 축축했다.

"하도 안 내려오니까 메시아가 걱정하잖아. 먼저 가 버리기라도 한 줄 알고. 최린처럼."

히죽거리는 정태오의 웃음은 어제와 같았지만, 왠지 오늘따라 소름끼쳤다. 물어볼까? 어제 지하실에서 대체 뭘 한 거냐고? 하지만 왠지 물어보기가 두렵다. 태성이 갈등하는 사이 정태오가 침대에서 물러섰다.

"아직 무사하다고 알릴 테니 빨리 내려오라고. 오늘 아침상도 엄청 나."

낄낄거리며 정태오가 돌아섰다. 지하실에서 본 번뜩이던 눈빛은 어느새 사라지고 없었다. 태성은 고개를 저었다. 물어보기가 주저된다. 아는 척을 하면 안 된다는 막연한 두려움이 그를 짓눌렀다. 움직이지도, 어떤 소리도 낼 수 없던 지난밤의 악몽이 되풀이 되기라도 하는 것 같았다.

"참!"

문을 열기 위해 손잡이를 잡던 정태오가 멈춰 섰다. 태성이 그에게로 시선을 던졌다. 태성을 향해 돌아서는 정태오의 얼굴이 웃고 있었다.

"어제, 지하실에 왜 내려왔어?"

그의 웃음이 사그라졌다. 플래시가 터지듯 정태오의 안광이 번뜩였다.

악몽이다.

* * *

밥을 입으로 씹어 삼키면서도 무슨 맛인지 알 수 없었다. 태성의 눈은 오로지 정태오를 주시하고 있었다. 정태오는 식사 도중에도 민서라에게 추파를 던지고, 한동준에게 시답잖은 농담을 던졌다. 계속해서 던지고 던지는 정태오는 어제의 정태오와 한 치도 다르지 않은 모습이었다. 어제 지하실에서 본 기묘한 모습을 찾기라도 하는 듯 태성은 정태오에게서 눈을 떼지 않았다. 그러다 이따금 무심결에 시선을 돌리는 정태오와 눈이 마주쳤다. 정태오는 아무 일 없다는 듯 태성을 향해 미소 짓고 자연스럽게 시선을 다른 곳으로 돌렸다.

'어제, 지하실에 왜 내려왔어?'

몇 분 전, 소름이 돋고 신경 줄이 빳빳이 설 만큼 차가운 말투로 물은 것이 저 사람과 동일인물이던가 싶었다. 질문 이후에 정태오는 다른 말을 하지 않았다. 단지 굳어 있는 태성의 어깨를 툭툭 치고는 싱긋이 웃을 뿐이었다.

태성은 처음 정태오를 만났을 때부터 느꼈던 막연한 의혹을 떠올렸다. 그의 태도는 시종일관 가벼웠다. 최린만큼은 아니었지만 민서라와 자신은 죽음의 무게에 짓눌려 있었다. 한동준마저도 말 한마디, 한마디를 의식하고 조심스러워 하는 모습이었다. 하지만 정태오는 아니었다. 내내 낄낄거리고, 먹고, 즐겼다. 그리고 모두를, 관찰했다. 죽음을 앞둔 사람의 모습으로는 보이지 않았다.

뭐지?

최린의 사진을 찍던 것을 보았기 때문에, 뒤늦게 그런 생각이 든 것이 아닐까 자문했다. 하지만 그것 말고도 이상한 느낌은 일찍이 있었다. 최린은 자신을 괴롭혔던 이들에 대한 원망 이외에, 자신을 방치한 모든 이들에 대해 원망을 토로했다. 그녀의 고통은 오롯이 그녀의 것이었다. 민서라 역시 자세히 얘기하지는 않았지만 다른 사람과 살갗이라도 스치려하면 돌처럼 굳었다. 성폭행의 굴레가 그녀의 온몸을 옥죄고 있었다.

하지만 정태오는 달랐다. 고시에 떨어져 힘들다고는 하지만 그 힘듦이 정확히 뭔지 얘기한 적은 없었다. 그가 말하는 힘듦은 어딘가 막연했다. 고통의 중심에 서 있는 사람 같지 않았다.

이 사람은 가짜다. 거짓으로 죽음을 원하고, 사람들을 관찰했다. 뭔가의 이유에선지 최린의 시신 사진을 찍었다. 뭐지, 네 정체는?

"사실, 생각해 보니 제 생각이 짧았어요. 제가 여러분에게 해 드릴 일이 없다는 걸 이제야 깨달았어요. 정말 죄송합니다."

한동준이 평소보다 조금 더 진지해진 얼굴로 말했다.

"그게 무슨 소리예요?"

태성 역시 물으려 했던 것이었으나, 정작 그 기회를 빼앗아 끼어든 것은 정태오였다.

"민서라 씨는 하느님의 품으로 돌아가고 싶다고 하셨죠."

민서라는 대답하지 않고 침묵했지만 그것은 긍정의 표현이었다.

"그것은 그저 죽음만을 원한다는 것. 정태오 씨는 제가 준비해 드린 이 생활만 가지고도 더 바라는 것은 없다고 하셨고요."

정태오 역시 침묵. 그런데 그의 표정이 어두웠다. 한동준이 이 말의 끝에 할 제안을 예상하고 있어서라는 것을 태성은 어렴풋이 눈치 채고 있었다. 한동준이 태성 쪽으로 고개를 돌렸다.

"태성 씨는 기억을 찾고 싶다했지만…… 역시나 그건 제가 할 수 있는 영역이 아니었어요. 제가 오만했습니다. 제가 가진 경제적 능

력이면 여러분에게 각자가 원하는 죽음을 선물해 줄 수 있을 거라 여겼어요."

모두의 앞에서 한동준이 사과를 하듯 고개를 숙였다. 다시 고개를 든 한동준은 무슨 말을 해야 할지 몰라 당황하는 사람들을 시선으로 훑고는 크게 숨을 들이쉬었다.

"그래서 결정했습니다. 내일 저녁, 함께 가는 걸로요."

* * *

가는구나.

방으로 돌아가며 태성은 생각했다. 이미 가기로 결정했었고 그것이 며칠 미뤄졌다가 다시 앞으로 당겨진 것뿐인데 기분이 묘했다. 다른 사람들도 마찬가지였는지 한동준이 말을 꺼낸 뒤 누구하나 쉽사리 입을 열지 않았다. 의외로 담담했던 민서라와, 의외로 창백해지는 정태오의 얼굴이 마음에 남았다.

"태성 씨."

방문 앞에 도착해 문을 열려고 할 때 뒤에서 부르는 소리가 들려왔다. 돌아보니 한동준이 서 있었다.

"잠깐 나갔다 올게요. 준비, 해야 해서."

"아…… 네."

파도가 다 밀려온 것인 줄 알았는데 또 밀려오고, 또 밀려오는 것처럼 두려움이 문득 문득 밀려왔다. 이런 것인 줄 알았다면 이런 제안, 며칠 살다가 죽자는 제안 따위는 진작 거절해야 했다. 죽음은 원하지만 도망치게 될까 봐, 다시 죽음만을 원하는 생활로 돌아갈까 봐 우리는 모였다. 그런데 문득 문득 밀려오는 죽음에 대한 두려움을 며칠씩이나 견뎌야 하다니 애초에 잘못된 일이었다.

"다녀올게요."

한동준이 밖으로 나갔다. 태성은 배웅이라도 하듯 그의 뒷모습을 물끄러미 보았다. 민서라는 대화가 끝나자마자 2층으로 올라가 틀어박혔고, 정태오 역시 그랬다. 혹시, 살고 싶어진 걸까.

혼자 남은 태성은 멍하니 거실에 서 있다가, 방으로 들어갔다.

한동준이 제시한 죽음의 방법은 일산화탄소 중독사였다. 그는 그 시행을 위해 연탄과 번개탄을 사러 나간 것이다. 의외로 죽음에 대한 방법이 평범했다. 돈이 많거나 적거나, 죽음은 모두에게 평등하기 때문인지도 모른다. 기어이, 번개탄에 죽는구나. 그런 생각이 들었다.

태성은 방으로 돌아가 서랍장을 열었다. 자신이 적었던 유서가 덩그러니 놓여 있었다. 그것을 꺼내 잘 접어 바지 주머니에 넣었다. 그러고는 침대에 벌러덩 드러누웠다. 천장을 쳐다보며 이 생각 저 생각을 했다. 신문 기사들, 얼굴도 모르는 부모님, 판자촌, 수퍼타이라고 적힌 하이타이, 이번 달 내지 못한 월세와 지금쯤 입금됐을 기초 생활 수급비, 그리고 베드로.

그러다 점점 천장이 희끄무레해지기 시작했고, 이내 까무룩 잠이 들었다.

* * *

어렴풋이 눈이 떠진 것은 어디선가 들려오는 대화 소리 때문이었다. 얼마나 잔 것인지는 알 수 없었지만 커튼 틈에서 들어오는 빛의 밝기가 크게 달라진 것은 없는 걸로 보아 그리 많은 시간이 지난 건 아닌 것 같았다.

한동준이 돌아온 건가. 그래서 다른 사람들이 내려와 대화라도 하는 건가. 태성은 복도로 나갔다. 복도엔 그의 예상과 달리 아무도 없었다. 굳게 친 암막 커튼만이 세상과 그들을 단절 시키고 있었다.

고개를 돌려 현관 쪽을 보았다. 한동준의 운동화가 없었다. 아직 돌아오지 않은 것이다. 대화가 들려왔다고 생각한 것은 꿈결이었던 모양이었다. 태성은 다시 방으로 돌아갔다. 문을 닫고 침대 위에 걸터앉던 그때 다시 목소리가 들려왔다.

그제야 깨달았다. 꿈이 아니었다. 소리는 분명히 들리고 있었다. 말소리는 거실에서 복도를 타고 온 것이 아니었다. 방의 벽 너머, 정태오의 방에서 들려오는 것이었다. 처음 이곳에 왔을 때 별장을 보고 놀라는 태성에게, 합판으로 벽을 나눠 방 수를 늘렸다고 한동준은 말했었다.

벽에 귀를 가져다 대었다. 그리 크지 않은 목소리. 정확히 말하면 의식적으로 낮춘 목소리였지만, 벽은 얇았고 집은 고요했다. 덕분에 확실하게 들렸다.

대화라고 생각했지만 그것은 틀렸다. 들려오는 목소리는 분명

한 사람, 정태오만의 것이었다. 정태오는 한숨짓고, 가끔 누군가를 비웃고, 동조를 구하고, 낄낄거렸다.

이쪽의 말은 들리지만 상대방의 목소리는 들리지 않는다.

전화!

분명 한동준이 처음 이곳에 올 때 모두들 휴대폰을 소지하지 않는 것이 조건이었다. 태성은 침대에서 일어났다. 정태오는 이제 전화기 너머 속 누군가에게 자신의 계획을 이야기하고 있었다. 복도로 나가 정태오의 방문에 귀를 가져다대고 소리에 집중했다.

"어쨌든 운 좋게 시신 사진도 건졌어. 목매단 시신의 모습이 어떤지 시간마다 어떻게 변화하는지도 이제 디테일하게 묘사할 수 있겠지. 책에서 자료 조사나 해서 시반이 어쩌고 하는 놈들보다 훨씬 더 말이야. 넌 내게 미쳤다고 하지만, 여기 와서 덕분에 좋은 소재도 찾았잖아. 죽기 위해 모인 사람들의 마지막 5일간의 파티! 흔하디흔한 소재가 아니라고! 스릴러에서 쏟아지는 숱한 사이코패스 소재에서 이건 단연코……."

"정태오!"

그의 방에 뛰어들었을 때 정태오의 표정은 볼 만했다. 전화를 받던 그대로 딱 굳어 입을 벌린 채 눈을 커다랗게 뜨고 있었다. 굳은 채 잠시 동안 그는 그대로 서 있었다. 기분이 나빴던 것은, 잠깐 굳어 있던 정태오가 태성의 뒤로 시선을 던졌고, 뒤에 아무도 없다는 것을 확인하자 씩 웃었다는 것이다. 한동준이 아니면 들켜도 대수로운 일이 아니다. 그렇게 생각하고 있는 것이다.

"나중에 나가서 다시 전화할게. 별일 아니야."

수화기에 대고 인사한 정태오는 전화를 끊었다. 그러고는 느긋한 태도로 방문을 닫았다. 전화기를 다시 자신의 커다란 가방에 쑤셔 넣는 것까지, 그는 여유작작했다. 처음 이곳에 올 때부터 이상했던 그의 커다란 가방 속에 전문가용 DSLR이 들어 있는 것이 보였다.

"당신 정체가 뭐야?"

태성의 말에 정태오는 파핫, 하고 웃음을 터뜨렸다. 그는 배를 잡고 웃어 댔다.

"뭐야, 연극이라도 하는 거야? 당신 정체가 뭐야! 푸하하."

태성의 말투까지 따라 해 가며 낄낄 댔지만 태성은 지지 않고 그를 노려보았다.

"그래. 내가 그 고딩 계집애 사진을 찍는 걸 들킬 때부터 네가 눈치 채고 있다는 건 알고 있었다. 지금 딱 걸린 게 차라리 굿 타이밍이네. 한동준이 없어서."

"당신, 뭔데."

태성의 질문에 정태오는 창밖 어딘가를 응시했다. 바깥을 내다본다기보다는 잠시 생각하기 위해 시선을 돌린 것으로 보였다. 이내 태성 쪽으로 다시 고개를 돌렸을 때 그의 눈빛은 날카로웠다.

"작가."

'집단 자살'이라는 키워드로 글을 써 보자 다짐한 후, 신선한 콘텐츠가 나오지 않아 고민할 때 이런저런 검색을 하다 찾은 것이 더 헤븐이었다고 했다.

"소설을 탄탄하게 하는 건 자료 조사지. 아무리 지어내 봐야 현실 속 이야기에 비하면 아무것도 아니라고."

하지만 뭐, 하고 덧붙이며 어깨를 으쓱했다.

"사실 금방 들킬 거라고 생각하긴 했어. 애초에 나는 니들같이 인생낙오자처럼은 보이지 않으니까."

"뭐?"

태성의 주먹 쥔 손이 부들거렸다. 인생 낙오자. 친구들에게 학대당한 충격, 성폭행 당한 트라우마, 부모에게 당할 뻔 했던 죽음에서 벗어난 죄로 잃은 기억. 그 이야기를 들으며 눈앞의 이 남자는 이용할 궁리만 하면서도 인생의 제일 바깥에 떨어진 사람들을 한심한 낙오자로만 여기고 있었다.

"당신이 뭘 알아?"

"모르지. 몰라서 여기까지 온 거라고. 난 니들 같은 패배자들을 도무지 이해할 수가 없어서. 그러니까 니들은 계획한 대로 패배자답게 죽어. 내 눈앞에서. 사회에 하등 도움 안 되는 패배자들이 죽으면서 누군가에게 조금이라도 도움이 된다면 그걸로 충분히 좋은 거 아냐?"

간신히 걸치고라도 있던 레일 위의 다리마저 죽음의 바닥으로 툭, 떨어지는 기분이었다. 인생의 레일 위에서 무리를 밀어 버린 사람들은 이미 저만치 가고 있다. 떨어진 사람과, 밀어 내고도 버젓이 달리고 있는 그들. 당신들은 정말 그걸로 된 것인가. 인생에서 성공한 것인가.

"내가 이대로 입 다물 것 같아? 모두에게 말할 거야."

"마음대로 해. 네가 입을 여는 순간 나는 이 휴대폰으로 신고할 거야. 그럼 너희들의 자살 계획은 엉망이 되겠지. 모두 경찰에 가 조사를 받게 될 거야. 또다시 차가운 멸시를 견뎌야만 할 거고. 그런데 말이야."

태성의 얼굴 가까이로 정태오가 얼굴을 들이밀었다.

"너한테 과연 그럴 자격이 있을까? 모든 사람들의 죽음을 망칠 권리가?"

분했지만 아무 말도 하지 못했다. 단지 원했던 것은 행복한 죽음이었다. 정태오가 살아남든 어찌됐든 그들의 죽음을 이용할 뿐 방해하는 것은 아니다. 태성이 섣불리 행동했다가는 모두들 다시 세상으로 끌려나갈 수도 있었다. 사람들은 그들을 죽음에서 벗어나게 해서 양지로 이끈다고 생각할 테지만 그것은 결국 음지로 처박는 포석이 될 뿐이었다.

"우리가 모두 자살하고 당신만 살아남으면 당신은 무사하지 못할 거야. 자살 방조죄라고. 조사를 받게 될 거야."

정태오를 걱정하는 것은 아니다. 너도 자살하라고 설득할 생각도 아니었다. 그저, 나는 이렇게 레일 위에서 떨어졌는데 멀쩡히 달려가는 기차를 보니 원망스러워 돌이라도 하나 던져 보는 허망한 짓이었다.

정태오는 피식 웃었다.

"내가 그 정도도 생각 안 했을 것 같아? 내 이름이 과연 정태오일까? 더 헤븐에 접속한 아이디? 내가 남긴 인적사항? 그거 다 가짜야. 니들 시체가 발견되면 사람들은 단 네 명의 집단 자살이라고 생각하게 될 거야. 내 존재 자체는 아예 여기에 없었던 거라고."

그는 자신만만해 했다. 완벽한 가면을 쓰고 모두의 상처와 죽음을 구경했다. 이 세상의 어떤 것보다 인간은 가장 잔인하다.

그때 현관 쪽에서 덜컥 거리는 소리가 들려왔다. 반사적으로 정태오와 태성이 시선을 마주했다. 태성의 흔들리는 눈빛과는 달리 정태오는 여유롭고 서늘한 눈으로 태성을 응시했다. 그러고는 목소리를 낮추고 말했다.

"방해받고 싶지 않으면 입조심해. 난 오늘 밤 이곳을 떠날 거야. 됐지? 대신 충고 하나만 하지."

"무슨 충고?"

"한동준을 조심해."

"무슨 소리야."

"저 자식은 이상해. 미쳤다고. 하긴 니들 중 안 미친놈이 어디 있겠냐만. 그래도 저놈은 장르가 달라. 위험해."

"너보다 더?"

그 물음에는 그저 어깨만 으쓱하며 그는 더 이상 관여하지 않겠다는 듯 픽, 웃었다. 선택은 네 몫이야. 그렇게 말하고 싶은 듯 태성의 어깨를 툭툭 치고는 방을 나섰다. 닫힌 방문 너머에서 정태오의 목소리가 들려왔다.

"아, 이제 와, 동생? 다녀오느라 고생했어!"

"별말씀을요."

이어 두 사람의 발소리가 들렸다. 한동준이 사 온 것을 어딘가로 옮기는 것 같았다. 머리가 아파 왔다.

* * *

연탄 5장과 번개탄. 한동준이 사 온 그것들을 보며 태성은 얼굴도 모르는 부모를 떠올렸다. 잠든 자식의 방에 그들은 죽음의 불덩이를 밀어 넣었다.

"아!"

머리가 찡, 하니 아파왔다. 태성은 옅은 신음과 함께 비틀거렸다. 관자놀이를 양손으로 꾹 눌렀다. 전파 소리라도 들리는 것처럼 소음이 그의 귀를 자극했다. 소음의 끝을 타고 두통이 찾아왔다. 누군가 눈알을 움켜쥐는 것처럼 묵직한 통증이 그를 괴롭혔다.

"태성 씨? 괜찮아요?"

자신을 부르는 소리에 고개를 들어 보려 애썼다. 눈앞이 희끄무레했다. 시야가 일렁이고 눈이 시렸다. 어지러움과 함께 오심이 밀려왔다. 한동준의 목소리가 변조된 다큐멘터리 제보자의 목소리처럼 늘어졌다. 한동준의 얼굴이 빙글빙글 돌며 세상과 뒤섞였다.

그 위로, 하나의 장면이 모습을 드러냈다.

밤이었다. 어둠이 짙게 깔린 거실을 태성이 필사적으로 바르작거리며 기어 나오고 있었다. 그는 까무룩 넘어가려는 눈꺼풀을 간신히 들어올리고는 현관문이 아닌 왼쪽에 있는 누군가의 방 문을 보고 있었다. 도와줘. 그 세 마디가 나오지 않아서 그는 발로 자신이 조금 전 나온 방 문을 걷어찼다. 그는 누군가를 기다리고 있었다. 누군가의 도움을 기다리고 있었다. 생명에 대한 집념으로 그의 눈이 번들거렸다.

그때 인기척이 들려왔다.

어둠 속으로 한 남자가 나왔다. 남자는 선 채로 그를 내려다보았다. 한참을 그렇게 서 있기만 할 뿐, 다른 행동은 보이지 않았다. 태성은 남자의 얼굴을 보려는 듯 고개를 치켜들었지만, 남자의 몸은 이미 어둠에 완벽히 동화되어 있었다. 남자는 돌아선다. 태성이 온 힘을 다해 입을 연다. 신음과도 같은 소리가 입에서 새어 나왔다. 그것이 그를 불러 세운 것일까. 남자가 다시 돌아선다.

"태성 씨!"

고함에 가까운 외침에 태성은 눈을 떴다. 그제야 시야가 맑아졌다. 정신을 차리고 보니 자기도 모르게 어느새 정태오의 한 팔을 붙들고 기대 있었다. 얼마나 꽉 쥐었는지 손을 뗀 자리에 자국이 남아 있다. 반사적으로 그의 손을 밀쳐 내었다.

정태오가 어이없다는 듯 뒤로 물러섰다. 한동준이 놀란 눈으로 정태오를 보았지만, 그 이상 아무것도 묻지는 않았다. 정태오에게서 시선을 거두고 태성을 걱정스레 보았다.

"괜찮아요?"

"괜찮아요. 머리가 잠깐 아팠을 뿐이에요."

기억인가. 꿈에서 본 장면을 떠올린 것이 아니다. 잠든 기억이 뚫고 나온 것임을 본능적으로 알 수 있었다. 필사의 노력으로 기어서 방을 나오는 자신의 모습이나, 그것을 잔인하리만치 고요하게 내려다보는 남자의 모습이 범상치 않았다.

나는 대체 어떤 인간이었을까.

생각해 보려 했지만 단편적인 그 장면 외에는 더 떠오르는 것이 없었다. 태성은 오른손으로 심장 근처를 움켜쥐었다.

대체 나는 어떤 사람이었기에, 그 기억을 떠올린 것만으로 이렇게 심장이 뛰는가.

"자, 그럼 저녁 식사를 하실까요? 태성 씨 식사 괜찮겠어요?"

"네. 괜찮아요."

태성은 고개를 끄덕였다. 하지만 본심은 그렇지 않다. 혼자서 조금 더 파동 하는 심장을 들여다보고 싶었다. 단편적으로 떠오르는 기억들이 이어질 수 있을 것만 같았다. 그럼에도 혼자 방으로 들어가지 않은 것은, 기억을 되찾아 봐도 어차피 그는 죽음을 좇을 것이라는 것을 본능적으로 알고 있기 때문일지도 모른다.

"내가 2층에 다녀오지."

정태오가 나섰다. 민서라를 부르러 올라가려 하는 것이다. 정태오는 심상치 않은 인물이다. 무엇보다, 더 이상 남들의 죽음을 관찰하고 이용하고 농락하도록 두지만은 않겠다. 그런 생각에 태성은 민서라를 자신이 불러오겠다며 정태오의 앞을 막아서려 했다.

하지만 그럴 필요가 없어졌다. 정태오가 첫 번째 계단에 발을 디딘 사이 민서라가 계단 위에서 모습을 드러냈다. 태성은 순간적으로 정태오의 얼굴로 시선을 돌렸다. 정태오는 흥, 입술을 비쭉거렸다. 크게 실망하는 눈치였다.

한동준이 연탄을 사러 나간 후 내내 방에만 틀어박혀 있던 민서라가 최린처럼 스스로 자살했다고 기대한 건지도 몰랐다. 어차피 오늘 밤 떠나니 작품에 도움 될 시신 구경을 하나라도 더 하는 게 남는 거라고 생각했을 것이다.

"식사하시죠."

"네."

대답하는 민서라의 목소리에 전혀 힘이 없었다. 그 목소리만큼이나 민서라의 얼굴이나 몸짓에도 기운이 없었다. 정태오처럼 민서라가 먼저 자살이라도 했길 바란 것은 아니지만, 왜 갑자기 저렇게 어두운 얼굴로 기운이 빠져 있는 건지, 방안에서 뭔가 심경의 변화라도 있었던 건지 신경이 쓰였다.

민서라는 비척비척 슬리퍼를 끌며 주방으로 들어가 말없이 자리에 앉았다. 태성과 정태오 한동준도 이어 주방으로 들어갔다. 태성이 자리를 잡고 앉았을 때 민서라는 물끄러미 식탁을 내려다보고 있었다. 식탁은 이 집에 처음 오던 날보다 훨씬 더 근사하게 차려져 있었다. 태성이 이름이나 원재료를 아는 것보다 모르는 것이 더 많았다. 민서라가 식탁을 저런 눈으로 응시하고 있는 것은 단순히 식탁에 차려진 음식들의 화려함 때문일까. 그렇지 않다는 것쯤은 알 수 있었다. 단순히 그렇기 때문이라면 저런 우울한 눈빛이 나올 리가 없다.

"오늘은 더 근사하네."

식탁을 둘러보며 정태오가 히죽 웃었다. 몰랐을 때는 그저 원래의 가벼운 성격 때문이겠거니 했으나, 알고 나니 마치 맛있는 걸 먹고 행복을 얘기하는 자살자들을 비웃는 것처럼 보였다.

'어차피 죽을 거면서.'

그렇게 말하고 있는 것 같다. 태성은 고개를 저었다. 병이다. 정태오의 정체를 알고 난 뒤 태성은 그의 일거수일투족에 기민하게 반응하고 있다. 신경이 날카로워지는 것 같다. 차라리 그가 원하는 것을 얻고 단 일분일초라도 빨리 이곳을 떠나 줬으면 좋겠다는 생각이다.

한동준은 특유의 친절한 미소로 대답했다.

"여러분 인생의 마지막 저녁 식사니까요."

공기가 얼어붙었다. 수저를 들던 민서라의 손이 멈췄으며, 정태오도 이 순간만큼은 시답잖은 소리를 하지 못했다. 무겁게 만들어 버린 분위기는 본의가 아니었다는 듯 한동준이 분위기를 전환하려 미소 지었다.

"식사하세요."

달그락 달그락. 수저와 그릇이 부딪히는 소리가 시작되었다. 태성은 힐금힐금 정태오를 살폈다. 이유는 모르지만 자기도 모르게 시선이 갔다. 자꾸만 그를 살피게 된다. 불가피하게 눈이 마주칠 때마다 정태오는 느물느물 웃었다. 모두에게 고자질하지 못할 거라는 것을 확신했다는 웃음으로 느껴졌다. 모두를 기만하면서도 음식은 잘도 삼킨다. 저 여유로운 가면을 깨부수고 싶었다. 지금 이 자리에서 벌떡 일어나 그의 정체를 밝힌다면 가면은 부서지고 당황해 마지않는 본 얼굴을 볼 수 있다는 것을 알고 있다.

하지만 정태오가 말했던 것처럼 태성은 그렇게 할 수 없다. 아니, 하지 않는다. 우리에게는 단 한 번의 내일이 주어질 뿐이고 정태오에게는, 숱한 내일이 허락된다. 그것은 그의 몫이고 알량한 단 한 번의 내일은 우리들의 몫인 것이다. 자신들의 고통을 우습게 보고 관심사로 가볍게 생각하는 행태는 분하지만 어쨌거나 그런 시선

역시 자살자들의 몫이다. 왕따를 당해도 뭔가 성격적인 문제가 있다고 하거나, 회사를 그만둔다고 참을성이 없다거나, 죽음을 선택하는 것조차 인생의 낙오자다, 하고 치부되듯이.

"저……."

나직하고 힘 빠진 민서라의 목소리에 태성은 고개를 들었다. 민서라는 양손을 테이블 아래로 내리고 있었다. 모두를 향해 말하고 있지만 시선은 아래로 향하고 있다. 그제야 민서라가 식사를 시작하지도 않았다는 것을 알았다.

"안 죽으면 안 되나요?"

예상치도 못했던 말에 태성은 하마터면 들고 있던 스푼을 놓칠 뻔했다. 모두의 시선이 자신에게로 향하자 민서라의 목은 더 움츠러들었다. 한동준마저도 당황했는지 굳은 채 민서라를 보기만 할 뿐 쉽사리 말을 꺼내지 못했다. 채칵, 어디선가 초침 소리가 들려왔다.

"그게 무슨……."

당황을 감추지 못하고 더듬더듬, 한동준이 입을 열었다. 민서라는 대답하지 못한 채 입을 굳게 다물고 있었다. 태성은 슬쩍 시선을 돌렸다. 정태오는 당장에라도 웃음을 터뜨릴 것처럼 재밌어 죽겠다는 얼굴이었다.

"마음이 바뀐 건가요?"

다시 평정을 찾은 한동준은, 그럼에도 화를 내지 않았다. 이유는 알 수 없지만 태성은 한동준이 화를 낼 것이라고 생각했었다. 먼저 떠난 최린에게 분노를 감추지 못했던 것처럼.

테이블 밑에서 민서라는 손톱을 쥐어뜯고 있었다.

"무서워요. 죽는 게……."

"살아도 된다는 얘긴가요? 앞으로 살아갈 수 있어요?"

그것은, 두려움을 견디고 죽는 것과, 자신의 운명 속으로 다시 뛰어들어 세상을 견디는 것 중 하나를 선택하라는 의미다.

"모르겠어요. 하지만…… 돌아가고 싶어요."

한동준은 나직하게 한숨을 쉬었다.

"그렇군요. 역시 며칠 죽음을 유예하자고 했던 제 결정이 잘못된 것이었네요. 아니, 어쩌면 잘한 선택인지도."

한동준은 차분했다. 민서라를 설득할 마음은 없어 보였다. 다행이라는 생각이 들었다. 어떻게든 죽고 싶지 않아졌다면 물러설 기회를 주어야 한다. 물러서고 싶은 발목을 잡고 죽음으로 끌어낸다면 그것은 또 다른 이름의 살인이다. 자신의 죽음을 그런 오명으로 얼룩지게 하고 싶지는 않다고 태성은 생각했다.

민서라의 표정이 조금 누그러졌다.

"하지만."

이전보다 조금 단호해진 말투로 한동준이 말했다.

"먼저 이곳을 떠날 수는 없어요. 우리의 죽음을 방해 받을 순 없습니다. 민서라 씨에게 방해할 권리, 없다는 것 정도는 알고 있죠?"

당신이 신고할지도 모른다. 그런 의미였다.

"하지만 난……."

민서라가 항변하려 다급히 입을 열었지만 그보다 한동준의 말이 앞섰다.

"최린 씨가 먼저 나간다고 했을 때, 가장 먼저 반대한 것이 민서라 씨였죠, 아마?"

그랬다. 한동준이 준비한 프로젝트에 반대하며 일어섰던 최린을 주저앉힌 것은 민서라의 의심이었다. 또한 그녀의 의심은 다른 사람의 의심에 불을 붙여 최린을 몰아 세웠다.

'나가서 신고하면 어떡해요?'

민서라 역시 그 일을 똑똑히 기억하고 있을 것이었다. 그래서 더 이상 아무런 말도 하지 못하는 것이리라.

"우리는 예정대로 죽습니다. 그때까지 결정이 바뀌지 않는다면 민서라 씨는 돌아가도 좋아요. 우리가 죽은 다음에는 신고를 해도 좋고, 이곳에 남아 있을지도 모르는 민서라 씨의 흔적을 모두 지우고 사라져도 상관없어요. 그 정도면, 되겠죠?"

한동준의 말에 민서라는 고개를 끄덕였다. 창백해진 얼굴에 핏기가 조금 돌았다.

"그리고……."

한동준이 태성과 정태오 두 사람에게로 고개를 돌렸다.

"또 마음이 변한 분 있나요?"

반사적으로 태성은 정태오를 보았다. 정체를 밝히지는 않더라도 이렇게 된 이상, 마음이 바뀌었다고, 당신들의 프로젝트에서 빠지겠다고는 밝혀라. 태성은 정태오를 보며 그렇게 생각했다. 태성이 무슨 생각을 하는지 알겠다는 듯 정태오가 싱긋 웃었다. 그러고는 이내 한동준에게 말했다.

"없어. 안 바꿨어."

여보란 듯 한 번 더 씩. 태성은 그 웃음을 보며 말문이 막혔다.

이번에는 한동준의 시선이 태성에게 향했다. 정태오에 대해 고자질을 해 버릴까 하는 마음이 없진 않았지만 그냥 고개만 저었다.

"알겠습니다."

식사를 마친 뒤 그들은 각자 자기 방으로 흩어졌다.

창밖으로 어둠이 짙어졌다. 그들은 그렇게 밤을 맞았다. 정태오는 이미 떠날 준비를 마쳤을 것이다. 태성은 내내 정태오를 신경 쓰는 것을 그만두기로 했다.

그리고 다음 날 그는 실제로 별장을 떠났다.

문제는 그의 영혼만이 떠났다는 것이었다. 정태오는 다음 날 아침 침대 위에 엎드린 채로 태성에게 발견되었다. 태성이 발견했을 때는 이미 영혼을 잃어버린 껍데기뿐이었다.

이면4.

김진성 형사는 아랑곳하지 않고 조사를 이어나갔다. 물론 경환과 단둘만 아는 수사였다. 경환은 불안해했으나 이미 그 사건에 집중한 김진성 형사가 손을 놓을 리 없다는 것 역시 잘 알고 있어서 말리지 못하였다.

"우선 중요한 건 한동준, 그 녀석의 행방이군."

연락이 되지 않고 있다. 집에는 들어오지 않는다. 제이티그룹의 비서실을 통해 들은 것은 그것이 전부였다. 이런 일이 처음은 아니기에 제이티 일가에서도 그닥 신경을 쓰지는 않는 것 같다. 이미 윗선을 통해 수사를 못하게 청탁을 넣었기 때문에 느긋한 태도를 보일 수 있었던 것이다.

집에 없다는 것이 사실인지는 확인해 봐야 하겠지만 더 파고 들 수는 없었다. 만약 오너 일가 쪽에서 진성이 수사하고 있다는 사실을 알게 되면 문제가 커질 것이었다. 다행히 경환과 몇 다리 건너에 제이티그룹 비서실 직원이 있어서 도움이 되었다.

"잠깐 알아봤는데요, 집에 있는 것은 아닌 게 확실하구요, 한국에서는 지금 일을 하거나 학교에 다니지도 않아요. 상당히 베일에 싸여 있는 인물인데요."

"또 일을 치러 갔겠지."

설마, 하고 경환이 생각하고 있던 불안을 김진성 형사가 아무렇지도 않게 현실로 내놓았다.

경환은 잘 모르겠다는 듯 고개를 저었다.

"정말로 자살하려고 잠적한 것일까요? 곧 유학이 정해져 있대요. 최고의 시설을 갖춘 학교로요. 한동준 본인이 정했다고 알려져 있어요."

"본인이?"

"네. 그래서 전 그 친구가 자살하러 간 것이 아니라 놀러간 건 아닐까 하고."

말을 잇던 경환은 입을 다물었다. 김진성 형사의 표정이 예사롭지 않았다.

"정말 놀러간 건지도. 자신만 살아 돌아오는 유흥지로."

김진성 형사는 더 이상 말하지 않았다. 한동준의 사진을 출력해 놓은 것을 무서운 표정으로 바라볼 뿐이었다.

5. 마지막 아침

그날 아침은 정말 일어나고 싶지 않았다. 눈을 뜨고 밖으로 나갔을 때 이 별장 안에 벌어질 혼란을 예상할 수 있었기 때문이었다. 정태오는 스스로 했던 말대로 이미 이 집을 떠났을 것이다. 정태오가 사라진 것을 알면, 어쩌면 이 계획이 모두 틀어질지도 모른다. 민서라도 자살을 거부한 마당에 정태오가 사라졌으니 경찰에 어떤 신고가 들어갈지도 모를 일이다.

반쯤, 아직 잠에서 깨지 못한 정신 속으로 태성은 들어갔다 나왔다를 반복하고 있었다. 이런 경험은 예전에도 있었다. 판자촌에서 생활하던 어느 아침이었다. 잠에서 제대로 깨지 못하고, 그렇다고 다시 잠 속으로 빠지지 못했던 것은, 판자촌 입구에서 봉사 단체가 나눠주는 콩나물국 한 그릇과 밥 한 숟가락에 대한 미련 때문이었다. 그렇다고 잠을 떨쳐내지도 못하고 밥 차에도 가고 싶으니 누운 채로 창궐하는 스트레스에 신음할 지경이었다.

그때 문을 열어젖힌 것은 베드로였다. 살을 찢어낼 것 같은 칼바람이 맨얼굴을 포라도 뜨는 것처럼 예리하게 스치고 지나갔다.

"뭐하냐?"

베드로는 식판을 한손에 들고 있었다. 입안에는 뭐가 들었는지 질겅질겅 씹으며 꽤나 불량스러운 자세를 취했다. 주려고 가지고 온 걸까? 생각만으로도 반가워 뭔가 대답을 하고 싶기는 했지만 쉽사리 입이 떨어지지도, 움직여지지도 않았다.

베드로가 다가와 선 채로 물끄러미 그를 내려다보았다. 칫, 하고 입술 사이로 불만스러운 소리를 내더니 그의 앞에 쪼그리고 앉았다. 식판을 든 반대편 손이 하늘 위로 치켜 올라갔다.

짝!

눈앞에 불이 튀었다. 누운 채로 목이 옆으로 돌아갔다. 찝찔한 것이 목구멍으로 넘어갔다. 어안이 벙벙. 그렇게 말할 수밖에 없는 얼굴로 눈을 깜박였다.

"뭐예요?"

"안 죽었네. 동사한 줄."

무심하게 내뱉듯 말한 베드로가 그제야 엉덩이를 바닥에 붙이고 앉아 식판에 든 밥을 퍼먹기 시작했다. 이게 대체 무슨 상황인가. 태성은 힘을 다해 상체를 일으키고 앉았다. 머리가 띵, 아팠다. 베드로는 흘끗, 태성을 한번 보았을 뿐 먹는 데에 온 신경을 집중하고 있었다.

"나 줄려고 가지고 온 거 아니었어요?"

못 들을 것을 들었다는 얼굴로 베드로가 그를 보았다.

"내가? 내가 왜? 네가 뭔데?"

그때 태성은 '아니면 말아요!' 정도로 대답했었던 것 같다. 아니면 '안 줄 거면 왜 내 방에서 먹는데?' 그렇게 대답했는지도 모른다. 그때는 아무렇지 않게 넘겼었다. 그런데 왜 이 순간 그 물음이 귓가를 생생하게 울려 목구멍을 타고 들어와 가슴에 맺히는 것처럼 느껴질까?

'네가 뭔데?'

"나는……."

머릿속이 뒤흔들렸다. 뭔지도 알 수 없는 희끄무레한 것들이 머릿속에서 소용돌이쳤다. 그 소용돌이로 많은 얼굴들이 지나갔다. 태성은 눈을 크게 떴다. 실핏줄이 터져 흰자위가 충혈되었다. 숨이 쉬어지지 않는 듯 그는 머리를 뒤흔들었다. 천장에서 기억의 폭포수가 태성의 얼굴 위로 일시에 떨어져 내렸다.

방이었다. 어스름이 공간을 메우고 있었다. 고요하다고 느낀 순간 천천히 방문이 열렸다. 방문이 열리면서 내는 마찰음은 크지 않았다. 열린 문틈으로 중년의 남자와, 비슷한 연배의 여자가 들어왔다. 그들의 움직임은 방문을 열 때 그러했듯 조심스럽고, 느렸으며, 고요했다. 아래서 올려다본 그들의 얼굴은 비현실적으로 느껴질 만큼 커다래 보였고 강인했다. 여자의 눈이 서슬 퍼렇게 빛났다. 남자는 여자에게 고개를 끄덕여 보였다. 여자가 문밖으로 사라졌다. 덜컥이는 소리가 난다 싶더니 어느새 여자가 방에 돌아와 있었다. 잠시 뒤, 두 사람이 다시 문밖으로 나갔다. 사방은 다시 고요해졌고, 얼마쯤 시간이 지난 뒤 눈앞이 뒤흔들리고 숨쉬기가 힘들어졌다.

"헉!"

태성은 감전이라도 된 사람처럼 벌떡 일어나 앉았다. 온몸이 어느새 땀으로 흠뻑 젖어 있었다. 죽을힘을 다해 도망이라도 친 것처럼 심장이 거세게 박동했다. 두통이 엄습했다. 어깨에 한기가 느껴졌다.

이것은, 꿈? 아니. 그럴 리가 없다. 분명히 깬 채로 판자촌에서 있었던 일을 생각하던 중이었다. 확신할 수 있다. 잠들지 않았다. 기억이다. 이것은 기억인 것이다.

태성은 고개를 돌렸다. 벽에 붙은 거울에 그의 모습이 적나라하게 비춰졌다. 땀으로 젖은 얼굴. 눈 아래는 시커멓다. 눈동자가 황황히 굴러 다녔다.

나는, 그때, 깨어 있었다.

그를 죽이고자 부모가 불붙인 번개탄을 밀어 넣던 순간, 그가 죽기를 바라며 문을 닫던 순간, 그는 그 모든 것을 보고 있었다.

그러나 단 한순간도 그 죽음에서 도망치려 생각지 않았고, 그래서 그가 맞은 결과는 현재였다. 처음 병원에서 눈을 떴을 때 의사는 평생 기억이 돌아오지 않을 수도 있지만, 기억이 서서히 돌아올 가능성이 훨씬 크다고 했다. 그럼에도 기억이 돌아오지 않아 태성은 그동안 의사가 말한 훨씬 큰 가능성을 비켜갔다고만 생각했다. 불운한 그의 운명이라면 가능한 이야기였다. 이후 살아갈 의미를 못 찾아 자살을 결심했었다. 이제 결심을 실행시키려 하니 기억이 돌아오고 있었다.

재앙이었다.

* * *

아무래도 바깥이 조용한 것이 신경 쓰였다. 새벽같이 일어나는 한동준이 정태오의 부재를 눈치 채지 못했을 리 없었다. 무분별하게 쏟아지는 기억들을 밀어둔 채 태성은 뒤늦게 정신을 차리고 일어났다. 바깥에서부터 들어오는 예상치 못한 적막이 불길했다. 문을 열고 조심히, 밖으로 나갔다. 아침 7시. 밖에는 해가 밝게 떠올랐을 시간이었다. 거실에는 아무도 없었다.

태성은 고개를 돌려 현관을 보았다. 눈 뜨고는 못 봐줄 낡은 운동화는 자신의 것이었다. 옆으로 민서라의 구두와, 이제는 신을 사람도 없는 최린의 신발이 놓여 있었다. 그리고 나머지 두 사람의 신발은 보이지 않았다.

정태오는 이미 이 집에서 도망갔을 것이고, 한동준은 어디에 갔을까. 사라진 정태오를 한동준이 찾으러 나간 것일까. 가능성이 영 없는 이야기는 아니지만 한동준이 아무도 깨우지 않고 혼자 정태오를 찾으러 나갔을 것 같지는 않았다.

그때 어렴풋이 뭔가의 소리가 태성의 귀를 자극했다. 소리의 행방을 찾듯 태성이 주변을 둘러보았다. 땅을 줄로 치듯이 착, 착, 그런 소리였다.

그는 다시 거실로 올라섰다. 거실을 가로질러 그가 향한 곳은 발코니였다. 여전히 두꺼운 암막 커튼이 쳐져 있었다. 손으로 커튼의 끝을 잡고 조심히 밀어 내었다. 열린 암막 커튼 사이로 빛이 세상으로부터 쏟아져 들어왔다.

한동준이 줄넘기를 하고 있었다.

어라, 하는 기분으로 태성은 커튼을 훨씬 더 열어젖혔다. 그 기척에 줄넘기를 멈춘 한동준이 이쪽으로 고개를 돌렸다. 들썩이던 그의 찰랑이는 머리칼이 착, 한동준의 머리에 자리를 잡고 내려앉았다. 언제부터 운동을 한 것인지 한동준이 땀을 흠뻑 뒤집어쓰고 있었다.

"일어나셨어요?"

그 해맑은 얼굴이 불길했다. 얼떨떨한 기분으로 태성은 한동준을 따라 고개를 까딱, 했다. 한동준은 다시 줄넘기를 했다. 태성은 현관 쪽을 향해 급한 걸음을 옮겼다. 정태오가 사라진 것을 알았다면 한동준이 느긋하게 줄넘기나 하고 있지 않았을 것이다. 신발장으로 와락 달려들어 문을 열었다. 아까부터 조금씩 느꼈던 불길한 기분이 뒷머리를 강타했다. 그것도 모자라 신경 줄을 타고 흘러내렸다.

정태오의 신발이 그 안에 있었다.

"설마."

태성은 고개를 저으며 다시 거실 위로 올라섰다.

그때 민서라가 2층 계단에서 내려왔다. 태성을 발견하고는 멈칫, 하는 기색이 역력했다. 죽기 위해 모인 사람들 앞에서 죽지 않겠다고 선언했으니, 민서라는 자신이 배신자라고 느끼고 남들의 눈치를 보는 것 같았다.

배신은, 믿음의 등 뒤에 붙어 있다. 등을 돌렸을 때 믿음은 더 이상 보이지 않는다. 그것이 배신. 그러나 우리는 서로를 믿어 이곳에 온 것일까. 정태오의 존재를 생각할수록, 그것은 모를 일이었다.

"무슨 일…… 있어요?"

태성의 얼굴에서 심상치 않은 것이 느껴졌는지 민서라가 조심스레 물었다. 태성은 대답 없이 민서라에게서 시선을 거두고 정태오의 방으로 곧장 걸음을 옮겼다. 민서라가 뒤따라오는 것이 느껴졌지만 신경 쓸 새가 없었다. 신발이 있는 것으로 보아, 정태오는 나가지 않았다. 나가지 않았다면, 평소 하던 대로 밖에 나와 실실 웃으며 다른 사람들을 살폈을 텐데 그는 모습을 드러내지 않고 있다. 게다가 그는 나가지 않을 이유가 없는 사람이다. 다른 사람들이 알기 전에 나가겠다고 스스로 말했었다.

"정태오 씨, 안에 있어요?"

대답을 기다릴 새도 없이 조급하게 문을 두드렸다. 안에서는 아무런 소리도 들려오지 않았다. 어쩌면 이미 태성은 아무 대답이 들려오지 않을 것이라는 걸 예상했는지도 모른다.

"왜요? 정태오 씨가 무슨……."

민서라의 물음이 채 끝나기도 전에 태성은 문을 열어젖혔다.

그곳에 정태오가 있었다.

"정태오 씨?"

정태오를 부르는 태성의 목소리가 자신도 모르게 떨렸다. 정태오는 대답이 없었고 미동도 하지 않았다.

"뭐 저렇게 잠을."

뒤에서 들려온 민서라의 말에 태성은 고개를 돌렸다가 다시 정태오를 보았다. 다시 보니 잠을 자는 것도 같았다. 그런 경험이 없지 않아 태성에게도 있었다. 어느 겨울 아침. 일어는 났지만 잠이 깨지 않았던, 그래서 머리를 뒤흔들다 못해 앉은 자세로 베개에 머리만 박고 졸았던 기억.

정태오 역시 그런 자세와 비슷했다. 앉은 자세로 머리를 베개에 박고 있었다. 기도라도 하는 듯 모은 양손이 그의 몸 아래에 깔려 있었다. 둥글게 구부린 등 위로 아침 햇살이 밝았다.

태성은 천천히 침대 쪽으로 걸음을 떼었다. 보이지 않는 벽이 사이를 막고 있는 것처럼 두 사람에게는 각자 다른 공기가 흐르고 있었다. 그 엄청난 간극에 태성은 위압될 것만 같았다.

뭔가에 홀린 듯 태성은 천천히 손을 뻗었다. 손가락 끝이 공중에서 파르르 떨렸다. 몇 번 더 정태오의 이름을 부르는 것이 자연스러운 일이었지만 마음속 깊은 곳에서는 그 이름을 불러 봐야 소용없는 일임을 알고 있었다.

이윽고 손가락 끝이 정태오의 몸에 닿았다.

풀썩, 하고 정태오의 몸이 옆으로 쓰러졌다. 밀랍으로 굳혀 놓은 거대한 인형 같았다.

"꺄아아악!"

민서라의 날카로운 비명이 별장 안을 뒤흔들었다. 세상과 단절된, 폐쇄된 공간에서의 비명은, 벽과 암막 커튼, 닫힌 문, 누구도 들어오지 못할 것 같은 빽빽한 숲의 벽에 이리저리 부딪히고 울렸다. 귀가 아프다. 골이 흔들렸다. 민서라의 비명 때문인가? 태성은 눈앞의 참혹한 광경에도 그렇게 묻고 있는 자신을 발견했다.

정태오는 앉아 있던 자세 그대로 굳어 있었다. 앞으로 모았다고 생각했던 양손에 과도를 잡고 있고, 칼은 그의 목 깊숙이에 박혀 있었다. 몸이 넘어가자 그동안 보이지 않던 엄청난 혈흔들이 눈에 들어왔다. 침대 시트가 쏟아진 피로 인해 엉망이었다.

민서라는 쓰러지듯 주저앉았다. 그러나 태성은 민서라를 챙기거나 일으켜 줄 엄두도 내지 못했다. 다리가 후들거렸다. 뒷걸음질이라도 치고 싶었지만 한 걸음도 떼지 못했다. 눈 때문이었다. 희멀건 하게 뜬 채 굳어 있는 정태오의 눈. 그 눈이 태성을 응시하고 있었다. 그 눈과 마주하는 것은 엄청난 공포였다.

빠른 발걸음 소리가 들려오는가 싶더니 한동준이 민서라의 뒤에서 나타났다.

"무슨 일이에요?"

주저앉아 있던 민서라에게 물었지만 그녀가 대답하기도 전에 한동준은 방 안의 광경을 보았다. 태성이 뒤돌아보았다. 한동준은 미간을 구기고 정태오의 시신을 보고 있었다.

"아, 또……."

'또' 자살이라는 말인가? 한동준이 흐린 말끝에 담긴 의미는 그랬다. 자살? 정말 자살일까?

태성이 혼란스러운 사이 한동준은 짜증스럽게 한숨을 내뱉었다. 민서라는 주저앉은 채 여전히 벌벌 떨고 있었다. 왁! 하고 일어나 쓸데없는 장난질을 칠 것 같은 정태오의 껍데기는 미동도 없다. 태성의 시선 끝에 정태오의 가방이 걸렸다. 이곳에 올 때처럼 빵빵하게 싸 놓은 가방이었다.

죽기 전에 그는 짐을 쌌다. 짐을 쌀 때의 그의 목표는 세상으로의 회귀였을 것이다. 그런 그가 자살을 했을 리가.

한동준이 방 안으로 들어섰다. 그는 거침없이 정태오의 시신을 향해 다가갔다. 정태오의 머리부터 발끝까지를 훑어보는가 싶더니 허리를 굽히고 정태오의 바지 주머니를 뒤지기 시작했다. 곧 그의 손끝에 딸려 나온 것은 정태오의 유서였다.

태성과 한동준의 시선이 공중에서 얽혔다. 한동준은 종이의 모서리도 맞추지 않고 엉망으로 접은 유서를 폈다. 그가 유서를 읽는 것은 오래 걸리지 않았다. 다 읽은 뒤 한동준은 유서를 태성에게 넘겼다.

내 죽음은 나 스스로 정한 것이다. 그러니 간섭하지 마라, 개자식들아!

—정태오

그의 성격처럼 엄청난 악필이었다.

* * *

한동준은 바쁘게 움직이고 있었다. 정태오를 지하실로 옮겼다. 목에 꽂힌 칼은 빼지 않았다. 피에 물든 침대 시트를 벗겨 정원에서 소각했다. 흔적이 남는 것은 안 된다며 드럼통 안에 시트를 구겨 넣고 휘발유를 뿌렸다. 타고 남은 재는 정원 수돗가에 물을 틀어 흘려보내기도 하고 변기에 내려 보내기도 했다. 그러다 변기가 막혀 꿀렁꿀렁 토해내자 잠깐 불만을 터뜨리기도 했다.

"사람들이 어떻게 이렇죠? 며칠만 살다 가자는 내 제안이 마음에 들지 않았다면 그 자리에서 그냥 거절했어야죠. 어떻게 함께 모인 사람들을 버리고 먼저 가요?"

그러고는 빠른 걸음으로 다용도실로 들어갔다. 도로 나온 그의 손에는 변기 압축기가 들려 있었다. 화장실로 들어가 변기에 압축기를 대고 펌프질을 해 댔다. 변기통 안에서 철벅이는 소리가 유난스레 들려왔다.

거실에 앉아 있는 태성은 한동준이 하는 양을 지켜보고 있었다. 그런 태성의 얼굴에 의혹의 그늘이 짙게 드리워져 있었다. 정태오는 스스로 죽을 사람이 아니라는 것을 자신만은 알고 있다. 그리고 한동준은 왜 저렇게 정태오의 흔적을 지우려고 하는 것일까. 왜 흔적이 남으면 안 된다고 하는 것일까. 그리고, 몇 시간 뒤 자살을 할 사람이 줄넘기 운동을 하는 것이 일반적인 일일까.

"이럴 거면 그냥 혼자 자살하지 왜 동반을 하겠다고 온 건지."

시신을 발견한 후 몸을 움직이며 한동준이 말했다. 자살이라고 생각하세요, 정말? 태성은 하마터면 그렇게 물을 뻔 했다. 하지만 본의는 가슴속 밑바닥으로 꾹꾹 눌러 내려야 한다는 것을 본능적으로 알고 있었다. 대신 다른 질문을 했다.

"어차피 민서라 씨를 제외한 우리는 죽어서 발견될 거예요. 시신이 어디 있든 상관없잖아요. 힘들게 시신을 옮기고 그럴 필요 없지 않나요?"

말도 안 되는 이상한 질문을 한다는 듯 한동준이 눈을 동그랗게 뜨고 대답했다.

"서로 각각 다른 곳에 있으면, 동반이 아니라는 걸 다른 사람이 알게 되잖아요."

"그게 무슨 상관이에요. 우리가 죽는 것이 중요하지."

"무슨 소리예요. 우리 동반한다고 게시글 썼잖아요."

"하, 참. 게시글 따위……. 누가 결과를 본다고요!"

태성이 그렇게 말한 끝에 다른 생각이 따라 붙었다.

결과, 누군가에게는 중요한 것인가?

* * *

태성은 문득 옆에 앉아 있는 민서라를 보았다. 말이 좋아 앉아 있는 것이지 엉덩이를 앞으로 쭉 빼고 앉은 그녀는 거의 드러누워 있는 것처럼 보였다. 소파 등받이에 목이 꺾여 있었다. 두통이 가라앉지 않는지 감은 두 눈 위로 미간을 잔뜩 찌푸리고 있었다. 정태오의 시신이 발견된 직후 민서라는 거의 패닉 상태였다. 거의 울부짖듯 이제는 아무것도 모르겠다며 돌아가겠다고 외쳤었다. 도저히 내보내주지 못하겠으면 빨리 죽어 버리라고 태성과 한동준을 향해 퍼붓기도 했다. 긴 시간의 고함과 오열 덕분에 민서라는 극심한 두통에 시달렸다. 머리로 피가 쏠려 그런지도 모를 일이었다.

자살.

민서라도 그렇게 생각하고 있었다. 그러나 태성은 자살이라고 생각하지 않았다. 민서라도, 한동준조차도 모르는 정태오의 비밀을 태성은 알고 있다.

그는 자살을, 죽음을 꿈꾼 적도 없는 사람이었다.

그는 자살하지 않았다.

그는 단지 자살하는 사람들을 가장 가까이에서 관찰하고 싶어 한 사람일 뿐이었다. 자살하는 사람들을 바보 취급했다. 세상에 있는 많은 사람들과 같은, 정태오는 그런 사람이었다.

그리고 그는 이제 떠나려고 했다. 어젯밤까지 그 생각은 확고해 보였다. 올 때처럼 꽁꽁 싸여진 커다란 가방이 눈에 선했다. 정태오는 떠나려 했고 그 마음은 흔들리지 않았다. 분명 계획을 실행에 옮겼다. 하지만 완성하지 못했다. 자살 동반자들의 관찰자였던 정태오조차 예상하지 못했던, 느닷없이 찾아온 죽음, 필시 그것 때문이었다.

그렇다면 죽음이라는 잔혹한 선물을 한손에 들고 정태오의 방문을 노크한 것은 누구란 말인가. 아무리 사람은 믿을 수 없는 존재라 하더라도 민서라라고는 도무지 생각할 수 없었다. 억지로라도 혐의점을 그녀에게 두려 노력해도, 자연스레 손은 다른 곳을 지목한다.

한동준을 조심해.

그러고 보면 이상한 일이었다. 그는 분명 5일간 살자고 했다. 그것이 그의 계획이었다면 굳이 그 계획을 어길 리 없었다. 모인 이들의 원한을 풀어주기까지는 하지 못했지만 그는 성심을 다해 준비했고 사람들은 그것을 즐겼다. 심지어, 어쩌면 좀 더 살아 봐도 괜찮지 않을까 하고 생각하는 사람까지 생겨났다. 왜 그는 돌연 계획을 서두르자고 한 것일까. 그 시작점에 최린의 죽음이 있다.

"왜 그래요?"

이어지던 생각이 느닷없는 소리에 끊어지고, 태성은 퍼뜩 정신을 차렸다. 민서라가 그를 보고 있었다. 걱정과 두려움이 섞인 묘한 표정이었다. 지금껏 무서운 얼굴로 허공을 노려보고 있었다는 것을 깨달았다.

"아뇨, 저도 좀……. 공기가 탁해서 그런지 머리가 멍해져서요."

이해한다는 듯 민서라가 아, 하고 고개를 끄덕였다.

최린은 분명 자살이었다. 그것은 의심할 여지가 없는 일이었다. 그 죽음에 한동준은 비상식적인 분노를 터뜨렸다. 브레이크가 고장 난 자동차에 올라탄 것처럼 그는 분노를 향해 질주하고 있었다. 저러다 최린의 시신을 상하게라도 하는 거 아냐, 그런 끔찍한 생각이 들 정도였다.

그 이후 그는 변했다. 친절한 태도에는 변함이 없었으나 여유를 잃은 것처럼 보였다. 그리고 모두의 죽음을 앞당기기로 했다. 그 와중에 정태오가 죽었다. 어째서? 라는 물음은 태성만이 가지고 있다. 그가 자살이 아니라는 것을 아는 것도 태성뿐이었다.

한동준이 정태오의 죽음과 연관이 없다고 치면, 한동준에게 정태오의 죽음은 또 다른 계획의 이탈자일 것이다. 그러나 이번에 보인 반응은 최린 때와는 달랐다. 불평을 하고는 있지만 화를 내지도 않았다. 충격을 받은 태성과 민서라와는 다르게 한동준은 정태오 역시 동반 자살로 보여야 한다는 명목 아래 빠르게 일을 처리해 나갔다.

그것도 이해가 되지 않는 일이었다. 어째서 동반 자살로 보여야 하는가. 그 물음에 한동준은 대답을 피하지 않았다. 하지만 이해시키지는 못했다. 도대체 누굴 위해 각기 죽은 사람들이, 어쩌면 살해당한 것인지도 모르는 사람까지 동반 자살로 보이도록 저렇게 애써가며 조작을 해야 하는 것인가. 누굴 위해? 혹시…….

여기서 살아남는 사람을 위해?

번개라도 스친 것처럼 태성은 고개를 퍼뜩 들었다. 화장실 청소를 마치고 나오던 한동준과 눈이 마주쳤다. 한동준이 미소 지었다.

당신인가. 살아남을 사람이?

태성은 마른세수를 했다. 극심한 피로가 몰려들었다. 민서라에게 옮기라도 한 것처럼 두통이 머릿속에 자리를 잡고 앉았다. 생각을 모아야 한다. 이 이상한 일들을 그냥 둘 수는 없었다. 어차피 죽기로 했었지만 죽임을 당해야 한다면 얘기가 다르다.

만약 한동준이 어떤 이유에서든 정태오를 그렇게 만든 것이라면, 이유는 무엇일까? 아니, 이유는 궁금하지 않다. 의문의 죽음이 정태오 하나로 멈출 것인가? 진짜의 물음은 그것이었다.

하지만 멈추지 않을 것임을 느끼고 있다. 정태오의 죽음을 과오라고 생각하고 멈춰야겠다고 결정했다면……. 태성은 한동준을 똑바로 보았다.

후회했다면, 저렇게 즐거워 보일 리가 없다.

한동준을 제외하고 남는 것은 자신과 민서라 둘뿐이었다. 둘 중 누가 그의 다음 타깃일까? 이제 그가 정한 시간까지는 얼마 남지 않았다. 혹시 둘을 한꺼번에? 잠깐 그런 생각도 들었지만 그럴 리 없다. 그저 살해만을 원했다면 처음 모였던 날 밤부터 일이 벌어졌어야 했다. 그는 즐기고 있다. 그런 생각이 강하게 들었다.

그렇다면…….

다음 타깃은, 민서라다.

저……. 안 죽으면 안 되나요?

민서라가 그렇게 말했을 때, 그녀를 잡은 것은 한동준이었다. 민서라가 살아 나가 그들을 신고할 것을 대비해 그렇게 한 것이라고 생각했지만, 그게 아니라면 그 진의는 180도 달라진다.

그리고 이 여행의 의미마저 달라진다. 우리는 모두 죽는다. 단 한 사람을 빼고.

청소와 정리를 마친 한동준은 손을 씻은 뒤 잠깐 기다리라며 자신의 방으로 들어갔다.

"민서라 씨."

태성은 정면을 향해 시선을 고정시킨 채 나직하게 그녀를 불렀다. 대답은 하지 않았지만 두통으로 거의 눕다시피 소파에 기대어 있는 민서라가 눈을 뜬 것은 알 수 있다.

"살고 싶다고 했었죠?"

진지한 그의 말에 민서라가 소파에서 몸을 일으켰다. 빤히, 그를 보는 민서라의 시선 속에 담긴 두려움이 느껴졌다.

* * *

잠시 뒤 방에서 나온 한동준은 뭔가 후련한 표정이었다. 그는 손에 뭔가를 들고 있었다. 궁금증을 가진 것도 잠시 한동준은 민서라의 눈앞에서 손바닥을 펼쳤다.

"약이 있었어요. 두통 심하다면서요. 먹을래요?"

한동준의 손바닥에는 캡슐로 된 알약이 하나 놓여 있었다. 반쪽은 투명하고 반쪽은 적갈색인 캡슐 안에 흰색과 붉은색의 작은 과립들이 섞여 있었다.

민서라가 몸을 일으켜 약을 받았다. 안색이 좋지 않다.

"주세요. 아무래도 가라앉질 않네요."

민서라가 약을 받아 들었다. 한동준이 친절하게 미소 지었다.

"고마워요. 이따가 점심 먹고 먹을게요."

그 말에 한동준의 표정이 순식간에 바뀌었다. 미소 띤 얼굴이 얼어붙는 것을 태성은 놓치지 않았다. 하지만 그것은 아주 찰나의 일이었다. 한동준은 다시 입술 양끝을 끌어올려 미소를 지었다. 서늘한 냉기가 태성의 등줄을 타고 흘렀다. 자기도 모르게 소름이 오소소 돋았다.

"아직 점심 먹으려면 시간이 좀 더 남았어요. 약 먹고, 잠깐 자는 것이 좋지 않겠어요?"

민서라는 한동준의 손바닥을 물끄러미 들여다보았다. 태성은 자기도 모르게 침을 꿀꺽 삼켰다. 이내 민서라가 고개를 끄덕였다. 그것도 그러네요. 말을 마치고는 조금의 주저함도 없이 입안에 밀어 넣었다. 한동준의 표정이 살짝 풀어졌다.

"물을 갖고 왔어야 되는 건데 그랬네요. 잠깐 기다려요."

"괜찮아요. 제가 갈게요."

물을 가지러 가기 위해 등을 돌리던 한동준을 말리고 민서라가 벌떡 일어섰다. 주방으로 들어가 컵을 꺼내고 정수기에서 물을 받았다. 그러고는 컵 안의 물을 입에 머금었다. 그렇게 하면 훨씬 더 잘 삼켜진다는 듯이 목을 뒤로 꺾고 머리를 흔들었다. 꿀꺽, 목 근육의 움직임에서 그런 소리가 들리는 것 같았다.

"대충 30분 정도면 약 퍼질 테니까 올라가서 좀 누워서 쉬어요."

한동준이 그녀를 배려했다. 민서라도 고개를 끄덕였다. 그녀는 조금 기운이 빠진 듯한 걸음걸이로 2층으로 올라갔다. 그녀의 모습이 완전히 시야에서 사라질 때까지 한동준은 그 모습을 지켜보고 있었고 태성은 그런 한동준을 지켜보았다.

이내 한동준의 시선이 이쪽으로 돌아왔다. 태성과 눈이 마주치자 한동준은 예의 친절한 미소를 지었다.

"태성 씨는 지금부터 뭘 하고 싶으세요?"

그 물음에 태성의 눈이 빛을 발했다. 태성은 도전적인 어투로 말했다.

"가죠, 우리. 계획대로 죽어요, 지금."

* * *

한동준의 입장에서는 전혀 예상치 못한 대답일 터였다. 휘둥그레진 그의 눈이 그것을 증명했다. 태성은 그의 눈을 똑바로 보았다. 한동준은 당황한 듯, 혹은 곤란한 듯 선불리 입을 열지 못했다. 태성은 분위기를 바꿔 보려거나 화제를 돌리려 하지 않았다. 집요하게 그의 얼굴을 보며 답을 기다렸다. 그 눈동자 속에서 한동준이 점점 벼랑 끝으로 몰리는 것이 보였다.

"그냥 가요. 어차피 저녁에 죽나, 지금 죽나 몇 시간 차이예요. 민서라 씨는 진통제 먹고 좀 잔다고 했으니 그 사이 우리가 일을 치르면 돼요. 민서라 씨가 잠에서 깼을 때면 우리는 이미 죽은 뒤겠죠. 그렇다면 상관없잖아요. 우리가 죽은 다음에야 민서라, 저 여자가 신고를 하든 뭘 하든."

스스로도 놀랄 만큼 준비하지 않았던 말이 술술 나왔다. 판자촌에 살던 김태성과 별장에서 죽음을 맞으려고 하고 있는 김태성이 다른 인물처럼 느껴졌다.

태성은 한동준을 벼랑의 극한까지 내몰고자 했다. 한동준의 흔들리는 파동을 보고 싶었다. 그렇게 하면 우리를 죽여 그가 얻을 것이 무엇인지 그는 우리의 죽음을 통해 어떤 욕구를 채우려 하는지 알 수 있을 것 같았다.

말해. 뭘 원하는지. 네가 원하는 것은 대체 뭐야.

이내 한동준이 피식 웃었다.

"모였던 사람들 중에 딱 태성 씨 한 명만 마음에 드네요."

"그러면."

"아뇨."

조금 단호해진 목소리로 한동준의 태성의 말을 잘랐다.

"우리는 밤에 갈 겁니다. 오늘 밤 10시. 그때가 될 거예요."

"왜 그때여야만 하죠?"

태성 씨가 들으면 웃을지도 모르지만, 하며 한동준은 잠깐 뜸을 들였다.

"천국에 가기 위한 시간이에요, 10시. 그때만 천국이 열려요. 좀 종교적인…… 그런 얘기지만."

어떤 종교라고는 구체적인 언급을 피한 채 한동준은 아주 예전 천국의 문은 밤 10시에만 열린다는 것을 배웠다고 말했다. 그래서 그 시간이 아니면 죽음을 맞을 수 없다고 했다.

결국, 말도 안 되는 소리라는 것을 알고 있다. 태성은 비웃음을 꾹꾹 내리누르고 고개를 끄덕였다. 한동준과 더 이상 쓸데없는 언쟁을 할 필요가 없었다. 더군다나, 정태오의 죽음으로 한동준의 정체를 대강 눈치 챈 이후 그가 두렵고 껄끄러웠다.

"그럼 아직 시간이 많이 남았네요."

태성의 말에 한동준의 표정이 밝아졌다.

"네. 그럼 그 몇 시간만이라도 혹시 원하는 게 있으면……."

태성은 그의 말을 저지하듯 한손을 들어보였다.

"아니, 괜찮아요. 사실은 저도 아까부터 머리가 좀 띵했어요. 정태오 씨 때문에 너무 놀랐나 봐요. 방에 가서 눈이라도 좀 붙여야 할 것 같아요."

이해한다는 듯 한동준이 고개를 끄덕였다.

"그래요. 어차피 저는 이래저래 준비를 좀 해야 하니까요. 한두 시간 정도 쉬실 수 있겠어요. 준비 다 되면 부를게요."

"고마워요, 그럼."

태성은 가벼운 목례만 해 보이고는 뒤로 돌아 자신의 방으로 향했다. 점점 빨라지려는 걸음을 억누르고 애써 여유롭게 걸음을 옮겼다. 방문 앞에 도착해 손잡이를 쥐는 순간까지 등 뒤에 한동준의 시선이 끈적하게 달라붙는 것만 같았다.

* * *

산속은 어둠이 빨리 내린다. 진실이 무엇인지, 감춰진 것인지, 아니면 원래부터 그런 것 따위는 존재하지 않았는지, 그 모든 질문에 대한 해답을 가려 버릴 어둠이 집 안을 채웠다. 그 사이를 메시아, 한동준이 걸었다.

지금껏 그가 보여 왔던 그대로 조용하고 부드러운 걸음으로 그는 2층을 향해 올랐다. 낡은 계단이 삐그덕, 어둠을 깨우려 들었지만 한동준은 개의치 않고 걸음을 옮겼다. 이제 와 모두가 알아차린다 해도 그들에게는 늦은 깨달음일 뿐이라는 것을 한동준은 잘 알고 있었다.

2층으로 올라간 한동준은 망설임 없이 민서라가 사용하는 방문 앞으로 가 섰다. 손을 들어 노크를 두 번, 짤막한 소리 뒤로 아무런 응답도 들려오지 않았다. 한동준의 입술에 서늘하고도 비정한 미소가 걸렸다.

돌연, 한동준은 몸을 돌려 복도 끝으로 갔다. 복도 끝 작은 창 밑으로 화분을 올려놓은 야트막한 장식장이 서 있었다. 서랍을 열었다. 녹이라도 슨 것처럼 머리 부분에 검붉은 얼룩이 진 망치가 있었다. 한동준은 손을 뻗어 망치를 잡았다. 손에 익숙한 감각이다. 손안에서 빙글 빙글 돌려 감각을 충분히 느꼈다. 눈을 깊게 감은 한동준의 얼굴 위로 짙은 쾌감이 스쳐 지나갔다.

다시 민서라의 방 앞으로 간 한동준은 문의 손잡이를 잡아 서서히 비틀면서 천천히 문을 열었다. 커튼을 젖혀 놓아 바깥의 어스름이 방 안을 비추고 있었다.

민서라는 미동도 없이 이불을 머리끝까지 쓴 채 침대 위에 누워 있었다. 후, 한동준이 웃었다. 침대 가까이로 가는 발걸음은 전혀 조심스럽지 않았다. 점점 빨라지는 그의 움직임이 침대 앞에 다다라 멈춰 섰을 때, 그는 주저 없이 망치를 한껏 치켜들었다. 희미한 저녁 달빛을 받은 망치가 차갑게 빛났다.

이내 그의 망치가 큰 반원을 그리며 아래로 내려 꽂혔다.

퍽.

망치 자루를 통해 손으로 감각이 느껴지고, 둔탁하고도 허무한 소리가 들린 순간 한동준의 얼굴은 당혹으로 물들었다. 그가 바란 느낌이 아니었다. 그의 얼굴이 일그러졌다. 그 생경한 느낌이 뜻하는 바가 그를 분노로 들끓게 했다.

"이, 이……."

망치를 던지듯 바닥에 팽개친 뒤, 그는 성마른 손으로 이불을 움켜쥐었다. 확 잡아당겨 이불을 걷어낸 순간 그를 분노하게 한 실체가 드러났다.

베개였다.

손님용으로 마련해 두었던 2인용 긴 베개를 세로로 놓고 그 위에 이불을 덮어 놓았던 것이다. 그것은 만들어 놓은 사람의 의도대로 마치 이불 안에 사람이 자고 있는 것처럼 보이게 했다. 겁이 유난히 많았던 민서라가 방문을 열고 가까이 다가서는 동안 미동도 없었다는 것이 이상하게 느껴질 법 했지만 전혀 의심하지 않았다.

그것이 바로 한동준이 민서라에게 준 약의 효능이었으니까.

약은 작은 동물들에게는 치명적일 정도로 강력한 것이었다. 약 몇 알에 잠들 듯 죽어 버리면 재미가 없다. 그래서 수차례 경험을 통해 7시간 이상 잠에서 깨지 못할 용량이 어느 정도인지 체득해왔다. 사람의 건강이나 체질에 따라 정도의 차이는 있겠으나 몇 시간도 안 되어 깨 버릴 정도는 아니었다. 약을 먹은 지 얼마 지나지 않아 도망가고 베개로 조작까지 했다는 것은 결국 먹지 않았다는 이야기밖에 되지 않았다. 먹지 않았다는 것은 그의 계획과, 나아가 그의 정체까지 이미 눈치 채고 있다는 것이었다.

기만당했다.

농락당했다.

약을 받아 방으로 올라가면서 비웃었을 것이다.

짐승처럼 일그러진 한동준의 얼굴에서 안광이 빛났다. 한동준은 자살을 서두르자던 태성의 태도를 떠올렸다.

곧장 태성의 방으로 달려 내려갔다.

조금 전 2층으로 올라갈 때처럼 느긋함은 없었다. 우당탕하는 커다란 소리가 집 안을 울렸다. 무슨 일인가 싶어 방 안에서 잠든 사람도 나와 봄직한 큰 소리였다. 그럼에도 나와 보는 사람은 없었다. 오전까지 태성이 썼던 방문을 노려보며 자신의 불길함이 적중했음을 한동준은 예감하고 있었다.

노크 따위는 필요 없었다. 주저 없이 문고리를 잡아 열어젖혔다. 예상했던 대로 아무도 없었다. 민서라가 그랬던 것처럼 침대에 베개를 덮어씌우는 알량한 눈속임도 없었다. 그는 몸을 돌려 현관 쪽으로 뛰어 나갔다. 현관 앞을 훑어보고는 신발장을 열었다. 민서라와 태성의 신발이 없었다. 용납할 수 없었다. 자신의 계획이 조금이라도 틀어지는 것은 생각해 본 적도 없었다. 이를 갈며 손에 쥔 망치 자루를 힘주어 잡았다. 현관문을 열어젖혔다.

그때 발치에 차이는 작고 검은 물체가 하나 있었다. 손바닥 정도쯤 되어 보이는 짙은 회색빛의 쥐였다. 마치 길가에 아무렇게나 굴러다니는 아이스크림 겉 봉지처럼 맥없이 늘어져 옆으로 누워 있었다. 자세히 보니 쥐는 작은 얼굴 옆으로 길게 혀를 빼 내민 채로 죽어 있었다.

한동준은 시선을 거두고 걸음을 내딛었다. 쥐의 작은 몸이 한동준의 신발 밑으로 들어갔다. 한동준의 발이 바닥에 완전히 닿았다. 쥐의 몸이 발밑에서 퍽, 하는 느낌과 함께 짓이겨졌다. 잠깐 신발 아래쪽을 보았을 뿐, 한동준은 정면에서 시선을 떼지 않고 아무렇지 않게 걸어 숲으로 들어갔다.

산속 깊은 곳에 지어진 별장. 빽빽한 나무와, 인적이 없어 모습을 감춰 버린 길. 방향조차 알 수 없는 암흑. 내려가는가 싶으면 이내 오르막으로 변해 버리는 산세.

초행길이라면 더더군다나 이곳을 쉽게 벗어날 수 없다. 이것은 자연이 만든 거대한 미로다. 조금 전의 분노가 희열로 바뀌었다. 피가 다시 들끓기 시작했다. 한동준은 어둠 속으로 스며들었다.

사냥이다.

이번에 모아 놓은 인간들은 일전과는 달리 처음부터 뭔가 마음에 들지 않았다. 몇 번씩이나 계획이 어긋나고 삐거덕거렸다. 먼저 자살을 해 버리지 않나, 한 놈은 자살을 위해서 온 것이라고 거짓말을 하지 않나. 그러더니 결국 이 사달이 났다. 하지만 완전히 재미없었던 것도 아니었다. 정태오의 목에 칼이 꽂힐 때 그 경악과 당황은 새로운 것이었다. 죽으려던 인간을 죽이는 것보다, 자신은 죽지 않을 거라는 인간의 장담을 깨 주는 쪽은 훨씬 더 큰 쾌감을 주었다.

그 다음은 민서라 차례였다. 원래는 김태성이 다음 순서였다. 뭔가 자신을 빤히 보는 시선이 심상치 않았다. 남들의 눈앞에 보이는 외피 속에 꽁꽁 숨겨진 진짜 자신의 모습을 꿰뚫어 볼 수 있다고 생각하는 것 같았다. 그 어쭙잖은 도전이 불쾌했다.

그렇게 정한 순서를 흩뜨려 놓은 것은 민서라였다. 갑자기 살겠다고 한 것이다. 즉시 순서를 바꾸었다.

마음을 바꾼 민서라의 결정은 한동준이 가장 좋아하는 것이었다. 죽음의 벼랑 끝에서 그냥 살아 볼래, 하고 돌아서는 사람을 밀쳐 버리는 쾌감. 그런데 또다시 그마저도 어그러져 버렸다. 두 사람의 도주는 그래서 용서할 수 없다.

처음 온 사람에게는 이 산이 굉장히 낯설고 어려울 테지만 자신은 그렇지 않았다. 손바닥처럼 훤히 들여다보였다. 어릴 때부터 자주 이 산에 들어와 놀았다. 그는 주변을 살피며 빠르게 걸음을 옮겼다. 산속에는 한동준의 별장 이외에도 집들이 드문드문 남아 있다. 하지만 할아버지가 산을 사들인 뒤, 모두 폐가가 되어 버렸다. 숨어 있다면 수풀이나 나무 속이 아니라 그 폐가 중 한 군데가 될 공산이 컸다.

걸음을 좀 더 빨리 했다. 주변을 분간할 수 있을 만큼 밝아지면 골치 아플 수 있다. 거대한 나무 하나를 끼고 돌았다. 순간 걸음을 멈추었다. 무릎을 굽히고 앉아 손으로 바닥을 훑었다. 밟힌 듯 잡초와 풀들이 한 방향으로 누워 있었다. 그것이 가리키는 방향을 응시하며 한동준은 입술을 끌어올려 웃었다.

이면5.

"집단 자살이 아니야. 집단 자살로 꾸며서 사람을 모은 거야."

김진성 형사의 어조는 단호했다. 이미 그쪽으로 수사방향을 잡은 것 같았다.

"예? 그게 무슨 소리예요? 그렇게 모아서 뭘 한다고요?"

경환은 도무지 이해가 되지 않는 듯한 얼굴이었다. 김진성 형사는 뭔가의 생각에 골똘히 빠졌다. 그러고는 이내 처음 보았던 보고서들을 꺼내었다. 두 가지 사건에서 유일하게 생존한 동일인물. 바로 한동준의 사진이었다.

"두 가지 사건 모두 한동준이 살아 남았어. 한동준은 더 헤븐의 운영자지. 물론 정말 운 좋게 살아남은 걸로도 치부할 수 있어. 그런데 말이야. 생존자가 없었던 사건은 누구의 주최로 갔을까? 혹시 한동준은 아니었을까? 두 사건에서 운 좋게 살아남은 것이 아니라, 혹시 다른 두 사건에서 운 좋게 모습을 감춘 건 아니었을까?"

"그 정도까지는 좀…… 비약적인 생각 아닐까요?"

"아니. 청장 선에서 조사 중단 압박이 들어온 걸 보면 지나친 생각만은 아닐 거야. 제이티그룹 차원에서 단지 소문이 두려워 그러는 게 아닐 수도 있어. 이건 조사를 해 보아야 해. 사람들의 생명이 달린 일이야."

"자살이라 하더라도 어차피 조사는 해야겠지만……. 조사하지 말라고 지시내린 청장님께는 뭐라고 하시려고요?"

벌떡 일어서는 김진성 형사를 올려다보며 경환은 걱정스럽게 물었다. 김진성 형사는 청장실로 가기 위해 재킷을 챙겨 입고는 단호하게 정면을 응시했다.

"그거야, 어떻게든 되겠지."

경환이 경악했지만 말릴 사이도 없이 김진성 형사는 사무실을 나갔다. 경환이 얼른 뒤따라가 김진성 형사의 팔을 잡았다. 돌아보는 김진성 형사의 눈은 싸늘했다. 심장이 오그라드는 것 같다. 그는 정말로 이 일을 어디까지 파고 들 셈일까.

"왜 이렇게까지 하시는데요."

"왜 이렇게까지 하지 말아야 하나?"

단 한마디에 경환의 입이 다물어졌다. 김진성 형사는 경환에게 잡힌 자신의 손을 빼내었다. 그러고는 경환의 어깨를 격려하듯 두드려주었다.

"널 곤란하게 할 생각은 없어. 여기서 빠져도 상관없다. 널 힘들게 하는 것 같아서 미안하다. 하지만 난 형사야. 지금 제이티그룹과 그의 아들 한동준, 그리고 경찰서장 사이에는 뭔가 비현실적인 일이 벌어지고 있어. 난 그걸 알고 싶을 뿐이야. 나는, 형사니까."

김진성 형사는 몸을 돌려 나갔다. 경환은 멍하니 그 뒷모습을 바라볼 수밖에 없었다.

평소에도 수사에 몸을 사리는 사람은 아니었지만 이렇게 확신을 가지고 나서는 일도 많지 않다. 그것도 윗선의 지시를 어기면서까지. 일이 잘못되면 제이티그룹에서도 가만히 있지 않을 것이며, 경찰도 곤란해지는 것은 물론이고, 대중의 웃음거리도 될 수 있다.

김진성 형사는 과연 어떤 확신을 가진 것인가.

경환은 걱정하며 기다릴 뿐이었다.

6. 도주

민서라는 믿지 않았다.

'정태오를 죽인 건 한동준이에요.'

태성이 그렇게 말했을 때 민서라는 그래서, 오히려 더 태성에게 의혹의 시선을 던졌다. 살고 싶지 않냐며 설득하자 흔들리는 기색이 느껴졌지만 한동준이 안에서 나올 때까지 민서라는 뭐가 뭔지, 어떤 것이 진실인지 모르겠다는 얼굴이었다.

그때 방에서 나온 한동준이 민서라에게 약을 내밀었다.

민서라가 다음 순서다. 태성은 확신했다. 두통 때문인지 두려움 때문인지, 파리해진 얼굴로 민서라가 그것을 받아 일어났다. 약을 먹겠다고 주방으로 들어가던 민서라가 한동준의 뒤에서 슬쩍 고개를 돌려 태성을 보았다. 한동준이 눈치를 채면 안 되기에 태성은 표정에 변화가 일지 않도록 신경을 쓰면서도 고개를 슬쩍 가로저었다.

민서라는 더 이상 이쪽을 보지 않았다. 주방으로 들어가 물을 따랐다. 한동준이 고개를 돌려 주방을 보았다. 민서라가 입안에 약을 넣고 물을 마셨다. 목이 꿀꺽 움직였다. 한동준이 웃었다.

민서라가 2층으로 올라갔고, 태성도 머리가 아프다며 방으로 가겠다고 했다. 태성에게는 약을 권하지 않았다.

나는 아직 아니라는 건가.

한 번에 한 명씩. 머리에 그 생각이 스치자 소름이 돋았다. 온몸이 오그라드는 것 같았다. 즐기고 있는가, 당신?

"어차피 저도 이래저래 준비를 좀 해야 하니까요."

한동준이 말하는 준비가, 민서라와 태성에게 좋은 영향을 끼칠 만한 준비는 아닐 거라는 건 확실했다.

태성은 방 안으로 들어가 벌러덩 침대 위에 널브러졌다. 머리가 아프다는 것은 한동준에게 분리되기 위해 했던 거짓말만은 아니었다. 혼란스러워 머리가 복잡했다. 어떻게 해야 할지 아무것도 모르게 되어버렸다.

바깥에서 이따금 걸음소리가 들려왔다. 사방이 조용하니 소리가 명확하게 들렸다. 방에 들어가는가 싶으면 다시 걸음 소리가 들려왔다. 어딘가로 이동한 뒤에는 덜컹거리는 소리도 들렸다. 다시 조용해졌다가 또다시 걸음 소리. 뭔가 부산했다. 그래서 불안했다. 그의 바쁜 움직임은 좋은 징조가 아니었다. 태성은 문득 천장을 올려다보았다. 2층에 있을 민서라는 지금쯤 얼마나 불안할까. 제발 섣부른 짓은 하지 말아 줬으면 싶은 생각이었다. 한 시간쯤 지났을까. 현관문 여닫는 소리가 들렸다.

태성은 침대에서 일어나 바깥으로 나갔다. 혹시 한동준이 다시 돌아와 마주치더라도 머리가 아파서 바람이라도 쐬러 나온 것이라고 둘러대면 그만이었다. 거실로 나간 그는 가려 놓은 커튼을 살짝 젖히고 바깥을 내다보았다. 한동준의 모습은 보이지 않았다. 분명 밖으로 나갔는데 창을 통해서는 보이지 않았다. 건물 뒤쪽에 뭔가 있는 건가. 그때 뒤에서 탁 하고 소리가 들렸다.

신경 줄이 날카롭게 섰다. 온몸이 굳었다. 얼굴이 하얗게 질리는 것이 느껴질 정도였다. 천천히 몸을 돌렸다.

"민서라 씨, 놀랐잖아요."

숨을 터뜨리며 태성은 자기도 모르게 웃었다. 그제야 뒤에선 사람이 민서라라는 사실을 확인하기 직전까지 자신이 숨을 쉬고 있지 않았다는 것을 깨달았다.

"거기서 뭐해요?"

태성을 향해 묻는 민서라는 두려운 얼굴이었다.

"한동준이 나갔어요. 약은요?"

민서라는 손바닥을 펼쳐 보였다. 한동준을 속이기 위해 약을 입에 넣기는 했지만, 약을 입안 벽 쪽으로 넣고 물만 마셨던 것이다. 목 안으로 넘어가지 않은 약은 머리가 아파서 자야겠다는 핑계로 2층으로 올라간 즉시 뱉었다. 캡슐 형태라 다행이었지만 한편으로는 캡슐 쪽에도 나쁜 성분이 있을지도 몰라서 여러 번 침을 뱉었다고 했다.

"우리 이제 어떻게 해요?"

민서라의 질문에 태성은 창밖을 내다보았다. 산속이라 해가 빨리 져 버렸다. 조금 남아 있는 어스름조차 20분 안에 어둠에 잡아먹힐 것이었다. 어쩌면 한동준보다, 도망칠 수 없게 만드는 산속의 어둠이 더 빨리 찾아올지도 모른다.

문제는 어둠만이 아니었다. 내려갈 수 있는 길을 전혀 알지 못했다. 이곳에 올 때 자동차의 유리는 전부 가려져 있었다. 심지어 태성은 잠까지 잤다. 어떤 길을 통해, 얼마나 왔는지 알지 못한다.

"살아야죠. 그런데 민서라 씨, 혹시 차 타고 이곳에 올라올 때 어떤 길로 왔는지 봤어요? 대충이라도 기억해요?"

예상대로 민서라는 고개를 저었다. 예감하고는 있었지만 절망스러웠다. 이곳에 있는 내내 한동준을 제외한 모두는 이 집을 온통 가리고 있는 암막 커튼을 스스로 열지 않았다. 바깥 세상에 자신을 드러내지 않아야 한다는 심리적 두려움 때문인지도 몰랐다. 그들이 보인 행동은 그들 자신과의 처지와도 상통했다.

"차에도 커튼이 달려 있었는데, 그걸 한 번도 열어 보진 않았어요. 굉장히 먼 거리를 왔어요. 그런데도 바깥을 한번 내다볼 생각도 안했어요. 왠지 그럴 마음이 들지 않았어요. 이따금씩 정태오 씨만 밖을 보긴 했는데……."

그렇지만 정태오는 죽었다. 민서라는 고개를 숙였다. 죄송해요, 하고 말하지는 않았지만, 그녀의 정수리에서 그런 소리가 들리는 것 같았다.

밖을 내다보지 않은 건 태성도 마찬가지였다. 이제와 어쩔 수 없는 일이었다. 태성은 커튼을 젖혔다. 아직 한동준의 모습이 보이지 않았다. 나가려면 지금 뿐이다. 길을 몰라도 이곳은 산이다. 무조건 아래로만 내려가면 될 것 같았다.

"일단 나갑시다."

현관으로 향하는 태성의 손목을 민서라가 잡았다. 걸음을 멈추고 돌아보자 민서라가 울 것 같은 얼굴로 고개를 저었다.

"다른 방법은 없을까요? 차라리 여기서 같이 그 사람을 잡으면 안 될까요? 우리는 두 명이잖아요?"

태성은 시선을 민서라의 팔로 옮겼다. 팔이 바들거리며 떨리고 있었다. 문득 최린의 시신을 끌어올릴 때 뒤에서 비명만 지르던 민서라의 모습이 떠올랐다. 최린이 말도 안 되는 계획이라며 일어섰을 때 그녀를 비아냥거리던 이기적 모습도 떠올랐다. 그랬으면서도 자신은 살아야겠다고 이야기했었다. 그런 그녀가 같이 싸우자고 한다. 믿을 만한 말은 아니었다. 여차하면 뒤로 물러나 있다가 이쪽이 밀린다 싶으면 먼저 도망갈 여자였다.

게다가 태성은 자신 없었다. 한동준을 경계하고 있던 정태오도 저렇게 만들어 버린 놈이다.

"난 자신 없어요. 그리고……."

말끝을 흐리며 태성은 주방 쪽을 응시했다.

"저 많은 음식들은 대체 어디서 오는 걸까요?"

민서라의 눈이 태성의 시선을 따라 움직였다.

"설마……."

"공범이 있을지도 몰라요. 그게 아니면 적어도 한동준을 지원해 주는 사람이요. 그 생각이 맞다면 우리는 여기를 나가야 해요."

잠시 머뭇거리다 민서라는 결심한 듯 고개를 끄덕였다. 민서라는 방으로 올라가 베개를 세로로 놓고 이불을 덮었다. 사람이 누워 있는 것 같이 보였다. 두 사람은 현관으로 나갔다. 신발을 신고 현관문을 열었다. 밖으로 나가다 말고 부정이라도 탄다는 듯 민서라가 한동준으로부터 받은 캡슐을 안쪽으로 홱 던졌다. 두 사람이 어둠 속으로 들어갔다.

닫힌 현관문 안쪽에서 작은 쥐가 머리를 내밀고 캡슐 가까이 다가왔다.

* * *

태성은 자신의 생각이 잘못된 것이었다는 것을 한동준의 별장에서 도망쳐 나오면서 곧 깨달았다. 산은 무조건 아래로만 내려가면 도로에 닿을 수 있을 거라 여겼지만 아니었다. 실족의 위험에서 간신히 목숨을 구하면서 얻은 깨달음이었다. 민서라가 짐처럼 느껴지는 순간도 있었지만, 미끄러진 순간에 잡은 민서라의 손은, 노아의 방주보다도, 하늘에서 내려진 동아줄보다도 더 감사하고 소중했다. 그 순간 민서라가 태성의 손을 잡아채지 않았다면 어떻게 됐을지를 생각하면 정신이 아득해진다. 절벽 아래로 떨어진 한쪽 발을 끌어올리면서도 몸서리가 쳐졌다. 발치에 있던 돌들이 아득한 암흑 속으로 떨어져 내렸다.

"조심해요."

"고마워요."

부끄러웠지만 대답하는 목소리가 덜덜 떨렸다.

"이것 봐요."

민서라가 땅을 가리켰다. 암순응된 시야 덕분에 사물을 가리는 것 정도는 가능했다. 그렇지만 민서라가 가리킨 것이 땅이라는 것 외에 특별한 것은 보이지 않았다.

"무슨……."

"자세히 봐요! 다른 쪽보다 풀이 적어요. 그 라인을 쭉 따라가면서 보란 말이에요."

한동준이 추적해 올지도 모른다는 생각에 민서라의 목소리는 잔뜩 낮았다. 두 사람이 가급적 소리를 내지 않으려 애쓰며 몸을 숙인 채로 이곳까지 온 것도 같은 이유에서였다.

태성은 민서라가 가리킨 곳을 주시했다. 역시 그녀의 말대로 다른 곳과는 달리 1미터쯤 되는 폭의 명암이 달랐다. 잔뜩 잡초와 풀들로 가득찬 다른 땅에 비해 비교적 적은 풀이 나서였다. 그 폭을 자세히 보니 그들이 선 정면으로 길게 늘어져 있었다. 어둠 속에서 태성의 안광이 빛났다.

"길이에요."

민서라가 고개를 끄덕였다. 길이었다. 인적도 드문데다 관리가 되지 않아서 잡초가 가렸지만, 확실히 길이었던 흔적을 발견할 수 있었다. 두 사람은 즉시 그곳을 따라 걷기 시작했다. 사방을 경계하는 것도 늦추지 않았다. 이제 한동준의 별장은 보이지 않았다. 별다른 소리가 들려오지 않는 것을 보면 두 사람이 도망친 것을 아직 한동준이 인지하지 못했을 가능성이 컸다. 집에 돌아오지 않은 걸까. 두 사람이 도망친 것을 알고 어쩌면 모든 계획을 포기한 건지도 모른다. 체포가 두려워 도망이라도 갔을 수 있다. 그렇다면 이쪽 입장으로는 완전히 감사한 일이다.

"좀 이상하지 않아요?"

민서라의 날카로운 목소리에 태성은 흠칫, 고개를 들었다. 예민해진 것은 이해하지만 목소리가 크다. 황급히 검지를 입술 가운데에 가져다 대었다. 민서라가 미안하다는 듯 목을 움츠리고 주변을 살폈다.

"그런데 이상해요. 전혀 산 밑으로 내려가는 것 같지가 않아요, 우리."

민서라의 말은 사실이었다. 처음 길을 찾아내었을 때, 태성은 행운이라고 생각했다. 그리고 길을 따라 움직이기 시작한 초반, 분명 산 아래로 내려가고 있었다. 그런데 어느 순간부터 아래로 내려가는 것이 아니라는 느낌이 들었다. 그렇다고 비탈길을 오르는 느낌은 아니었지만 빙글빙글 도는 것 같았다. 처음 길을 찾아 출발한 그 지점을 두 번쯤 다시 스친 것도 같았다.

"나도 그런 생각을 하고 있었어요. 우리 길을 잃은 것 같아요."

"그럼 우리 저쪽으로 가 볼까요, 저쪽은 어떨지."

길을 벗어나 민서라가 바깥쪽으로 성큼 걸음을 떼었다. 태성은 무의식적으로 그쪽을 향해 고개를 돌렸다. 순간, 반사적으로 소리쳤다.

"민서라 씨, 그쪽은……!"

말을 채 끝맺기도 전에 민서라의 몸이 아래쪽으로 쑥 빨리듯 사라졌다. 엄청난 비명이 어둠 속을 찢어 버릴 기세로 공중으로 차고 올랐다.

* * *

끝나 버린 줄 알았다. 도망치던 민서라가 실족하여 그대로 사망이라고 생각했다.

어쩌면 혼자가 아니어서 용감했었는지도 몰랐다. 한동준의 뒤통수를 치고, 한동준의 정체를 믿지 않는 그녀를 설득하고, 도망 나온 모든 과정의 용기가 자신이 아닌 또 다른 누군가가 있어서였는지도 몰랐다. 그녀가 사망했을 거라는, 아니 그 찰나의 순간 그녀는 사망했다고 생각한 태성은 이제 혼자라는 사실에 두 다리가 후들거렸다. 알량하던 용기는 사라지고 공포만이 그의 안에 남아 있었다.

"민…… 서라 씨?"

떨리는 목소리로 이름을 부르는 순간에도 태성은 그녀의 생존에 기대조차 걸지 못하고 있었다. 그래서 민서라의 목소리가 들려온 것도 지나친 긴장 상태에 따른 헛소리를 들은 것이라고 생각해 한동안 멍하니 앉아 있었다.

"이봐요, 나…… 여기 있어요."

헛소리가 아니다. 태성은 정신을 퍼뜩 차렸다. 소리는 아래쪽에서 나고 있었다. 도저히 일어설 수 있을 것 같지 않아 무릎을 땅에 세우고 기다시피 앞으로 나갔다. 양손을 땅에 대고 더듬거렸다. 어느덧 손에 더 이상 땅이 짚이지 않았다. 심장이 오그라들었다. 떨어질 경우엔 잡아 봐야 소용도 없을 잡초들을 움켜쥐고 머리를 앞으로 내밀었다. 눈앞은 시커멨다. 암흑이라는 마물이 그가 떨어지길 기다리며 혀를 날름거리는 괴물처럼 느껴졌다. 그 암흑 안에서 민서라의 모습은 보이지 않았다.

“여기예요, 여기.”

소리는 그리 멀지 않은 곳에서 들려왔다. 아래쪽에서 들려오고 있으나 암흑 속은 아니다. 태성은 상체를 앞으로 더 내밀었다. 이번엔 고개를 푹 숙이고 시선을 좀 더 절벽 안쪽으로 두었다. 그곳에서 민서라가 고개를 빼 내밀고 위를 보고 있었다.

이유는 알 수 없으나, 이 절벽은 대각선 안쪽으로 움푹 깎여 있었다. 덕분에 생긴 난간에 민서라가 떨어진 모양이었다. 필사적으로 발버둥친 덕일 것이다.

나는 죽어도 저 여자는 살아남을 것 같다. 억세게 운 좋은 여자니까. 태성은 그렇게 생각하며 놀란 가슴을 쓸어내렸다.

“놀랐잖아요. 다행이에요. 올라올 수 있겠어요?”

“잡아 줄 수 있다면요. 잘 보이지는 않는데 만져 보니 발 디딜 곳이 꽤 있어요. 그보다…….”

그녀의 목소리에서 미묘한 변화가 느껴졌다. 태성은 그녀의 말에 집중했다.

“저기 봐요.”

민서라가 허공을 향해 손을 뻗었다. 태성이 그 방향을 보았다. 그곳에는 여기 오기까지 질리게 본 나무와 어둠과 적막뿐이었다.

“설마 저 어둠 속에서 천사라도 보인다는 건 아니죠. 그런 거라면 우리 이쯤에서 헤어지면 좋겠는데."

"이 상황에 농담이 나와요? 좀 더 자세히 봐요. 아, 거기서는 나무에 가려서 잘 안 보이나? 엎드려서 잘 좀 봐요."

태성은 반신반의하면서도 그녀가 시키는 대로 바닥에 엎드렸다. 그리고 다시 주시했다. 서 있을 때는 보이지 않았지만 시선을 낮추니 나무 기둥과 기둥 사이에서 뭔가가 보였다. 커다란 물체? 아니다. 멀리 있어서 가늠이 덜 될 뿐 물체 따위가 아니었다.

"건물?"

"그렇게 보이죠?"

* * *

민서라의 말처럼 그렇게 보이는 정도가 아니라 그것은 확실히 건물이었다. 나무 사이에 가려져 있고 불도 켜져 있지 않았지만 수풀에 가려 졌어도 건물의 윤곽만은 확실히 보였다.

"다행이에요. 일단 날이 밝을 때까지 저기 들어가 있죠."

가까스로 민서라를 끌어올리고 나서 거친 숨을 몰아쉬며 태성이 말했다. 티를 내지 않으려 노력하는 것 같았지만 민서라 역시 필사적으로 태성의 손을 부여잡았다. 올라오고 나서 가슴께에 손을 가져다 대었다. 그 손 밑으로 심장이 펄펄 뛰고 있었다. 그 별장에 가만히 있었다면 진즉에 죽어 자빠졌을 심장이.

"이 산속에 저런 건물이 있다는 걸 한동준이 모를 리 없잖아요. 오히려 더 금방 들키는 것 아닐까요?"

“하지만 이 어둠 속에서 더 이상 가는 건 위험해요. 조금 전 같은 일이 다시 벌어지지 않으리라는 보장도 없고요. 두 번째의 행운을 기대하기엔 확률이 지극히 낮아요.”

이 산속에 있는 폐건물을 한동준이 모를 리 없다는 민서라의 지적은 옳은 것이었다. 하지만 반대로 도망친 사람들이 버려진 건물에 숨어들어 시간을 보내고 있을 거라고 예상하지 못하고 있을 수 있다. 그런 생각을 이용해야 한다는 게 태성의 의견이었다.

민서라는 잠시 갈등하는 모습이었다. 만약 그녀가 거절한다면 태성은 이쯤에서 각자의 생각대로 찢어져 삶을 모색하자고 할 생각이었다. 그런 생각을 눈치 챈 것일까. 민서라는 고개를 끄덕여 보였다. 그녀의 동의로 동행은 계속된다.

“가요.”

두 사람은 어둠에 싸인 건물을 향해 걸었다. 주변에서 들려오는 소리와, 저 멀리 보이는 건물에 온 신경을 집중시켰다. 그래서 두 사람의 발에 밟힌 잡초가 길게 드러눕고 있다는 것을 누구도 깨닫지 못했다.

* * *

산속에 있는 건물치고는 상당히 어울리지 않는 모습이었다. 관리가 되지 않은 것은 차치해 두고서라도 자연 속의 시멘트 건물은 이질감을 느끼게 하기에 충분했다. 여기저기 막무가내로 벗겨진 페인트칠은 시멘트 속살을 흉물스럽게 내비추고 있었다. 건물을 향해 다가갈수록 잡초가 무성해져 두 사람은 마치 물속에서 걷는 것처럼 다리를 번쩍번쩍 치켜들며 부자연스럽게 걸어야 했다.

가까이 다가가니 건물은 예상보다 거대했다. 양 옆으로 긴 직사각형의 건물 정가운데에 나무로 된 문이 달려 있었다. 출입구를 제외하고 바깥을 향해 창문으로 보이는 것이 달려 있었는데 모두 나무로 막아 놓아 안쪽을 볼 수 없었다. 태성은 손끝으로 나무문을 밀어 열었다. 반사적으로 뒤에 서 있던 민서라가 몸을 밀착해 왔다. 삐거덕, 소름끼치는 소리를 내며 문이 빠끔히 열렸다. 내버려 둔 빈 건물에 문단속을 했을 리가 없다는 생각이 들어맞았다. 혹시나 하는 생각에 태성은 열린 문틈으로 안을 들여다보았다. 바깥 못지않게 잡초가 무성했고 널따란 마당과 지금보다 훨씬 이전에 사용했던 흔적이 곳곳에 보였지만 생명이 있는 다른 존재는 없었다. 정확히는 한동준이 숨어 있거나 하지는 않았다. 태성은 안으로 들어가라는 듯 민서라를 향해 몸을 비켜 주고는 혹시라도 있을지 모르는 추적자의 존재를 살피기 위해 주변을 훑어보았다. 다른 움직임은 보이지 않았다. 고개를 돌리는데 아직 민서라가 안으로 들어가지 않고 우물쭈물 하고 있다. 먼저 들어가기는 무서운 것이다. 할 수 없이 태성이 먼저 안으로 들어섰다.

아무도 없다는 것은 바깥에서 대강 눈으로 확인했지만 조심해서 나쁠 것은 없다. 사방을 경계하며 앞으로 나아갔다. 민서라가 태성의 뒤를 따라 들어왔다. 태성은 걸음을 멈추고 민서라를 향해 손짓했다. 민서라가 뒤돌아 나무 대문을 닫았다. 이번에도 삐거덕 소리가 요란하게 들렸다. 민서라의 어깨가 바짝 움츠러들었다.

건물은 독특한 형태였다. 담장 안쪽에 넓은 마당을 지나 건물이 있었다. 대문 왼쪽 옆에 본 건물로 들어가는 문이 하나 있었는데 대문보다 뒤늦게 교체한 것인지 상대적으로 덜 낡아 있었다. 정면 쪽으로도 출입에 이용했을 문이 두 개 있었는데 바깥에서 녹슨 자물쇠로 걸려 있었다. 본 건물 안에 들어가지 못해도 이 마당 안, 담 밑에 숨어 있으면 새벽까지 안전할 것 같아요, 태성이 그렇게 말하려는데 이미 민서라가 왼쪽 옆의 문을 밀어 열고 있었다.

"열렸어요."

죽을 뻔하더니 사람이 좀 용감해진 것 같다.

민서라가 문을 연 곳은 방이었다. 버려져 있던 만큼 지저분했고 신발채로 돌아다녀 발자국이 어지럽게 찍혀 있었다. 덕분에 태성과 민서라도 주저 없이 신발을 신은 채 안으로 들어섰다. 대각선 반대쪽 벽에 들어온 문보다 조금 작은 문이 하나 더 달려 있었다.

"오래된 집인가 봐요. 어릴 때 이런 집 살았던 적 있어요. 저런 문으로 엄마가 밥상을 들고 왔죠. 아마 부엌으로 연결되어 있을 거예요."

네, 하듯 태성은 의무감으로 고개를 끄덕이고는 벽에 기대어 앉았다. 오래된 건물 형태에 신기해하며 문을 열어 볼 마음은 들지 않았다. 우리는 집 구경 따위를 온 것이 아니다. 그런 기색을 느꼈는지 민서라도 멋쩍어 하며 입을 다물고 벽에 기대어 앉았다.

적막해졌다. 바람이 불어 나뭇가지들이 부딪히는 소리까지 어렴풋이 들렸다. 방음에 취약한 것은 차라리 다행이었다. 만약 한동준이 이 집에 의혹을 품고 들어와도 금세 알아차려 어떻게든 대처할 수 있을 것이다. 앞마당을 들어오는 것이 한동준 혼자인지 아닌지도 미리 훔쳐 볼 수 있다. 한동준 혼자라면 들켜도 어떻게든 될 것이다. 겁쟁이지만 이쪽은 두 명이다.

문득 눈을 들어 민서라를 보았다. 무릎을 그러안고 몸을 웅크리고 있었다. 손끝에서 긴장이 느껴졌다.

"피곤하면 눈 좀 붙여요. 내가 깨어 있으니까 걱정 말고요."

"뭐가 뭔지 하나도 모르겠어요. 내가 왜 여기에 있는지도. 왜 이러고 있어야 하는지도."

"그건 나도 마찬가지예요. 꿈이라도 꾸는 것 같네요."

"성폭행을 당했어요."

생각지도 못했던 말에, 아니 예상은 했으나 지금 이 순간 튀어나올 거라 예상치 못했던 말에 태성은 어떤 대답도 하지 못했다. 그녀 역시 딱히 대답을 기대한 것은 아니었다는 듯 이쪽을 쳐다보지 않았다.

"그리고 사람들은 나를 위로했죠. 하지만 뒤에서는 의혹을 품고 있었어요. 죽을 힘을 다해 발버둥치면 못 벗어날 리가 있냐고요. 옷을 짧게 입고 다니는 것 자체가 흘리고 다닌 거라고요. 혹시 그 자식들 말대로 네가……."

말할수록 그 시간으로 회귀하고 있는 듯 민서라는 울먹였다.

"네가 꼬리친 건 아니냐고요. 그런 말 하는 것을 들었어요. 성폭행으로 임신해서 낙태하고 돌아온 날 밤에."

"누가 그런……."

"부모님이요. 상대가, 삼촌이었거든요."

그 뒤로 민서라는 사회생활에 적응하지 못했고, 그것 역시 민서라의 탓이 되었다고 했다.

태성의 부모가 그를 사지로 밀어 넣었던 것처럼 민서라의 부모도 그녀를 사지로 몰았다. 부모는 신도, 공자도 아니다. 실수도 할 수 있고, 자식을 목숨처럼 사랑하지 못할 수도 있다. 부모도 인간이니까……. 인간 사이에 짐승이 섞여 있을 수도 있다.

'우리는 그 짐승에게 물렸을 뿐인 거야.'

태성은 그런 생각을 입 밖으로 내지는 못했다. 말해 주고 싶었지만 그렇게 하면 아직 아물지 않은 상처가 평생 상흔으로 남을 것 같았다. 그 상흔을 안고 살아간다는 것이 얼마나 잔인한 일인지는 자신이 가장 잘 알고 있다.

"그래도 살고 싶어진 건……."

목 어딘가가 막힌 듯 민서라는 잠시 숨을 골랐다. 무릎을 그러안은 양팔에 더욱 힘을 주는 것이 보였다. 괴로우면 말하지 않아도 돼요, 하는 말을 해야 하나 주저하는 사이 민서라가 말을 이었다.

"억울하니까."

억울.

민서라의 입에서 나온 그 말이 태성의 가슴에 박히고 들어왔다. 태성은 자기도 모르게 주먹을 쥐었다.

"이렇게 죽는 거, 억울하니까. 그런 놈 때문에 평생 한번 제대로 웃어 보지 못하고, 내 부모에 대한 원망만 가득한 채로 살다가 죽어 버리는 거 억울하니까. 그런 생각이 들어서."

"살고 싶어진 건 잘못한 게 아니에요."

그렇게 말하는 순간 눈앞에 한 장면이 스치고 지나갔다. 언젠가 떠올린 기억의 조각이었다. 이명이 들렸다. 경미한 두통이 귀 뒤쪽에서 도사리고 있다가 스멀스멀 기어오르고 있었다.

떠올린 것은 '그날'이었다. 자신은 깨어 있고, 그렇지만 자는 척을 하고, 그때 그의 방에 번개탄을 밀어 넣는 그들. 자신을 죽이려는 것을 알고 있었지만 꼼짝도 하지 않는다. 문이 닫히고 연기는 공간을 채운다. 그는 기다린다. 죽음을.

하지만 그는 그 방에서 기어 나왔다. 살겠다고, 힘 빠진 두 다리로 몸을 버르적거리며 밖으로 헤쳐 나와 살아남았다. 중년 여자의 발목을 잡던 꿈. 그것은 꿈이 아니었다. 상태를 확인하러 들어온 어머니의 발목을 잡았었다. 거부당하면서도 그는 온 힘을 다해 살아남았다.

죽음을 받아들이려 했지만, 죽음을 향한 절벽 앞에서 마지막 걸음을 딛지 못한 채 살아남은 것은 그의 부모 두 사람의 입장에서 보면 죄악이었다.

살고 싶어진 건 잘못한 게 아니에요.

그 말은 자신에게 들려주고 싶은 한마디이기도 했다.

민서라는 고개를 끄덕였다. 말 한마디에 구원을 받지는 않겠지만 적어도 자신의 옆에 남은 한 사람이 비난하지 않는다는 것은 안심되는 일이기도 할 터였다. 태성은 민서라의 끄덕이는 모습을 보며 고개를 갸웃했다.

생각해 보면 이상한 일이었다. 만약 한동준이 하느님도 구제 못할 악인이나 살인마라면 왜 모두를 바로 죽이지 않고 며칠간을 같이 지내자고 했는지 의문이었다. 번거롭게 엄청난 양의 식사까지 준비해 가며 말이었다. 대체 왜? 왜? 물음표의 뒤로 생각들이 줄지어 따라 붙었다. 그 생각의 끝이 다다른 곳에서 태성은 소름이 끼쳤다. 그저 공포로 인한 자신만의 비약적인 생각이면 좋겠지만 쓸데없는 생각이라며 떨쳐 버리지 못하는 것은 유감이었다.

지난 며칠간, 우리가 죽을 사람이라는 걸 잊을 정도로 편했던 순간마다 우리는 곧 죽을 사람이라는 현실을 한동준은 계속 눈앞에 던져놓았다. 마지막에는 죽을 날짜를 당기자고까지 했었다.

즐기고 있었나?

자신이 준비한 음식을 먹고 즐기다 살고 싶어진 순간, 본 모습을 드러낸다.

태성은 두려워졌다. 대체 어떤 일을 당하면 저렇게까지 되는 걸까. 살아날 수 있다는 자신이 깊은 밤 숲속 어둠 속으로 깊이 침잠해 들어가 버린 것 같았다.

사람을 죽이는 것을 즐기는 자. 자신이 설계한 게임판 위에서 그는 정말 스스로를 메시아라고 생각이라도 했던 걸까. 두려움이 나약해진 마음의 틈을 찢고 폭풍우처럼 몰아쳤다. 우린 잘못 판단한 것인지도 몰랐다. 인적이 전혀 없는 산속. 도망친 두 사람은 한동준의 게임판 위에서 새로 주어진 미션일 뿐이었다. 도망치는 것은 한동준이 바랐던 일인지도 모른다. 즐기기 위해.

"저, 민서라 씨."

"쉿!"

다급히 태성의 팔을 부여잡고 입술 가운데에 검지를 가져다 댄 민서라가 잔뜩 몸을 움츠렸다. 그녀가 느끼고 있는 팽팽한 긴장이 잡힌 팔을 통해 흘러 들어왔다. 태성은 순간적으로 몸을 따라 움츠렸다. 반사적으로 숨을 멈추었다.

덜컥이는 소리가 들렸다고 태성 역시 생각했지만 별다른 소리는 더 이상 들려오지 않았다.

"바람이, 불었나 봐요."

자기도 모르게 낮은 목소리로 태성이 말했다. 민서라 역시 같은 생각이었는지 후, 숨을 내뱉으며 멋쩍게 웃었다. 맥이 빠진 듯한 웃음이었다.

"너무 예민했나 봐요."

"이해해요. 누구라도 그럴 테니까. 그래도 혹시 모르니까, 확인하고 올게요."

그렇게 말하며 자리에서 일어났다. 몸을 벽에 바짝 붙이고 방문을 천천히 열었다. 긴장한 민서라가 엉덩이 걸음으로 멀찍이 떨어지는 것이 눈에 거슬렸다. 잊고 있었다. 여차하면 언제라도 혼자 도망칠 수 있는 여자였다는 걸.

열린 문틈으로 내다보았지만 별다른 움직임은 보이지 않았다. 태성은 과감히 밖으로 나갔다. 주변은 여전히 깊은 어둠에 잠들어 있었다. 관리를 하지 않아 무성하게 자라난 잡초들도, 왜 자신이 여기서 이렇게 있어야 하는지 알 수 없는 현실도 모두 그대로였다. 예상외로, 바람은 불지 않았다. 그러면 무슨 소리였을까. 쥐가 있는 건지도 모른다. 그래도 혹시 몰라 태성은 마당을 지나 대문 밖까지 나가 주변을 둘러보았다. 혼자는 무섭지만 확인해 두지 않으면 안심이 되지 않는다.

바깥 역시 아무 변화도 없었다.

태성은 잠시 하늘을 올려다보았다. 다시는 빛을 들이지 않을 것처럼 칠흑 같은 어둠은 여전히 그곳에 있었다. 조금이라도 밝아지면 반드시 산을 내려가야 한다.

산속의 공기는 지나치리만큼 차가웠다. 두려움 때문인지도 모른다. 소름 돋은 팔을 문지르며 태성은 몸을 돌렸다.

대문을 열고 안으로 들어가 다시 닫고, 여전한 마당을 지나 방안으로 들어갔다. 그때까지는 알지 못했다. 아무것도 보이지 않았기 때문에.

방문이 닫힌 뒤 모든 것을 보고 있던 누군가가 건물 뒤에서 모습을 드러냈을 줄은.

* * *

그 사이 민서라는 잠에 빠져 있었다. 추운지 온몸을 웅크린 채 바닥에 모로 누워 있었다. 앉은 채로 졸다가 그대로 바닥에 누운 것 같았다. 덮어 줄 것이라도 있으면 좋겠는데. 주변을 둘러보다 오래된 신문지가 구석에 널브러진 것을 발견했다. 아쉬운 대로 괜찮을 것 같다. 민서라의 몸 위에 신문지를 덮어 주고 멀찌감치 떨어져 앉았다. 걱정돼서는 아니다. 감기까지 걸려 앓아누우면 이쪽이 곤란해진다. 이렇게 죽으면 너무 억울하다고 하던 민서라의 얼굴이 떠올랐다. 안쓰러운 마음이 들었지만 애써 머리를 뒤흔들었다. 생각이 깊어지는 건 좋지 않다. 지금은 누군가를 동정할 상황이 아니다.

문득, 맞은편에 있던 작은 문이 눈에 들어왔다. 잠도 오지 않는데 건물 내부를 돌아보기라도 할까. 태성은 몸을 일으켰다. 손끝으로 문을 조심히 밀어 열었다. 예상외로 문은 소음 없이 부드럽게 열렸다. 다만 뭔가 묻어 있었던 건지 손끝이 나무문에 진득하게 붙었다 떨어졌다. 손가락에 묻어나는 것은 없었다. 이런 감각을 최근 언젠가 느낀 적이 있었다. 잃은 기억 속에 있는 일인지 아닌지 모를 일이었다. 내딛자마자 발이 아래로 쑥 떨어져 내렸다. 하마터면 중심을 잃고 앞으로 고꾸라져 그대로 반대편 벽에 얼굴을 박을 뻔했다. 놀란 가슴을 쓸어내리며 똑바로 섰다.

독특한 구조였다. 정말 옛날식 가옥처럼 댓돌도 없이 발을 디디는 봉당이 바로 있었다. 다른 점은 흙이 아니라 시멘트로 발라져 있다는 것뿐이었다.

두 사람이 숨어든 방 뒤쪽으로 기다란 복도가 나 있었다. 복도의 왼쪽은 벽으로 막혀 있고 오른쪽으로 고개를 돌리니 복도 끝에서 다시 건물 오른쪽으로 꺾이게 되어 있었다. 아무래도 각방을 연결할 수 있도록 건물의 뒤편 둘레에 복도를 내놓은 것 같았다.

발밑도 보이지 않을 만큼 어두웠다. 두려움이 왈칵 몰려들었다. 차마 발을 내딛지 못하고 머뭇거렸다. 자신이 나온 문을 뒤돌아보았다. 혼자 두고 온 민서라도 걱정되는데 돌아갈까 싶었다. 자다가 한동준이 들이닥치기라도 하면 손써 볼 도리도 없이 당한다.

아니, 그건 변명이다. 우물쭈물하다 에라, 하는 심정으로 앞으로 나아갔다. 어쩌면 안쪽으로 기막힌 도피 공간이 있을지도 모른다. 걷는데, 아무런 소리가 나지 않아 아래를 내려다보았다. 양말만 신은 발이었다. 물끄러미 내려다보자 눈앞이 흔들렸다. 자신의 양말발 위로 또 다른 양말발이 겹쳐 보였다. 겹치는 것 역시 자신의 발이었으나 그때 딛고 있던 것은 고급 리놀륨이 깔린 바닥, 방문 앞이었다.

또다시 잃어버린 기억이 태성의 머릿속으로 흘러들어왔다.

자신이 서 있던 방의 열린 문틈 사이에서 쏟아져 나온 소리는 태성을 고개 들지 못하게 했다.

살아 있어 봤자 그 아인……. 방해만 돼요.

눈앞에서 들린 소리처럼 그 말이 머릿속에 떠오르자 태성은 고개를 번쩍 치켜들었다. 무엇의, 혹은 누구의 방해만 된다는 것일까. 끊어진 기억 탓인지 말하는 사람의 의식적으로 낮춘 목소리 탓인지 알 수는 없지만 중간에 듣지 못한 말을 알 수가 없어 답답해졌다. 하지만 이제 한 가지는 확실해졌다.

부모의 계획을 나는 알고 있었다. 그리고 나는 부모의 바람대로 그들의 손에 죽기로 결정했다. 그래서 번개탄이 들어오는 것을 알고도 가만히 있었던 것이다. 죽음 직전에 본능이 그를 도망치게 했지만.

확실해지자 스스로가 불쌍해 견딜 수가 없었다. 그렇게 측은한 인간이었구나, 내가. 기억이 조금씩 돌아올 때와는 다른 감각으로 눈앞이 일렁였다.

안 돼.

태성은 눈물을 멈추려 고개를 세차게 저었다. 정신이 자꾸 처참함 속으로 빨려 들어가는 기분이라 손바닥으로 얼굴을 때렸다. 이렇게 코 빠뜨리고 있어서는 안 된다.

다시 마음을 모아 다잡고 앞으로 나아갔다. 오른쪽으로 꺾어지자 바로 왼편 벽에 커다란 문이 눈길을 잡았다. 틀은 나무로 되어 있지만 틀 사이사이에 얄팍한 유리가 붙어 있었다. 건드리기만 해도 부서져 내릴 것 같았다. 조심히 문을 당겼다.

덜컥.

문이 열렸다. 우려처럼 문이 깨어지거나 떨어지지는 않았다. 하지만 그것과는 별개로 눈앞에 벌어진 광경에 태성은 놀라 눈을 크게 떴다.

이면 6.

강제로 조사를 못하게 막는다면, 자신이 가진 의혹들을 언론을 통해 뿌릴 수밖에 없다.

김진성 형사의 협박은 유효했다. 게다가 한동준이 잠적한 사실과 이번 잠적이 경찰에서 알고 있는 집단 자살 여행이 아니라 살해일지도 모른다는 김진성 형사의 생각이 경찰청장의 마음을 움직인 것이었다. 경찰청장은 즉각 제이티그룹과 전화를 연결했고 사정을 설명했다.

경찰청장은 어두운 얼굴로 전화를 끊었다. 잠시 기다리라고 말한 뒤 두 사람 사이에 침묵이 흘렀다. 상대측에서 곧 답변을 주겠다고 한 모양이었다. 경찰청장은 목이 마른 듯 테이블에 올려져 있던 물 컵을 들어 단숨에 삼켰다. 물 컵을 내려놓는 손이 미세하게 떨리는 것이 보였다.

"자네가 날 이렇게까지 곤란하게 할 줄은."

김진성 형사는 아무 대답도 하지 않았다. 이제 와서 어떤 말을 해도 뜻을 굽히지 않겠다는 의지가 그의 얼굴에 묻어 있었다. 어떤 노력도 의미 없는 설득일 뿐이다. 경찰청장은 그렇게 결정 내린 모양이었다. 더 이상 아무 말도 하지 않았다. 시계 초침소리가 유난히 크게 들렸다.

다시 전화가 걸려온 것은 20여 분이 지났을 때였다. 경찰청장의 휴대폰으로 걸려온 것인데, 경찰청장은 지극히 몸을 수그린 자세로 전화를 받았다. 경찰청장이 상대방에게 할 수 있는 대사는 '네.'라는 단 한마디뿐인 것 같았다. 이따금 김진성 형사의 눈치를 보는 것을 보면 분명 상대는 제이티그룹 일가의 일원 같은데, 경찰청장의 개인 전화로 이야기가 오가고 있었다. 그것이 시사하는 바는 자명하다.

청장이 이내 전화를 끊었다.

"잠적이 아니라고 하네. 지금 아마도 친구들과 별장에서 파티 중인 모양이야."

김진성 형사가 피식 웃었다.

"강원도 산속 한가운데에 있는 별장에서 파티를요? 그것도 자살카페 회원들과 함께?"

청장은 상당히 당황한 눈치였다.

"자네, 대, 대체 어디까지 알고 있는 건가?"

청장은 이미 어느 정도의 사태 파악을 한 듯했다. 그럼에도 자신의 목줄을 틀어쥐고 있는 제이티그룹의 허물을 가려주고 있다. 아직은 본격적인 수사가 시작된 것이 아니기 때문에 김진성 형사를 속일 수 있을 거라고 판단한 듯했다. 설득할 수 없다면 별일 아니라고, 콧방귀라도 뀌면서 혼쭐을 내 주어라. 그것이 저쪽의 지시일지도 모른다.

김진성 형사는 차갑게 웃었다. 그러고는 목소리를 낮추고 은밀한 대화를 하는 듯 말했다.

"그러는 청장님께서는 대체 어디까지 숨기려고 하시는 겁니까?"

침묵이 흘렀다. 청장의 얼굴은 이제 백짓장이 될 지경이었다. 자신이 수사하지 말라고 지시한 동안 이렇게까지 뒤에서 일이 진행되고 있는 줄 알지 못했을 것이다.

"청장님, 약속드립니다. 이 일은 절대 커지지 않을 겁니다."

청장의 얼굴에 핏기가 가셨다. 제이티그룹의 허물을 더 이상 숨겨 주지 못할 거라고 직감하고 있을 것이다. 제이티그룹의 방어막이 되어 주지 못했을 때의 후환은 그의 예상치보다 훨씬 무거운 것이리라. 쌓아온 모든 것을 잃는다.

"자네가 무슨 수로."

"설사 한동준이 살해를 벌이고 있다고 밝혀지더라도 이 일이 절대 커지거나 외부로 유출될 일은 없을 겁니다."

"자네 대체 무슨 생각을 하는 건가."

청장은 두려워하는 것처럼 보였다. 이런 심약한 사람 같으니라고. 그 말이 목구멍 끝까지 나왔지만 억눌렀다.

"걱정 마십시오. 저에게 약속은 자신이 있을 때 하는 일입니다. 그리고."

김진성 형사는 몸을 기울이고 은밀하게 청장의 귀에 속삭였다.

"그 휴대폰 상대방에게 저에 대해 잘 말해 두십시오."

청장은 눈을 둥그렇게 뜨고 김진성 형사를 올려다보았다. 그 말의 진의를 잘 이해하지 못하는 것 같았다.

하지만 더 이상 설명하지 않고 김진성 형사는 고개를 숙여 목례한 후, 청장실을 나왔다. 오늘의 일은 분명 그쪽으로 전달될 것이고, 제이티의 주목을 받는다.

그 이후에야 저 멍청한 경찰청장은 알게 될 것이다. 조금 전의 말이 어떤 의미였는가를.

7. 그럼에도 살아남고자.

목욕탕이었다. 일반 가정집에 있는 욕실과는 차원이 달랐다. 규모가 있었다. 들어가는 입구 맞은편 벽에 샤워기 세 개가 걸려 있었고 중앙에는 꽤 큼직한 공간을 별도로 만들어 놓았는데 탕으로 쓰던 곳 같았다. 한때 개인이 작게나마 목욕탕을 운영한 건 아닐까 싶었다.

하지만 그럴 리가 없다는 생각이 곧장 들었다. 이곳에 도착하기까지 발견한 집은 많지 않았다. 조금 더 내려가면 버려진 집이 있을지도 모르지만, 이런 산속 작은 동네에서 목욕탕을 차려 놓고 운영하기엔 수요가 적다. 이집에 살던 누군가가 대가족이었거나, 멀리까지 가야 있는 목욕탕 때문에 직접 시설을 구비해 놓은 것인지도 몰랐다.

태성은 조금 더 안쪽으로 들어가 보기로 했다. 거울이 없다는 것이 독특해 보였다. 물론 거울을 달았다가 이사를 가면서 떼어갈 수도 있겠지만 왠지 이런 목욕탕에는 한쪽 벽면을 온전히 차지하는 커다란 거울이 있어야 할 것 같았다.

그런 생각을 하다 별 생각없이 고개를 위로 젖혔다. 천장에 뭔가 튄 것처럼 얼룩이 흩뿌려져 있었다. 곰팡이 같아 보이지는 않았다. 뭐지. 태성은 천장에 시선을 둔 채로 얼룩을 따라 몇 걸음 더 움직였다.

“앗, 차가워!”

자기도 모르게 비명을 질렀다. 입을 가로막고 숨을 멈추었다. 곤두선 신경으로 사방을 경계했으나 아무런 소리도 들리지 않았다.

오른발을 들고 발바닥을 내려다보았다. 발가락 부위부터 발바닥 중간까지 물에 젖어 있었다. 태성은 짜증스럽게 인상을 찡그렸다. 벗어 놓으면 아침까지는 마를까. 그런 생각을 하다 일순간 굳어 버렸다. 신경 줄이 빳빳하게 일어섰다. 두려움이 머리를 쳤다.

최근에 누군가 이곳에서 물을 썼다.

반사적으로 고개를 꺾었다. 아까 보았던 천장의 얼룩이 이쯤에서 가장 많이 비산되어 있었다. 그런 얼룩을 본 적이 있다. 잊었던 감각이 떠올랐다. 한동준의 별장에서 쓰던 방 서랍장에 묻어 있던 찐득한 얼룩. 이곳에서 문을 밀어 열 때도 같은 느낌을 받았다. 이 얼룩은 대체 무엇일까. 알 것도 같은 그 존재를 모른 척 하고 싶었다. 스멀스멀 올라오는 두려운 생각이 뇌를 잠식할 것 같았다.

그리고 예상 외로 소음 없이 열리던 방문!

이곳은 버려진 건물이 아니다! 누군가 사용하던 건물이다.

그런 생각이 들자 태성은 허겁지겁 문으로 향했다. 얼른 나가야 했다. 이 집을 사용할 '누군가'는 명확했다. 집 안인데도 한기가 느껴졌다. 다리에 어쩐지 힘이 들어가지 않고, 걸음이 뒤엉키는 기분이었다. 간신히 문 앞까지 갔지만 태성은 거기서 걸음을 멈추었다. 그는 뒤돌아보았다. 조금 전 발을 적셨던 물웅덩이를 주시했다. 물이 내려가지 않고 고였다는 것은 수챗구멍이 막혔다는 것. 홀린 듯 그 자리로 돌아갔다. 물이 고여 있는 곳에는 예상대로 수챗구멍이 있었다. 수챗구멍의 거름망 위에 뭔가가 시커멓게 막혀 있었다. 두려움에 넋이 나간 것인지 꺼림칙함도 느끼지 못한 채 손가락 끝으로 그것을 잡아 올렸다. 머리카락덩이였다.

"으아아악!"

태성은 경악에 찬 비명을 질렀다. 머리카락이 저들끼리 엉켜 한 덩이를 이룬 것이 아니었다. 머리카락에 두피가 그대로 붙어 있었다. 마치 가죽이라도 벗긴 것처럼.

자기도 모르게 던져 버렸다. 철퍽, 하는 느낌으로 물웅덩이에 던져졌다. 당장에라도 꿈틀댈 것 같은 생물처럼 느껴졌다. 발가락 끝으로 온몸의 피가 순식간에 쏟아져 나가는 것 같은 기분이었다. 속이 메스껍고 어지러웠다. 손바닥으로 입을 틀어막았다. 차가운 벽이 등에 닿아 소스라치게 놀라고 나서야 자기도 모르게 뒷걸음질 쳤다는 것을 깨달았다. 순식간에 백지가 되어 버린 머릿속을 가장 먼저 뚫고 올라온 생각은 한 가지뿐이었다.

이곳을 나가야 한다.

한동준의 별장에 있던 서랍장 얼룩도, 이 집 문에 묻어 있던 것도, 욕실의 천장에 비산되듯 묻어 있던 얼룩까지. 피! 그것 말고는 다른 답이 없다. 한동준은 자신이 생각했던 것보다 더 괴물인지도 모른다.

태성은 벽을 짚고 비틀거리며 욕실의 입구를 향해 걸었다. 그 걸음이 점점 속도를 더했다. 문을 열고 발을 내딛은 순간 거의 달리고 있었다. 아무것도 없는데도 뒤에서 뭔가가 달려들 것 같았다. 공포가 머리끝을 잡고 뒤에서 따라 붙었다.

어두워서 더듬더듬 찾아 갔던 길은 암순응을 바라지 않아도 보일 만큼 어스름해져 있었다. 마침 새벽이었다. 당장 이 집에서 나가 산에서 벗어나야 했다.

단숨에 민서라와 같이 숨어들었던 방까지 도착했다. 낡은 나무문을 향해 주저 없이 와락 달려들어 벌컥 열어젖혔다.

아무도 없었다.

"민서라 씨?"

눈으로 본 텅 빈 방이 뇌로 뒤늦게 전달되었는지 아무도 없는 것을 뻔히 보면서도 태성의 입은 민서라를 찾고 있었다.

태성은 주변을 둘러보며 방 안으로 들어갔다. 민서라에게 덮어주었던 신문지만이 조금 떨어진 곳에 아무렇게나 버려져 있었다. 순간, 자신이 민서라를 보며 했던 두 가지 생각을 떠올렸다.

'저 여자는 여차하면 언제라도 도망갈 수 있다.'

'혼자 두고 온 민서라가 걱정되는데 돌아갈까? 자다가 한동준이들이 닥치기라도 하면 손써볼 새도 없이 당한다.'

어느 쪽일까? 두려움을 잠시 밀어낸 채로 태성은 생각했다. 여차하면 혼자서라도 도망갈 여자. 위험을 피해 이 건물에 도망쳐 들어온 여자가 다시 도망쳐야 할 '여차'한 상황. 그것은 한동준뿐이다. 그렇다면 그 상황은 대치되어 보이는 또 하나의 생각으로 귀결된다. 자다가 한동준이 들이닥치기라도 하면 손써볼 새도 없이 당한다…….

두려웠다. 막연한 두려움이 아니라 5톤 트럭이 갑자기 덮친 충격처럼 순식간에 밀려든 두려움이었다. 무릎이 꺾이고 모든 것을 자포자기 하고 싶은 두려움이었다. 그런데 그 큰 두려움을 뚫은 것은 이기심이었다.

'나는 살았다.'

집 안을 둘러보겠다고 목욕탕에 있었던 탓에 민서라만 발견된 것인지도 모른다. 남에게 기대기나 하고 이런 상황에서 잠만 자니까 당하는 것은 어쩌면 예정된 일이었다는 생각마저 들었다. 나는 살 수 있다. 이기적인 희망은 그럼에도, 다시 한 발 내딛는 동력이 되었다. 태성은 조심스레 밖으로 나가는 문을 밀어 열었다. 어느새 시야가 훤히 확보될 만큼 밝아져 있었다.

민서라가 자신의 발로 도망간 것이 아니어야 할 텐데. 태성은 그런 생각까지 했다. 한동준이 민서라를 잡아 갔다면 별장까지 돌아가 그녀의 처리에 시간을 들여야 하기 때문이었다.

그렇다면 도망갈 시간이 생긴다. 살아날 희망이 생긴다. 주먹을 불끈 움켜쥐었다. 어느새 자신이 웃고 있었다. 신이 나서 하하 웃는 것은 아니지만 다행이야, 정도의 안도의 미소.

다행이다, 내가 아니라서.

여차의 순간에 인간은 극도로 이기적이고, 극도로 잔인하다. 그렇게 된 것은 안타깝지만 그럼에도 불구하고 나는 살고 싶어, 하고 생각한다. 그래서, 인간이다. 문득 자신의 방에 번개탄을 밀어 넣은 부모를 떠올렸다. 이런 인간쓰레기라서, 나는 그 두 사람의 자식인가 보다 하고 생각했다.

태성은 마당으로 통하는 문을 밀어 조금 열고 바깥의 상황을 살폈다. 고요하다. 지금이 기회일지도 모른다. 반면 최악의 결정인지도 모른다. 하지만 이 집에서 나가기로 결정했다. 나가지 않으면 미쳐버릴 것만 같았다. 나는 살 거라고 단정할 수도 없다. 죽을 거라면 온갖 공포를 경험하다 살해를 당하느니, 산에서 헤매다 순간적으로 실족하여 바깥에서 떨어져 죽는 것이 훨씬 더 낫다는 생각마저 들었다.

바깥으로 나가 동정을 살핀 다음 무작정 뛰었다. 굳이 길이 난 쪽이 아니더라도 아래로 무조건 내려가는 길을 택했다. 그쪽이 한동준의 손아귀에서 벗어나기 쉬울 것 같았다. 차가 다니는 도로까지만 내려가도 나는 살 수 있다.

아래로 내려갈수록 수풀이 우거졌다. 빽빽한 나무들이 하늘을 완전히 가렸다. 음습한 공기가 몸을 훑었다. 계속 비슷한 풍경이 이어지고 있었다. 나무들 사이사이를 지날 때마다 상념 같은 기억이 머리를 스쳤다. 그것은 때로 단편적인 한 장면일 때도 있고 조금 더 긴 상황일 때도 있었다.

기억이 돌아오고 있었다. 극도의 긴장이 불러온 결과일지도 모른다. 좋은 징조는 아니었다. 판자촌 바닥에 할 일 없이 누워 있던 때라면 달랐을지도 모른다. 돌아오는 기억을 반가워했을 것이다.

하지만 지금은 반갑지만은 않은 일이었다. 지금 당장 눈앞을 헤쳐 나가기도 힘든데 이 혼란스러움은 버거웠다. 무엇보다, 기억과 함께 찾아온 이명과 두통이 괴로웠다.

돌아온 기억이라 봐야 대부분 대단치 않은 것이었다. 게임을 하면서 낄낄거리거나, 누워 있거나, 눈을 껌벅이면서 혼탁한 시야를 즐겼다. 기억 속 화면이 환해지면 꼭 어머니나 아버지, 둘 중 한 명에게 혼나고 있었다. 그럴 때마다 그는 더 어둠을 파고들었다. 그 기억들속에서 반복적으로 한 명의 젊은 남자가 등장하기 시작했다. 모두 뒷모습뿐이었는데 그 남자의 모습이 떠오를 때마다 왠지 분한 느낌이 들었다. 누구인지 확인하고 싶어도 남자가 이쪽을 향해 돌아서는 순간에서 기억이 끊기고 만다.

억지로 기억해 내지 않아도 이 상태라면 2~3일 안에 모든 기억이 돌아올 것 같았다. 물론 살아 있다면 말이지만.

정신을 가다듬고 눈앞의 현실에 집중했다.

내려갈수록 점점 나무와 잡초가 빽빽해져 걷기조차 힘들었다. 조금 옆으로 비껴나 볼까 하는 생각에 방향을 틀어 전진했다. 다른 길이 있을지도 몰랐다.

그의 예상대로 옆으로 가면 갈수록 걸음을 떼기가 수월해졌다. 수풀도 훨씬 적어졌다. 나란히 서 있는 나무 두 그루 사이를 지나갔다.

순간 다른 세상이 눈앞에 펼쳐졌다. 커다란 원형의 땅이었다. 그곳만 나무를 제거하고 한때 밭으로 사용했던 것 같은 흔적이 남아 있었다. 누군가 쓰던 밭이라면 분명 이동하는데 썼던 길이 있을 것이다. 둘러보니 예상대로 폭이 1미터도 채 되지 않은 길이 보였다. 들키기 쉬운 장소라 굳이 길로 가지 않았지만 지금까지 상황으로 볼 때 한동준은 아직 근방에 없을 가능성이 컸다. 나무들 사이를 젖히며 길이 아닌 곳으로 걷는 것이 너무 힘들어 편한 쪽으로 맞춰 생각하는 건지도 모르지만, 결국 태성은 이제 이 길을 이용해 내려가기로 했다. 한참 내려왔으니 도로에 가까울 것이다. 이럴 때는 안전하게 숨어서 가되 시간이 드는 것보다는 조금 위험부담을 안고라도 빠르게 내려가는 것이 나을 것 같았다.

걸음의 속도를 높이기로 했다. 마침 완만한 경사라 힘도 덜 들었다. 살 수 있다는 희망이 빠르게 목전으로 다가왔다. 하지만 불행하게도 그것은 몇 걸음 동안의 희망으로 끝이 났다. 심상치 않은 무언가가 곁눈으로 얼핏 보였다. 걸음을 멈추었다. 보면 안 된다고, 계속 앞으로 걸어 나가라고 머릿속에서 누군가 말했다. 하지만 돌아보는 것은 본능의 영역이었다. 보아서 더 두렵더라도 보지 않으면 미쳐 버리기라도 할 것처럼 보고야 말게 되는 본능.

고개를 돌린 순간 소리도 지르지 못하고 주저앉았다. 사지가 떨렸다. 펄떡이던 심장이 동작을 멈추기라도 할 것처럼 큰 충격을 받았다. 아무것도 생각나지 않는 수준을 넘어서 아예 현실감마저 들지 않았다.

민서라였다. 민서라가 거기에 있었다. 거기에, 매달려 있었다. 나무 기둥이었다. 원래는 훨씬 높이 자랐을 나무 윗동을 잘라 2미터 정도의 높이로 만들어 놓았다. 그 나무기둥 상단에 엉터리로 자른 나무 합판을 가로질러 박았다. 마치 십자가 같았다.

민서라는 그 가로로 걸린 나무 합판에 양팔을 벌린 채로 묶여 있었다. 양쪽 손바닥 중간에 커다란 못이 박혀 있다. 거기서 피가 흐르고 있었다. 힘이 빠진 머리는 아래쪽을 향해 늘어져 있었고, 양 발목이 밧줄로 한데에 묶여 있었다. 밖으로 드러난 피부가 비현실적으로 새하얗다. 그녀의 몸에서 생명의 기운은 조금도 느껴지지 않았다. 죽었다. 그것을 확실하게 느낄 수 있었다. 자세히 보니 목 언저리에 가느다란 밧줄이 감겨 있었다. 목이 졸려 죽었을 가능성이 보였다.

이상했다. 한동준이 살인마, 미치광이라 사람을 죽이는 것을 즐기는 것이라 생각하려 해도 민서라의 죽음은 너무 지나쳤다. 일부러 십자가 형태를 준비해 민서라를 매달았다. 꽤나 체력 소모가 필요한 듯 보였고, 자살로 위장해야 할 것을 고려해 보면 너무 불필요한 일이었다.

대체 왜?

물음이 생기는 순간, '혹시'의 생각이 머리를 스쳤다. 그 '혹시'는 꽤나 신빙성 있게 느껴졌다. 불필요한 힘이 많이 쓰인 죽음은 확실히 이번이 처음은 아니었다. 몸을 웅크리고, 두 손에 칼을 쥐고, 마치 자신이 스스로 목을 찌른 듯 꾸며져 있던 정태오의 죽음.

어떤 죽음을 원하세요?

한동준이 물었고,

목구멍이 포도청이라 지금도 만족해.

정태오가 대답했다.

그리고 그는 목에 칼이 쑤셔 박힌 채 죽었다.

민서라도 대답했다.

하느님의 품으로 돌아가고 싶어요.

그녀는 십자가에 매달려 죽었다.

사지가 떨렸다. 그늘 한 점 없는 햇볕 아래인데도 아래턱이 덜덜 떨렸다. 뒤늦게 자살 카페 더 헤븐에서의 그의 아이디가 떠올랐다. 메시아. 그는 정말 자신이 신이라도 된듯 사람들의 생명줄을 쥐고 움직이려 했던 걸까. 그렇다면 정말 미쳤다. 태성은 비틀거리며 일어섰다. 시간이 없다. 도망치자. 그렇게 생각하며 걸음을 떼었다.

바스락.

긴장한 탓인지 낙엽 밟히는 소리가 유난히 크게 들렸다. 무의식적으로 발아래를 내려다보았다. 모골이 송연해졌다. 발아래에는 소리를 낼 만한 낙엽이 없었다. 천천히, 고개를 들었다. 멀지 않은 곳에서 수풀이 조금 흔들렸다. 태성은 움직임을 멈췄고, 더 이상 수풀은 흔들리지 않았다. 긴장 탓에 잘못 들었나 생각했다. 다시 걸음을 떼려 고개를 돌렸다.

순간, 수풀이 젖혀졌다. 짐승처럼 검은 형체가 튀어나왔다. 불식간에 당한 일에 어찌할 새도 없이 태성은 덮쳐오는 형체를 보고 서 있을 수밖에 없었다. 그때 머릿속에 그 일이 떠올랐다.

어떤 죽음을 원하세요?

한동준이 물었고,

내 머릿속을 열어 보고 싶어요.

태성이 대답했다.

* * *

등에서 느껴지는 격통에 정신이 돌아왔다. 신음이 입 밖으로 내어지지 않았다. 입술을 가로막은 테이프를 뗄 수도 없이 온몸이 포박당해 있었다. 한데로 묶인 두 다리가 추켜올려진 채 태성은 어딘가로 끌려가고 있었다. 두 다리에 밧줄을 걸어 앞에서 끌고 있는 한동준의 가쁜 숨이 공기를 갈랐다. 돌과 흙과 수풀이 태성의 등을 할퀴고 갈랐다.

한동준의 헉헉대는 숨소리 위로 아까의 모습이 떠올랐다. 숲 사이에 숨어 있던 한동준이 들이닥친 순간 태성은 반사적으로 몸을 웅크렸다. 그러나 곧장 턱 밑에서 불이 번쩍했다. 전기 충격기였을 것이다. 그 뒤로 정신을 차렸을 때는 이 지경이었다. 항거할 수도 없이 끌려가고 있는 곳은 분명 그렇게도 도망치고 싶었던 한동준의 별장일 터였다.

"으으으……."

테이프에 막힌 신음이 억눌린 채 밖으로 새어나갔다. 한동준이 우뚝 멈춰 섰다. 태성의 등도 땅 위에서 멈췄다. 그럼에도 뒤늦은 고통의 잔재가 그를 괴롭혔다.

한동준은 뒤돌아보지 않았다. 태성은 격하게 몸을 버둥거렸다. 사력을 다해 윗몸일으키기라도 하듯 상체를 들었다. 결박당한 양손으로 간신히 두 다리를 묶고 있는 밧줄을 잡았다. 몸부림치자 한동준의 몸이 덩달아 흔들렸다. 짜증난다는 듯 한동준이 한숨을 내쉰 것은 그때였다.

동시에 그는 태성을 옭아맨 밧줄을 패대기치듯 놓았다. 퍽 하고 태성의 두 다리가 동시에 바닥에 메다꽂혔다. 직접적으로 부딪힌 발뒤꿈치가 깨지기라도 한 것처럼 아팠지만 그는 사력을 다해 몸을 뒤틀었다. 그렇게라도 하면 도망갈 수 있다는 듯 바르작거렸다. 그제야 한동준이 돌아보았다. 미간을 찌푸리고 있었다. 주변을 둘러보고 바로 옆에서 주먹 두 개만 한 돌을 집어 들었다. 불길함을 느낄 새도 없이 그 돌이 태성의 머리를 강타했다. 피가 사방으로 튀었고, 태성의 몸이 축 늘어졌다. 아무 일도 아니라는 듯 한동준은 돌을 아무렇게나 던져 놓고 다시 밧줄을 어깨에 들쳐 메었다. 더 이상 태성에게서는 소리가 들려오지 않았다.

* * *

두 번째로 태성이 정신을 차렸을 때 보인 것은 익숙한 공간이었다. 그의 불행을 의미하는 공간이기도 했다. 다시 돌아오고 싶지 않았던 한동준의 별장이었다. 눈을 깜박거릴 때마다 시야가 부자연스러웠는데 아까의 타격으로 오른쪽 눈이 심하게 부어 떠지지 않는 것이었다. 한동준은 태성을 끌고 곧장 지하로 향했다.

계단 층에 서서는 그대로 태성의 몸을 계단 밑으로 밀어 버렸다. 저항할 힘도 없이 굴러간 몸이 벽에 가 부딪혔다. 다시 억눌린 신음. 그때 거친 숨소리와 함께 한동준의 발소리가 들렸다. 격통도 잊을 만큼 태성은 긴장했다. 옆으로 다가온 한동준이 맨 아래 계단 층에 그대로 털썩 주저앉았다. 가쁜 숨을 몰아쉬다 침을 퉤, 바닥에 뱉었다.

"재미는 있었지만 씨발, 존나 힘드네. 개새끼. 너는 편한 죽음은 기대도 하지 마라."

소름끼칠 만큼 노기로 가득한 음성이었다. 저것이 한동준의 본 모습이었다. 억눌린 소리를 내지르며 태성은 더욱 격렬히 몸을 뒤흔들었다. 그러나 곧 한동준이 다가와 발로 그를 걷어찼다. 몸을 비틀며 움츠리려다 반 층 아래 계단으로 굴러떨어졌다. 몸이 데굴데굴 굴러 지하실에 놓여 있던 철제 테이블 다리에 처박혔다.

이 테이블, 최린의 시신이 놓여 있던 곳인데.

그런 생각이 드는 순간, 뭔가가 위에서 툭, 하고 얼굴에 떨어졌다. 뭔가 싶어 반사적으로 눈을 그쪽으로 향했다. 최린의 시신에서 구더기가 떨어지고 있었다.

그녀의 온몸이 마치 끓고 있는 것처럼 보였다. 한때는 새하얗던 다리 위에서, 차가운 말을 뱉던 입안에서, 어쩌면 고심하고 골랐을 예쁜 티셔츠 안에서 구더기가 그녀를 파먹기 위해 들끓고 있었다.

태성은 기겁하며 단숨에 벽으로 가 붙었다. 한동준에게 맞은 고통도 느껴지지 않았다. 결박된 몸도 그의 도망을 저지하지 못했다. 벽에 의지해 비틀비틀 몸을 일으켜 세웠다. 어쩐 일인지 얼굴을 돌리지도 못하고, 최린의 얼굴에 시선이 고정되었다. 뻥뚫린 눈에서 눈물처럼 구더기가 흘러내렸다. 길게 빠진 혓바닥에 구더기가 매달려 있었다.

극심한 구역질이 태성의 가슴을 쳤다. 태성은 그대로 주저앉아 구역질을 했다. 뭔지 분간도 안 되는 음식물과 누런 물이 입안에서 쉴 새 없이 뱉어졌다. 낄낄거리는 소리에 머리를 치켜들기 전까지 그는 구역질을 멈추지 못했다. 간신히 일으켜 세웠던 몸도 구역질을 하느라 묶인 채로 바닥에 널브러졌다.

모든 것을 보고 있던 한동준이 웃고 있었다. 최린의 시신도, 그것에 놀라 기겁을 하고 구역질을 해 대는 태성의 모습도 한동준에게는 그저 재밋거리일 뿐이었다.

인간은 대체 어디까지 쓰레기일 수 있는가. 이 사람은 어디까지 괴물일 수 있는가.

"더러워라."

집게손가락을 세워 코를 막은 채로 한동준은 다른 한손을 휘휘 저으며 다가왔다. 태성은 몸을 비틀며 도망가려 바르작거렸다. 포박된 몸만 풀어진다면 어찌해 볼 수 있을 텐데, 하는 생각이 들었다. 하지만 곧장 그는 자신이 이 밧줄이 풀렸더라도 아무것도 할 수 없었을 거라는 것을 깨달았다. 처음 한동준의 정체를 깨닫고 나서도 도망이라는 편한 방법만 생각했다. 맞서 싸울 용기는 애초에 없다.

다가온 한동준은 신발을 신은 발로 태성의 얼굴을 짓눌렀다.

"넌 편하게 죽는 일은 없을 거야. 신을 화나게 하면 벌을 받는 건 당연하잖아, 안 그래? 하지만 네가 원하던 죽음을 줄게. 난 그 정도의 아량은 있는 신이니까."

낄낄거리는 웃음이 서늘했다. 짓밟힌 얼굴이 아팠다. 하지만 고통보다 먼저 피어오르는 것은 좌절이었다. 이렇게 끝난다. 어떻게 살아온지도 모르고, 기억을 잃은 후엔 어떻게 살아갈지도 모르는 채로 살다가 이렇게 한심하게 끝난다.

"어라, 우는 거야? 야, 그렇게까지 구질구질하게 굴면 어떡해?"

킥킥 웃으며 한동준이 발끝으로 태성의 얼굴을 들었다. 모로 누워 있던 태성의 얼굴이 정면으로 돌아왔다. 한동준이 그 앞에 쭈그리고 앉았다.

"그만 질질 짜라. 눈깔을 찢어 버리고 싶어지니까."

"퉤."

무슨 생각이었는지 자신도 모를 만큼 반사적으로 태성이 목을 바짝 치켜들고 한동준의 얼굴에 침을 뱉었다. 흰 타액이 한동준의 얼굴 위에 붙었다가 진득하게 떨어져 내렸다. 한동준의 얼굴이 일그러졌고 흉포한 빛이 감돌았다. 분노를 이기지 못해 몸을 바들바들 떨었다.

퍽!

벌떡 일어난 한동준이 가차 없이 그를 발로 걷어찼다. 일격에 태성의 몸이 굴렀다. 그러고는 잠시의 틈도 주지 않았다. 무차별적인 폭행이 이어졌다. 쏟아지는 욕설과 함께 머리며 팔이며 복부가 한동준의 발아래에서 짓이겨졌다. 몸을 웅크리고, 고통을 이겨내며 시간이 지나가기를 기다리는 것, 그것만이 태성이 할 수 있는 일이었다.

부모조차 죽이려 했던, 정신을 차린 후 혈혈단신으로 쓰레기처럼 살았던 인생이 이 순간에 바랄 수 있는 희망은 도움의 손길이 아니라 오로지 죽음밖에 없다는 것을 그 순간 깨달았던 것도 같다.

발로 짓밟고 폭행하는 것이 성에 차지 않았던지 한동준이 옆에 있던 의자를 집어 들었다. 목표는 머리다. 그걸 깨달은 순간 철제 의자가 강하게 머리를 내리쳤다. 엄청난 충격과 함께 빛이 터진 듯 눈앞이 하얗게 물들었다.

* * *

이것은 기억이다. 빛이 사라지고 그 사이로 흘러든 것은 기억이었다. 쏟아지듯, 혹은 지나치듯 모든 광경이 눈앞에서 혼란을 일으켰다. 그리고 자신이 누구인지 태성은 알게 되었다.

혼란 속에는 그간 조금씩 보았던 것도, 보이지 않았던 것도 뒤섞여 있었다.

나는, 무(無)였다.

쏟아져 내린 기억은 그 한마디로 정의할 수 있는 것이었다. 모든 면에서 부모의 기대에 미치지 못하는 자식이었다. 부모에게 늘 실망만을 안겨 주었고, 시간이 지날수록 부모는 더 이상 기대도 실망도 그에게 보여 주지 않았다. 부모에게 아무것도 아닌 존재, 그것이었다.

처음엔 열심히 해 본 적도 있었다. 형의 방에 불이 꺼진 뒤에야 안심하고 침대에 누웠고, 그런 시간이 계속될수록 그가 보내는 시간 뒤에 희망이 따라붙었다. 그는 다른 친구들과는 달리 오히려 시험을 기다리기도 했다. 그리고 이내, 그의 노력이 빛을 발했다. 중하위권이었던 그의 성적이 상위권 끄트머리를 잡아챈 것이었다. 이대로만 하면 자신도 인정받을 수 있다고 생각했다. 그런 착각을 했다.

부모님의 관심은 태성에게로 향하지 않았다. 그는 1등이 아니었다. 아직도, 성적표를 들이밀며 환하게 웃던 그에게 부모님이 보인 냉담한 웃음을 태성은 잊을 수가 없다.

방으로 숨어들기 시작한 것은 그 뒤였다. 차라리 혼자 있는 것이 편했다. 방의 불을 모두 끄고 어둠 속에 있으면 마음이 편했다. 혼자 있으면 관심을 갈구할 대상이 없으니까. 그러다 가끔 외롭거나 할 때는 인터넷 게임을 즐겼다. 그곳에서는 혼자 있어도, 사랑받지 않아도 되었다. 자신이 초라한 사람이라고 느껴지지 않았다.

거기서 만난 또래로부터 본드를 배웠다. 기분이 좋아지는 법이 그렇게 가까운 곳에 있었다. 그가 본드를 부는 것이 부모님에게 발각된 것은 세 번째쯤 검은 봉지에 본드를 가득 짜 넣고 얼굴을 박을 때였다. 처음엔 경악하고, 화를 냈다. 끊겠다고 약속했지만 끊을 수 없었다. 그 시절, 태성은 스스로도 알 수가 없었다. 그를 멈추지 못하게 한 것은 본드의 중독성이었을까, 아니면 그럴 때만 보여 줬던 부모의 관심 때문이었을까.

무엇이 되었든 간에 긴 시간이 지나지 않아 부모도 슬슬 지쳐갔다. 무덤덤한 얼굴로 구겨져 누워 있는 태성을 보며 한숨을 내쉬고 결국엔 고개를 가로 젓는 것이 전부가 되어 갔다. 그러면 그럴수록 태성은 점점 어둠 속을 파고들었다. 간간이 가던 학교도 차차 가지 않았다.

그러던 어느 날인가부터 부모가 싸우기 시작했다. 부모는 서로에게 상처를 입히기 시작했다. 그러나 그들의 싸움은 태성과는 상관이 없었다. 그들은 더 이상 태성에게 조그마한 관심도 남아 있지 않았다. 대신 서로 싸우는 날이 많아졌고, 날이 갈수록 그 빈도가 잦아졌다. 식사 시간에 태성의 방문을 노크하는 일도, 그들은 잊어 갔다. 그즈음 집안으로 각종 최고장이 날아들었다. 발신인은 다양하기도 했다. 카드 회사부터, 이름도 모를 사채 회사와 캐피탈도 있었다. 그제야 집안 사정이 눈에 들어왔다. 세상 속에서 치기 어린 정신으로 흔들리고 있는 동안 이 집은 침몰하고 있었던 것이다.

* * *

정신을 잃은 얼굴 위로 찬물이 일거에 쏟아져 내렸다. 한동준은 빈 양동이를 태성의 얼굴에 내리쳤다. 미약하게 떠올린 눈으로 한동준의 낄낄거리는 얼굴이 보였지만 그 어떤 항거도 하지 못한 채 태성의 눈꺼풀이 다시 무겁게 내려앉았다.

* * *

이 집은 망하고 있다. 그 충격이 사라지기도 전에, 그 말을 들은 것은 그날 밤이었다. 소리치듯 그 말을 내뱉은 것이 아버지였는지, 아니면 어머니 쪽이었는지 지금은 흐릿하지만 울부짖음이었다는 것은 확실하게 기억났다. 너무나 처절하게 느껴져서 온몸이 오그라들 것 같았으니까.

"죽자, 다같이."

방문 앞에 서서 빠끔히 열린 문틈으로 그 말을 들었을 때 태성은 잠시 멍했고 느닷없이 슬펐다. 미워죽을 것 같았지만 그 이면에 애정이 있었다. 유치하지만 그가 원한 것은 부모의 관심이었다는 것을 그 순간 인정했다.

하지만 그가 예상치 못한 충격은 먼 곳에 있지 않았다. 하느님이 만들었던 방주처럼 두 사람은 집안이라는 이름의 침몰하는 배에서 단 한 사람을 방주 위로 끌어올리고 싶어 했다. 그리고 방주 위로 끌어올려질 한 사람이 태성이 될 수 없는 것은 자명한 듯했다. 부모는 자신들의 죽음의 길로 태성을 꼭 데리고 가고자 했다. 결정의 이유는 명확했다.

"살아 있어 봤자 그 아인…… 방해만 돼요."

누구의 방해가 된다는 말인지 굳이 잘 들리지 않아도 알 수 있었다. 모를 수가 없다. 자신은 매일 매시간 그의 뒤에 있었고, 그의 아래에 있었다.

짧지도 길지도 않은 시간을 함께 살면서 가장 많이 보았던 모습. 따라잡지도 못할 그 뒷모습을 보며 엉거주춤, 부족한 육신을 이끌고 혼신을 다해 뛰었다. 그래도 따라잡지 못한다. 따라가도 절대 같은 목적지에 도달할 수는 없을 것이다. 그런 생각이 들었을 때 그는 마침내 반대편의 길로 들어서고야 말았다.

왜 그런 선택을 했는지, 그 길에 들어선 것을 후회하지는 않는지, 돌아 나오고 싶어 하지는 않는지, 그 방법을 찾지 못하는 것은 아닌지, 부모는 조금도 궁금해 하지 않았다. 부모의 관심과 걱정은 오로지 하나였다. 저 쓰레기 자식이 귀중한 큰아들의 발목을 잡는 것은 아닌지.

운영하던 회사가 부도나고 상상치도 못한 빚더미에 올라앉았을 때, 부모는 회복하지 못할 것을 직감했고, 큰아들을 힘들게 해서는 안 된다고 결심했다. 큰아들의 뒤를 받치며 따르던 부모들은 길을 바꿨다. 큰아들과 같은 길로 가서는 안 되는, 자신들을 그런 존재라고 규정했다. 큰아들을 남겨놓고 부모들이 선택한 그 길의 끝에는 절벽이 있을 터였다. 절벽의 끝에서 그들은 쓰레기, 개망나니 막내아들을 떠올렸다. 데려가지 않으면 안 된다고 조금도 주저 없이 결정했는지도 모른다.

살아 있어 봤자 그 아인 큰애 인생에 방해만 돼요.

그래서였다. 잠든 태성의 방에 불 피운 번개탄을 밀어 넣은 것은. 그들은 태성이 모든 계획을 모를 거라고 여겼고, 태성은 죽을 거라고 확신했지만 결과적으로 두 가지 모두 틀렸다. 태성은 우연히 방문 앞에서 그들의 계획을 듣게 되었고, 결국 살아남았다.

충격이었지만, 받아들이기로 했다. 평생 부모의 말을 제대로 한 번 들은 적 없지만 저렇게 자신의 죽음을 간절히 원한다면 그것만은 들어줘야 한다고까지 생각했다. 어차피 사는 것이 딱히 즐겁지도 않았다.

그러나 마지막 순간에 닥친 극한의 공포에 그는 정신없이 발버둥 쳤다. 어디로, 어떻게 나갔는지는 기억나지 않지만 살아남아야 한다는 집념만으로 그는 아파트 복도 현관 앞에서 쓰러진 채로 구조되었다.

* * *

'나에게 형이 있었어. 그렇다면 형은 어디에 있는 거지?'

그 생각을 한 순간 관자놀이가 뜨거웠다. 뭔가가 머리를 강하게 짓누른 채로 바닥에 비벼대고 있는 것 같았다. 눈을 애써 떠 보려고 했지만 마음대로 되지 않았다. 엉망으로 눈이 부어 버려 그렇다는 것을 나중에 알았다. 태성은 신음했다.

"에이, 깼어? 깨지 말지. 깨면 깰수록 더 잔인해지고 싶잖아."

온몸의 피가 얼어 버릴 만큼 서늘한 목소리였다. 자비라고는 조금도 느껴지지 않았다. 그럼에도 노래라도 부르고 있는 것처럼 그의 목소리는 들떠 있었고, 그만큼 즐기고 있었다. 차라리 먼저 죽어 버린 최린이 부러웠다. 한동준은 흥얼거리기 시작했다. 주변을 둘러보더니 어딘가로 몇 발자국 걸어갔다. 서랍이 여닫히는 소리. 어딘가에서 뭔가를 꺼내들고 오는 것 같았다.

돌아온 한동준은 태성의 눈앞에 앉아 가지고 온 것으로 바닥을 쳤다. 금속 느낌의 무게감 있는 둔탁한 소리가 났다. 망치일지도 모른다. 어쩌면 이제 죽는다는 생각이 바짝 따라붙었다. 그것은 차라리 희망이었다.

죽어 버리면 차라리 모든 것이 끝난다. 태성은 눈을 감았다. 지쳐서 그런지는 몰라도 눈을 감자 머릿속의 정신이 어딘가로 쭉 빨려 들어가는 기분이었다. 정신을 잃는다는 감각을 실감하고 있었다. 그 사이 눈앞에서 백색 어둠이 지나갔다. 그 위로 그 모습이 흘렀다. 고민이 있을 때도 화가 날 때도 단 한 번 다정하게 돌아본 적 없던 형의 등. 어떻게든 따라잡고 싶었던 등. 따라 잡지 못할 바에야 다른 길에서라도 나란히 걸어 보고 싶었다.

형. 나의 형은 왜 기억을 잃는 나를 찾지 않았을까. 기억 속에서 태성은 팔을 뻗었다. 절대 움직일 것 같지 않은 등을 잡았다. 있는 힘껏 태성은 형의 등을 돌려 세웠다. 한 번만, 제발 한 번만 나를 봐 줘. 구해 줘. 외침은 나오지 않았지만 그보다 더 간절함이 담겨 있었다.

그리고 드디어 천천히, 마치 오르골이 돌아가는 것처럼, 책상 앞에 앉아 둥글게 등을 구부리고 책만 파던 형이 이쪽으로 고개를 돌렸다. 순간 눈앞에서 번쩍, 빛이 터졌다. 터진 것은 다 돌아오고도 끝내 떠오르지 않던 마지막 기억이었다.

문을 연다. 등이 보인다. 늘 보던 형의 등. 그리고 이내 형이 인기척을 느낀다. 앉은 채로 천천히 의자를 돌려 뒤를 돌아다본다. 형의 얼굴이 보인다.

형…….

* * *

기계음은 불길했다. 정신이 과거와 현재를 오가는 동안 들려오던 소리는 이상해진 머리 때문에 들려온 것이 아니었다. 바로 자신의 머리 위에서 들려오는 소리였다. 소리의 정체를 확인하고자 천천히 눈을 떠올렸을 때 한동준의 얼굴이 바로 눈앞에 바짝 붙어 있어 태성은 다시 혼절해 버릴 만큼 기겁했다. 머리에 엄청난 고통이 밀려들었다. 바닥이 피에 물들어 있었다. 자신의 머리를 때린 망치가 바닥에 아무렇게나 버려져 있었다. 망치에 얻어맞고 혼절했던 것 같다.

자의든 타의든 태성이 눈을 뜬 것을 확인하자 한동준은 몹시도 즐거워 보이는 얼굴로 벙긋 웃었다.

"나 피곤해."

투정을 부리는듯한 그 말이 무슨 뜻인지 몰라 태성은 눈을 껌벅였다. 미소 짓는 한동준의 얼굴 위로 일순 서늘한 기운이 스쳤다.

"이제 끝내야겠어."

한동준은 허리를 숙여 바닥에서 뭔가를 집어 들었다. 그것이 무엇인지 확인한 순간 태성은 차라리 숨을 멈춰 버렸다. 부어오른 눈이 경악으로 커다랗게 떠졌다. 입술을 바들거렸으며 얼굴엔 핏기가 가셨고 머리로는 아무런 생각도 하지 못했다. 그런 그의 반응을 재밌다는 듯 보며 한동준은 물건의 옆에 달린 전원 버튼을 눌렀다.

윙, 하는 굉음과 함께 전기톱이 돌았다.

태성은 격하게 발버둥쳤다. 막무가내로 맞은 몸이었지만 그 어느 때보다 그는 격렬하게 저항했다. 아니 도망치려 애썼다. 살아야 한다는 생각이 들기도 전에 그는 살기 위해 몸부림쳤고 공포에 잠식되어 갔다. 그러나 그런 노력에도 태성의 몸은 쉽사리 움직여지지 않았다. 등 뒤로 돌려진 채 묶인 양팔 때문이었다.

한동준이 히죽 웃으며 다가왔다. 그러고는 전기톱을 그의 머리

위쪽으로 가져갔다. 태성의 눈앞에서 톱날이 맹렬하게 돌았다. 한동준의 얼굴에서 일순 웃음이 잦아들었다, 싶은 순간 그는 가차 없이 톱날을 태성의 머리를 향해 내렸다.

기기긱!

소름이 끼칠 만큼 기괴한 소리와 함께 불꽃이 튀었다. 한동준의 얼굴이 일그러졌다. 그의 무자비한 전기톱이 목표물을 놓치고 바닥에 긁힌 것이었다. 두 다리를 허공에 차 그 반동으로 태성이 몸을 피했다. 천운이라고 할 만큼 간발의 차였다.

"왜 그러는 거야. 원하던 죽음을 맞게 해 준다잖아. 머릿속을 열어보고 싶다고 했잖아. 그 소원을 들어주겠다는데 왜 그래?"

"넌 미쳤어."

어쩌면 그 말은 실수였는지도 모른다. 하지 말았어야 하는 말일지도 몰랐다. 순간 한동준의 눈에 스친 지독한 살기가 그런 생각이 들게 했다.

"그래, 미쳤지, 내가. 날 낳은 부모들도 그런 말을 하더라고. 그 말이 너무 혐오스러웠는데 이제야 그 말이 틀린 게 아니라는 생각이 들어. 너 따위 쓰레기를 지금껏 살려 두다니 미쳤어, 내가. 미친 거야."

그는 웃기 시작했다. 폭주하고 있다. 그의 눈빛이 완전히 달라져 있었다. 서늘하다고 느꼈던 살기도 보이지 않았다. 눈이 반쯤 풀려 있었다. 태성은 다급하게 몸을 움직였다. 도망이라도 칠 수 있을 것처럼 몸을 굴렸다. 최린의 시신이 놓인 침대까지 몸을 굴렸을 때, 여전히 엄청난 구더기가 쏟아져 나왔음에도 소름끼칠 여력도 없었다.

"도망가 봐야 소용없다는 걸 알면서도 도망치는 그 어리석은 용기는 어디서 나오는 거야, 대체?"

곧장 전기톱의 날이 태성의 목을 겨눴다. 몸은 묶여 있고 심지어 갇혀 있다. 도망갈 수도 도망갈 곳도 없다. 날카롭게 서 있던 신경줄이 늘어지고 온몸에 힘이 빠졌다. 그는 눈을 질끈 감았다.

"계십니까?"

별안간 날아든 목소리. 한동준이 전기톱을 멈추었다. 두 사람 모두 숨을 멈춘 사이로 적막이 흘렀다. 잘못 들은 건가? 그런 생각이 머리를 스칠 때 탕탕, 누군가 현관문을 두드렸다.

"계십니까, 계세요?"

이면 7.

경찰청장을 통해 그들이 떠난 별장의 위치가 전달되었다. 제이티그룹에서 먼저 그쪽을 방문할 생각은 없어 보였다. 어쩌면 지금쯤 한동준에게 연락이 취해졌을 수도 있다. 이미 한동준을 제외한 생존자는 단 한 명도 남아 있지 않을지도 모른다.

반대로 누군가 생존자가 남아 있다 한들, 한동준이 아무 일도 저지르지 않았을 리가 없다. 그럼에도 별장의 위치를 오픈한 것이다. 제이티는 어차피 한동준이 살인을 저질렀다 하더라도 누군가 막아줄 것이라고 확신하고 있었다.

김진성 형사는 어젯밤의 통화를 떠올렸다. 발신자 정보 표시 제한으로 걸려온 전화였지만 짧은 침묵 속에 바로 상대방이 누구인지 알 수 있었다. 전화를 걸어온 여자의 태도는 시종일관 고압적이었다. 그녀는 김진성 형사에게 무엇을 원하냐고 물었고, 진성은 그저 웃으며 전화를 끊었었다.

진성은 경환을 불러 함께 별장으로 향했다. 한밤의 산행은 대단히 힘겨웠다. 하지만 김진성 형사는 단 한 번도 흔들림 없었다.

두 시간여의 산행의 끝에 눈에 들어온 것은 별장이었다. 제이티그룹의 손자인 한동준의 소유 건물이라고는 믿어지지 않았다. 그러기엔 너무 관리가 되지 않았다. 직접 관리할 리는 없고 보통은 대리인에게 맡겨 관리하는데 상태를 보니 전혀 그런 것 같지가 않았다.

“정말 여기가 맞을까요?”

문을 두드리고 목소리를 높였지만 안에서 들리는 소리는 없었다. 경환이 고개를 갸웃거렸다. 아무래도 우격다짐으로 여기까지 비밀 수사를 벌인 김진성 형사의 고집이 틀린 것 같다는 생각이 들었다.

“여기가 맞아. 확실해.”

김진성 형사는 단호했다. 그 얼굴을 보며 경환은 청장을 떠올렸다. 이곳으로 출발하기 전 청장은 경환을 불렀다. 청장이 지시한 것은 단 하나였다.

김진성 형사를 잘 지켜봐라.

뭡니까? 선배는 뭘 알고 있는 겁니까?

그리고 청장의 뭘 잡고 있는 겁니까?

경환은 그 물음을 목 안으로 삼켰다. 안에서 심상치 않은 인기척이 들려왔기 때문이다.

8. 구조

연거푸 문을 두드리는 소리가 났다. 누군가 왔다. 길을 잃은 누군가든, 뭔가를 물어보려 들른 사람이든 상관없었다. 태성은 격정적으로 몸을 버둥거렸다. 소리를 내지르려 했지만 한동준의 발길질 한 번에 막혀 버렸다. 비명도 지르지 못한 채 바닥에 그대로 얼굴이 처박혔다. 비릿한 냄새와 함께 찝찌름한 피가 입안을 메웠다. 그걸 뱉어 내기도 전에 한동준이 그의 입을 막았다. 언제 찾아 가지고 왔는지 흰색 압박붕대로 입을 틀어막았다. 붕대에 가로 막힌 입안에서 소리가 웅얼대다 사그라졌다.

바깥에서 희미하게 말소리가 들렸다. 정확히 들리지는 않았지만 대화 속에서 '부순다'는 단어가 튀어 나왔다. 한동준도 들었는지 당혹해하는 표정이 역력히 드러났다. 아무래도 나가 보지 않으면 안 되겠다고 판단한 것 같았다. 한동준은 몸을 돌려 1층으로 올라가는 계단 층에 발을 얹었다. 하지만 무슨 생각이 들었는지 계단에 올린 발을 내리고 태성 쪽으로 다시 다가왔다. 공포에 젖은 태성의 얼굴 위로 한동준의 그림자가 길게 늘어졌다. 태성은 바닥에 처박힌 채로 눈만 들어 올려 그를 쳐다보았고, 한동준은 그런 태성을 싸늘하게 내려다보았다. 마지막 경고처럼 발을 들어 그대로 배를 내리 찍었다. 붕대 속에서 비명이 삼켜졌고, 소리 없는 발버둥이 고통을 배가했다.

그런 태성에게서 한동준은 가차 없이 고개를 돌렸다. 그러고는 천천히 계단을 오르기 시작했다. 계단을 오를수록 현관 밖에서의 두런거리는 소리가 더 명확히 들렸다. 한동준은 신경질적으로 이마를 구겼다. 이번 여행은 여러모로 변수가 많다. 자신을 귀찮게 하는 것이 너무 많았다. 분노가 치밀었다. 1층으로 올라가자 현관문의 유리 너머에서 빛이 새어 들어오고 있었다. 손전등의 불빛 정도로 보였다. 한동준은 현관문 손잡이를 움켜쥔 채 잠시 그대로 있었다. 이내 결심한 듯 문을 열었다.

문 앞에는 두 명의 남자가 있었다. 한쪽은 키가 작은 편에 스포티한 갈색 재킷을 입고 면바지에 운동화를 착용하고 있었다. 나이가 많아 보이려는 의도였는지 가운데 가르마를 탄 머리를 양쪽으로 늘어트린 스타일이었지만 애송이 냄새가 났다. 반면 다른 쪽 남자는 검은색 재킷에 흰 셔츠를 착용하고 있었는데 키는 182센티미터 정도에 다부진 체격이었다. 무엇보다 눈매가 매서웠다. 문을 열기 무섭게 그 눈이 머리부터 발끝까지는 물론이고 자신의 뒤편으로 시선을 던져 집 내부까지 단숨에 훑어 내렸다. 대번에 두 사람이 형사라고 직감했다.

"이 밤중에 무슨 일이시죠?"

한동준의 물음에 키 작은 쪽이 대답보다 먼저 신분증을 들어 확인시켰다.

"경찰입니다. 이곳에서 집단 자살을 모의한다는 신고가 들어와서요."

"무슨 말씀이신지. 저는 여기서 혼자 지내고 있고, 지금도 한창 자고 있었는데 이런 늦은 시간에 무슨……."

목소리도, 시선도 떨지 않아야 한다. 정말 없었던 일처럼, 갑작스런 한밤의 방문에 짜증이 난 것처럼 말해야 한다. 잘하고 있어. 늘 그래왔던 것처럼. 한동준은 여유작작하게 팔짱을 꼈다.

"잠자리에 그런 옷차림으로요?"

이번에는 매서운 눈빛의 남자다. 한동준은 흠칫했다. 형사의 말처럼 자고 있다고 말한 사람의 복장이 외출복이어서 당황하기도 했다. 무엇보다 지금 옷에는 피가 튀어 있을지도 모른다. 어두워서 바로 눈에 띄지는 않더라도 옷에 화제가 집중되는 것은 좋지 않다. 한동준은 말을 돌렸다.

"제가 잠자리에 이런 차림을 하는 이유를 설명드려야 하나요?"

"차림이 문제가 아니라……."

애송이 형사의 말을 매서운 눈빛 쪽이 막아 세웠다. 남자의 뻗은 팔에 저지된 애송이 형사가 머뭇거리다 한 발짝 뒤로 물러섰다. 그 사이를 매서운 남자가 채웠다.

"처음 말씀드렸다시피 집단 자살 모의가 이 별장에서 이뤄진다는 첩보를 입수했습니다. 별일 없으시다면 안에 잠깐 들어가 확인하는 것 정도는 가능하시겠죠?"

남자의 말에 한동준이 비웃듯 숨을 뱉었다.

"제가 왜 그래야만 합니까? 영장 가지고 오셨어요?"

애송이 형사 쪽이 눈길을 피했다. 영장 따위는 없는 것이다. 애초에 그런 것이 있을 리가 없다. 자신의 부모가 묵인했을 리 없다. 여차하면 내일 신문 헤드라인에 보기 좋게 걸리고 주가가 곤두박질친다. 명예가 목숨 같은 두 사람에게 쓰레기 자식을 세상에 내보이는 것은 목숨을 잃는 위기와 같다. 그런 두 사람이 손을 쓰면 못 할 일은 없었다. 돈이 지배하는 땅 아래에는 수많은 루트가 존재한다. 그 루트를 따르면 손이 닿지 않는 자가 없을 것이다. 청구했던 영장이 기각되는 일쯤은 아무것도 아니다. 영장 기각 소식에 형사들이 벌떡증이라도 난 것처럼 무작정 찾아온 것일 수도 있다. 치기 어린 형사들에게서 가끔 생길 수 있는 현상이다. 그러나 이를 어쩌나. 인생은 드라마가 아니다. 정의가 승리하는 현실은 이 세상 어디에도 없다. 돈이 힘이고 힘을 가진 자가 곧 신이 된다. 정의가 승리하는 끝이 있다면 그것은 현실이 아니기 때문이다.

한동준의 기세에도 매서운 눈빛의 형사는 기가 죽지 않았다.

"지금 안으로 들일 수도 없고, 영장을 가져오라 할 만큼 시간을 벌어야 할 이유가 있는 겁니까?"

"마음대로 생각하시죠. 저는 기분이 나빠서라도 그 협조, 들어드릴 수가 없으니까요. 그 첩보라는 걸 누가 제보하였고 얼마나 신빙성이 있는지는 몰라도 일 순서를 이렇게 정하시면 안 되죠. 그리고 찾아오자마자 저를 대하신 태도는 거의 피의자를 대하듯 하더군요. 이런 일을 당하고도 제가 협조해야 하는 것은 대체 어느 나라 상식입니까?"

남자와 한동준의 사이에서 부딪친 시선에 불꽃이 튀었다. 한동준은 자신을 노려보면서 조금도 물러서지 않는 남자에게 감탄했다. 아마 이곳에 오기까지 자신이 어느 집 자제이고 누구인지를 알고 왔을 텐데 조금의 주눅도 들지 않는 것을 보니 그 기개만큼은 높이 살 만했다.

문득 이런 남자를 죽이는 것은 어떤 기분이 들까 궁금해졌다. 지하에 처박혀 굴러다니는 김태성처럼 묶어 놓은 후 죽음의 초입새까지 보내주면 어떻게 나올까. 살려만 달라고 애원하는 모습을 상상하자 오르가슴보다 깊은 쾌감이 머리를 치고 등줄기로 흘렀다.

* * *

태성은 지하 계단 밑에서 위의 상황에 주목하고 있었다. 서로 대화를 나누는 소리가 명확하게 들리는 것은 아니지만 한동준과 방문자 사이에 실랑이가 벌어진 것쯤은 알 수 있었다. 그러다 어느 순간 대화가 끊어졌다. 태성은 조급해지기 시작했다. 방문자를 돌아가게 해서는 안 되었다. 이것은 살아남을 수 있는 마지막 기회였다. 틀어 막힌 입으로 아무리 비명을 질러 봤자 저 위까지 소리가 전달될 것 같지 않았다. 태성은 다급히 주변을 둘러보았다.

몸은 묶여 있고 입은 막혀 있다. 마지막 기회지만 방법이 없었다. 절망에 빠져 있을 때 그의 눈에 최린의 구더기 끓는 시신이 들어왔다. 시신이 놓여 있는 은색 철제 침대에는 바퀴가 달려 있었다. 바퀴에 붙은 레버를 수평이 되게 놓으면 바퀴가 잠겨 고정되는 형태였다. 현재는 바퀴의 레버가 수평으로 놓여 잠겨 있는 상태였다. 침대 바퀴를 살피는 와중에도 구더기가 투둑투둑 바닥으로 떨어지고 있었다.

막힌 입안에서 침이 꿀꺽 넘어갔다. 목울대가 꿀꺽, 움직이며 긴장했다. 태성은 바닥에 쓰러진 채로 눈만 치켜떠 이미 알아볼 수 없을 만큼 썩어 버린 최린을 보았다.

미안하다. 하지만 난, 살아야겠어.

태성은 온몸의 힘을 끌어올려 버둥대기 시작했다. 묶인 두 다리에 반동을 줘 꿈틀거렸다. 그의 행동을 누군가 보고 있다면 지렁이라도 흉내 내는 것처럼 보일 터였다. 빠르지는 않았지만 전진하기 시작했다. 요령을 터득해 볼 생각도 하지 못할 정도로 사력을 다해 기었다.

그러는 사이 위에서 조금 더 명확한 소리가 들려왔다. 언성이 살짝 높아진 것도 같았다. 한동준이 돌아가라고 하는 말도 들려왔다. 방문객이 다시 말을 건네는 것 같았지만 한동준이 계속 거절하면 어찌해 볼 도리가 없다는 전제가 깔린 머뭇거림도 느껴졌다. 천운일지도 모르는, 자신에게 주어진 마지막 기회는 생각보다 긴 시간을 기다려 줄 것 같지 않았다. 태성은 몸을 굴렸다. 한동준에게 맞아 온몸이 아팠고 어깨 어딘가가 부러진 것처럼 바닥에 부딪힐 때마다 형언할 수 없는 고통이 엄습했지만 멈출 수 없었다.

이를 악물었다. 그리고 이내 태성은 침대 다리의 바로 앞까지 안

착할 수 있었다. 체감시간으로는 몇 시간이고 지난 것만 같았다.

태성은 눈을 부릅뜨고 눈앞의 침대 다리에 집중했다. 상체에 힘을 주어 최대한 몸을 뒤로 젖혔다. 이를 악물고 잠시 눈을 껌벅였다. 눈을 질끈 감은 그는 최대한의 빠르기로 뒤로 젖힌 몸을 앞으로 숙였다.

머리로 침대 다리를 박았다. 퍽, 하는 소리가 들렸지만 실망스러울 만큼 대단한 소리가 아니었다. 1층 쪽에서 느껴지는 공기의 기운도 별반 달라지지 않았다. 재수 없으면 이쪽에 신경 쓰고 있는 한동준만 들었을지도 모르는 소리였다. 다시 한 번 시도해 보았다. 마찬가지였다. 오히려 첫 번째보다 소리가 작았다. 위에서 구더기만 투둑투둑 더 떨어질 뿐이었다. 그중 몇 마리가 태성의 목덜미에 떨어졌다. 기겁하고 소름이 끼칠 정도였지만 참아 내어야 했다.

"죄송합니다. 다시 찾아뵙죠."

절망스러운 소리가 들려왔다. 1층 방문객의 목소리가 분명했지만 잘못 들었다고 생각하며 외면해 버리고 싶을 만큼 절망스러운 소리였다. 마지막 기회도 이렇게 끝인가. 깊은 절망에 나약한 몸이 부서질 것 같았다. 막혀 버린 깊은 오열이 뜨거운 눈물 속에 섞여 나왔다.

하지만 곧 태성은 머리를 뒤흔들었다. 그는 침대바퀴 레버 쪽으로 목표를 바꿨다. 일자로 놓은 침대레버의 한쪽 끝을 머리로 쳤다. 잠긴 레버를 풀어야 했으나 실패했다. 방향을 잘못 조절한 탓이리라. 두 번 세 번 포기하지 않고 머리로 레버를 쳤다. 바닥으로 뭔가 툭, 떨어져 이번에도 구더기인 줄로만 알았는데 아니었다. 피였다. 이마 어딘가가 찢어진 모양이었다. 하지만 태성은 계속 레버를 쳤고 이내 레버가 한일자에서 사선모양이 되도록 풀렸다.

두 번째 레버는 운 좋게도 단번에 풀렸고, 세 번째와 네 번째도 두 번째 레버만큼 단번은 아니었지만 비교적 일찍 풀렸다.

태성은 거칠어진 숨 때문에 가슴을 씨근덕거렸지만 시간을 허비할 수 없었다. 태성은 온 힘을 다해 머리 방향을 바꿨다. 조금 전까지 이마가 침대 다리 쪽을 향해 있었지만 이번에는 다리가 침대 쪽으로 향해 있었다.

태성은 두 다리를 접어 최대한 가슴 쪽으로 끌어올렸다. 몸을 둥글게 만 형태였다. 그러고는 그 자세 그대로 숨을 크게 들이쉬었다. 희망을 앞세운 긴장이 온몸과 정신을 독려했다. 기회는 단 한 번. 실수를 한다 해도 돌이킬 수 없는 일이다. 인생도 마찬가지다. 그런 사실을 미리 알았다면 단 한 번뿐인 인생을 그렇게 허비하며 살지 않았을 것이다.

눈을 질끈 감았다가 힘껏 떴다. 안광이 번뜩였다. 순간 태성은 두 다리를 힘껏 뻗었다.

와장창!

엄청난 소리였다. 태성의 발에 차인 철제 침대가 그대로 굴러 반대편 벽에 처박혔다. 그 충격에 침대 위에 있던 최린의 시신이 바닥으로 떨어졌다. 곧이어 최린의 몸을 채우고 있던 구더기들이 일거에 쏟아져 내렸다. 신음하며 몸을 반대쪽으로 피하려 했지만 여의치 않았다. 온 기력을 다 쓴 덕분이었다. 최린의 몸이 기묘하게 꺾어진 채 이쪽을 보고 있다.

공포의 신음이 목구멍 안에서 사그라졌다.

그때 1층 쪽의 공기가 심상치 않게 바뀌었다. 고함이 오갔고 몸싸움을 하는 것도 같았다. 이내 한 사람의 발자국 소리가 지하로 빠르게 내려왔다. 태성은 혼신의 힘을 다해 막힌 입으로 소리를 내려 애썼고 이내 누군가의 다리가 보였다.

한동준이 아니다. 다른 사람이다.

그리고 그 사람은 형사일 것이다.

그러니 나는…….

나는 살아남았다.

안도가 정신을 엄습했다. 맥이 풀렸다. 이미 기진해진 몸이 더 이상 버텨줄 수 없는 듯 했다. 눈앞이 부옇게 물들었다. 태성은 자신이 정신을 잃고 있다는 것을 느끼고 있었다.

정신을 잃기 전 태성은 뛰어 들어온 사람의 얼굴을 보았다. 참혹한 지하 내부의 상황에 적잖이 놀란 듯 계단 끝에 멈춰선 채 일순간 굳어 있었다. 하지만 날카로운 눈이 곧 태성을 발견했다.

아아, 나는 저 얼굴을 알고 있다.

잃어가는 정신 속에서 태성은 생각했다. 늘 봐 왔던 등. 그렇게도 돌아봐 주길 바랐던 사람. 집안의 기둥이자 희망이었고 침몰하는 집안에서 부모가 방주 위에 끌어올려 살리고자 하였던 사람.

태성은 가까스로 입을 달싹였다.

"형."

* * *

심장이 펄떡였다. 끝도 보이지 않을 것 같은 깊은 어둠 속에 있었고, 가슴께를 움켜쥐었지만 진정이 되지 않았다. 주변을 둘러보지 않아도 알 수 있었다. 다시 그 별장의 복도에 와 있었다. 사방은 조용했고, 공포는 그를 집어 삼켰다. 그는 자신의 의지가 아닌 채로 어느 방문 앞 복도에 와 있었다. 열면 안 된다고 몸속 깊은 곳 어딘가에서 경고하고 있었다. 하지만 그는 방문 손잡이를 움켜쥐었고, 비틀었다. 낡은 나무문에서 들리는 마찰음이 불쾌하고 불길하게 들렸다.

문이 열렸고, 빛이 쏟아졌다. 그 안에 정태오가 엎어져 있었다. 앉은 채로 상체를 기울여 얼굴만 침대에 박고 있었다. 간절한 기도라도 하는 양 그러모은 두 손이 침대와 그의 몸 사이에 눌려 있었다. 도망쳐야 돼. 그런 생각이 들었지만 두 다리는 그의 의지와는 반대로 움직였다. 두 다리가 천천히 정태오를 향해 다가갔다. 이윽고 침대 앞까지 도착하였고, 그는 아주 천천히 정태오를 향해 손을 내밀었다.

순간 정태오의 얼굴이 휙, 하고 태성에게로 향했다. 커다랗게 뜬 눈에 핏줄이 가득 올라와 있었다. 눈동자가 기이하게 굴러다녔다. 마치 태성을 찾기라도 하는 것처럼 돌아다니던 그 눈이 태성의 눈과 마주쳤다.

"나 왜 죽었어?"

퍽, 하는 소리와 함께 정태오의 몸이 튕겨 올랐다. 그는 자신의 목에 박힌 칼자루를 쥐고 있었다. 아주 천천히 그것을 빼내었다. 뼈가 갈리는 소리가 동굴에서 들리는 물방울 소리처럼 여기저기서 울렸다.

* * *

"헉."

숨을 몰아쉬며 그는 정신을 차렸다. 그는 주변을 살폈고, 자신이 어디에 누워 있는지 알아차렸다. 그곳은 산속에서 하룻밤을 보냈던 건물이었다. 거친 숨이 그를 힘겹게 했고, 극심한 구갈에 자꾸만 침을 삼켰다. 몸을 일으켜 세웠고, 어딘가로 걸어갔다.

그곳이 어디인지 태성은 알고 있었다. 알고 있음에도, 마치 거기에 가지 않으면 안 된다는 사명을 부여받은 사람처럼 그곳을 향해 걸어 나갔다. 복도를 지나 목욕탕의 문 앞에 섰다. 안에서 이상한 소리가 들려왔다. 온몸이 경직되었지만 그는 어느새 문을 열고 있었다.

소리가 나는 좀 더 안쪽으로 걸어 들어갔다. 누군가 거기에 있었다. 태성이 들어오는 것을 아는지 모르는지 그는 자신의 작업에만 정신이 팔려 있었다. 바닥에 털썩 앉은 남자가 무릎 위에 올려둔 뭔가를 뜯어 자신의 옆에 늘어놓고 있었다. 그것은 핏물이 뚝뚝 흐르는 고기 덩어리였다. 어느새 핏물이 자신의 엉덩이 아래 고이는 것도 개의치 않는 것 같았다. 마치 칼 없이 발골 작업을 하는 사람처럼 그는 온힘을 다해 근육덩어리를 뼈와 분리해 내고 있었다. 그가 힘을 주어 당길 때마다 아래쪽에 늘어져 있던 시신의 다리가 들썩였다.

태성은 입을 막았지만, 신음이 앞섰다. 남자가 태성의 존재를 눈치 채고 뒤를 돌아다보았다. 그런 그의 손에 두피가 그대로 벗겨진 머리채가 들려 있었다. 바닥에서 두피가 없는 민서라의 얼굴이 그를 올려다보고 있었다.

* * *

"우아아악!"

비명과 함께 태성은 눈을 떴다. 온몸이 땀으로 흥건했다. 모든 신경에 들러붙은 공포가 그의 호흡을 거칠게 했다. 구역질의 열기가 명치를 치받았다. 그는 누운 채로 몸을 비틀어 구토했다. 신물이 목구멍을 타고 올라왔지만, 다른 것은 뱉어지지 않았다. 구토가 참아지지 않았다. 벌린 입으로 침이 줄줄 흘러내렸고, 이따금 신물이 울컥울컥 쏟아졌다. 눈과 코에서 진득한 물이 흘러내렸다. 눈이 시리고, 극심한 두통이 뒤를 이었다. 몇 번째인지 모를 신물을 토하고 고개를 들다 태성은 그것을 보았다.

시뻘겋게 빛을 발하고 있었다. 다섯 개나 되는 번개탄의 구멍마다 작은 불길들이 일렁였다. 정신이 아찔했고, 팔이 뜻대로 움직여지지 않았다. 그는 몸을 일으키려 했으나 일으켜지지 않았다. 몸에 더이상 힘이 들어가지 않았다. 구토는 여전했고, 자꾸만 눈이 감기려고 했다.

너는 죽어야 한다고 붙잡는 것처럼 이불이 두 다리를 감고 있었다. 평소 같았으면 걷어내는 것은 아무것도 아닌 이불을 태성은 걷어낼 수가 없었다. 누군가 두 다리를 짓이겨 놓고 간 것처럼 다리가 의지대로 움직이지 않았다.

필사적으로 몸을 버둥거렸다. 간신히 뻗은 팔로, 아무 힘없는 몸을 끌어당겼다. 거친 숨을 쉴 때마다 매캐한 가스가 몸 안으로 들어왔다.

"살려 줘."

소리는 제대로 뱉어지지 않았다. 이대로 죽을 수는 없어, 그런 생각은 들지 않았다. 아무 생각도 없었다. 그 필사의 몸부림은 본능인 것이었다. 죽어 자빠진 자식의 시신을 원하는 부모의 기대에 부응할 수 없을 만큼.

간신히 문을 열었다. 얼굴만 내밀었을 뿐인데 공기가 달랐다. 밖으로 나가야 한다. 온힘을 다해 살려 달라고 소리쳤지만 와주는 사람이 없었다. 아무도 없는 모양이다. 그는 조금씩 두 다리에 힘이 생기는 것을 느꼈다. 더욱 필사적으로 버둥거렸다. 상체가 방안에서 거실 쪽으로 빠져나왔다.

거기에, 누군가 있었다.

그는 소파에 앉아 책을 읽고 있었다. 아주 여유로운 태도였고, 그 사람을 둘러싼 공기만 다른 것처럼 보였다. 서늘하고, 무거운 공기.

태성은 바닥에 널브러진 채로 그 사람의 등을 올려다보았다. 절망적인 기분이 들었다. 아무리 불러도 와주지 않았다. 돌아보지 않았다. 당신, 내 방에 번개탄이 들어온 것을 몰랐어? 그런 물음 자체가 두려운 존재.

그 남자가 천천히 뒤를 돌아다보았다.

"형……."

* * *

눈을 번쩍 떴다. 흰 천장이 그를 내려다보고 있었다. 천장에 들어간 반매입등의 불빛에 태성은 눈이 부셨다. 숨이 차올랐다. 온몸이 땀으로 흥건했다. 흠뻑 젖은 침대에 누워 있는 기분이었다.

이런 광경을 태성은 본 적이 있다. 기억을 잃은 후 처음 눈을 떴을 때와 같은 느낌. 이곳은 병원이었다. 다른 것이 있다면 그때는 아무것도 기억하지 못하는 상태였고, 지금은 모든 것을 기억하고 있는 상태라는 것이었다.

태성은 기진한 몸을 겨우 일으켜 세웠다. 묵직한 통증이 뒷머리에 매달려 있었다. 그는 손으로 양미간을 누르며 정신을 모았다. 두개골을 채우지 못할 정도로 작은 뇌가 비어 있는 공간을 굴러다니는 듯한 어지러움이 느껴졌다.

나는 살았다.

그 사실이 지금 느껴지는 모든 통증을 압도했다. 산에서 구조된 것이다. 기절하기 직전 계단을 내려온 형사의 모습을 태성은 정확히 기억하고 있다.

경찰 대학 수석 입학, 수석 졸업. 형을 담당했던 교수들은 어쩌면 형인 김진성이 역사를 새로 쓸지도 모른다고 칭찬을 아끼지 않았다. 최연소 경찰청장이라는 타이틀도 김진성에게는 불가능할 것 같지 않았다.

원체 좋은 머리인데다가 쉬는 시간도 없이 공부하는 독종이었다. 공부든 운동이든 김진성이라는 인간은 경쟁사회에 최적화된 인간으로 보였다. 판사든 검사든 그가 마음먹으면 못 될 것이 없었다. 처음 형사가 되겠다고 형이 말했던 그날을 태성은 기억하고 있다. 부모의 놀란 눈과 당혹감, 그리고 상처를 잊지 못한다.

부모는 아들을 설득하려 들었지만 형은 완강했다. 애초에 허락받을 생각도 하지 않았다는 듯 김진성은 경찰 대학에 원서를 넣었고, 이미 정해진 일이었던 것처럼 아주 당연하다는 듯 수석 합격을 거머쥐었다. 그 후로는 서서히 부모에게서 멀어져 독자적으로 살아갔다.

지금 생각해도 신기한 일이었다. 돈과 명예, 권력이 전부인 줄 아는 속물들이 형의 선택을 인정할 리가 없다고 생각했다. 모르긴 몰라도 입학한 뒤 들려오는 최연소 경찰청장'감'이라는 주변의 평판에 마음이 움직였을 것이었다.

어쨌거나 완벽한 인간, 오르지 못할 나무. 그것이 태성이 되찾은 기억 속에 가지고 있던 형에 대한 기억이었다.

태성은 마른세수를 한 뒤 천천히 눈을 떴다. 두통이 점점 극심해졌고 몸은 여전히 자유롭지 않았다. 하지만 그는 안도할 수 있었다. 깨끗하고 환한 곳, 쾌적한 공간에 자신이 있다는 것을 확인했기 때문이었다. 한동준에게 잡혀 있지도 않았고, 공포가 온몸을 짓누르는 그런 꿈속도 아니었다. 몸이 자유롭지 않은 것도 팔에 감겨 있는 붕대와 잔뜩 부어 있는 다리, 하나도 성한 곳 없는 육신 때문이었다. 그것이 몇 시간 전의 일인지는 알 수 없으나 정신을 잃기 전처럼 두 다리와 양팔이 결박당하고 지렁이처럼 바닥을 기어 다니지 않아도 된다는 확신이 들었다.

죽어야겠다. 나는 죽는다. 살고 싶다. 두렵다. 나는 살아야겠다. 살아, 남아야겠다. 그리고 살아남았다. 그 복잡한 감정들이 모두 며칠 동안 자신의 운명을 움켜쥔 감정들이라고는 믿어지지 않았다. 하지만 나는 살았구나. 태성은 흰 천장을 보며 생각했다. 죽음을 스스로 손에 넣은 최린과 죽음을 바란 적 없는 정태오와 비로소 살고자 결심했던 민서라에게는 더없이 미안한 일이었지만 태성은 살아남은 것이 자신이라서 기뻤다.

"하하……. 흑……."

기쁜데, 안도감에 환호성이라도 지르고 싶은데, 어찌된 일인지 눈물이 터져 나오기 시작했다. 그 울음은 이내 주체할 수 없을 만큼 쏟아졌고 숨을 쉬지 못할 지경에 이르자 꺽꺽 거리는 기묘한 소리로 목구멍에서 새어 나왔다. 어떤 감정인지 알 수가 없다. 다시 돌아온 기억에 대한 회한인지, 살아남았다는 기쁨인지, 자신이 당한 일들에 대한 억울함인지. 알 수 없는 감정이었지만 눈물은 뜨거웠다.

명확히 알 수 있는 사실은 단 하나뿐이었다.

나는 또 살아남았다.

자신을 죽이려고 했던 부모의 손에서, 그리고 한동준의 손에서.

그저 존재 자체만으로 살해의 위협을 당해야 한다는 것은 너무나 억울하고 슬퍼해야 할 불행인 걸까, 아니면 몇 번씩이나 살아남은 천운인걸까.

얼마나 그 상태였을까. 태성은 인간의 눈물에도 한계라는 것이 있다는 것을 처음 깨달았다. 꺽꺽 거리는 소리가 목에서 되뇌어 나올 뿐, 눈물은 더 이상 나오지 않았다. 지친 모양이다, 나도.

느닷없이 익숙한 목소리가 들려온 것은 그런 생각을 할 때였다.

"생환 자축은 끝난 거냐?"

숨이 멎을 만큼 놀란 탓에 목에서 쉴 새 없이 나오던 꺽꺽 소리도 드디어 멈췄다. 놀란 눈으로 태성은 소리가 난 쪽으로 눈을 돌렸다. 태성이 누운 침대 발치에서 조금 멀리 떨어져 있는 창가 소파에 그가 앉아 있었다.

목숨을 구해 준 형사. 그리고 형.

태성은 그제야 자신이 누운 병실이 제대로 눈에 들어왔다. 1인실이었다. 출입문 바로 옆 병실 안쪽으로 화장실이 별도로 설치되어 있었고, 벽에는 벽걸이형 TV와 냉장고가 마련되어 있었다. 태성이 누운 침대 역시 원목으로 만들어져 버튼 하나로 침대를 올려 앉을 수 있게 되어 있는 등 여러모로 그가 알고 있는 병실과 많이 달랐다. 누운 자세에서 왼쪽으로는 커다란 창이 나 있었는데 커튼이 쳐 있어 태성을 움찔하게 했다. 한동준의 별장을 떠올리게 했기 때문이었다. 그리고 그 창 아래, 진성이 앉았던 소파가 놓여 있다.

소파에서 일어난 진성은 가만히 태성을 응시했다. 무슨 생각을 하고 있는 건지 가늠도 되지 않았지만, 어쩐지 태성은 긴장하고 있었다.

"다리 골절. 쇄골 골절. 전신 타박상. 뇌진탕. 더 울고 싶으면 조금 기다려. 진통제 효과가 끝나는 순간 눈물 콧물 원 없이 쏟을 만큼 통증이 시작될 테니까."

비아냥거림으로 들리지는 않았다. 차라리 비아냥 쪽이 나을지도 모른다는 생각이 들 정도로 진성은 무덤덤했다. 그저 통보의 역할만 주어진 기계 같았다.

"가해자는 현장에서 체포, 지금 조사 중. 너는 여러 군데의 골절 외에는 목숨이 좌지우지 될 만한 별다른 이상까지는 없다고는 하지만 몇 가지 검사가 더 있고, 회복도 필요하니 장기 입원은 각오해야 될 거야. 몇몇 언론사 기자들이 귀찮게 굴 만한 사건이라 1인실로 옮겼으니 어렵게 구한 목숨, 앞으로 편한 인생 살고 싶다면 행동 조심하는 게 좋을 거야."

"한동준은 왜……."

"가해자는 왜 그런 일을 벌였는지 알고 싶겠지. 설명해 줘도 별 상관은 없지만 담당의사의 부탁이 있으니 직업상 이쯤하지. 환자의 절대 안정을 위해서."

진성이 등을 돌렸다. 그 등을 보는 순간 깨달았다. 진성은 이 병실에서 태성과 눈을 마주치지 않았다. 이쪽을 보고는 있지만 거대한 벽을 앞에 두고 있는 듯, 시선은 닿았지만 진심으로 마주 대하고 있는 느낌은 아니었다.

"형……."

조심스레 부른 소리에 진성이 우뚝 멈췄다.

"형……. 화났어?"

그 말이 떨어진 순간 진성이 몸을 돌려세우고 태성을 향해 뭔가를 집어 던졌다. 던져진 것은 태성의 어깨에 맞은 뒤 바닥으로 떨어졌다. 테이블 위에 올려져 있던 TV 리모컨이었다. 바닥에 떨어진 충격에 배터리 덮개 부분이 분리되었다. 그것을 가만히 보던 어리둥절한 시선을 진성에게 옮기기도 전에 진성이 태성에게 와락 달려들었다. 그러고는 태성의 머리며 어깨를 사정없이 후려쳤다.

"죽어. 죽어! 차라리 죽으라고!"

비명 같은 소리를 지르며 진성은 손을 멈추지 않았다. 그러나 어느 순간 그의 손이 허공에서 멈추었다. 태성이 몸을 웅크리고 양손으로 머리만 간신히 가리며 부들부들 떨고 있었다.

매질이 멈추자 태성도 그제야 고개를 들었다. 자신이 어떤 모양새였는지를 깨닫고는 당황했다. 그리고 한동준의 별장에서 버텨낸 두려움이 얼마나 무거운 것이었는가가 새삼 느껴졌다. 어쩌면 평생 이겨 낼 수 없는 두려움일지도 모른다.

"형……."

"그렇게 살고 싶으면서 왜……."

진성의 눈에서 눈물이 주르르 흘러 내렸다. 황급히 손을 들어 아무 일도 없었던 것처럼 눈물을 닦았지만 이내 다시 흘러내리고야 마는 눈물을 어쩌지 못했다.

아직 태성은 모든 것을 납득한 것은 아니었다. 기억을 잃은 자신을 왜 그냥 내버려두었는지, 왜 찾아오지 않았는지 설명을 듣지 못했다. 하지만 조금 전의 폭력만은 이해할 수 있었다. 조금 전의 눈물만은 그 의미를 알 수 있었다.

화가 나는 것이다. 그리고 기쁜 것이다. 아무렇지 않게 죽음을 택한 동생에게 화가 나는 것이고, 그럼에도 삶을 택해 필사의 노력으로 살아 돌아온 동생이 감사한 것이다. 죽음을 택하는 동생의 나약함은 용서할 수 없지만 생환만으로도 용서되는 것이다.

"형."

태성은 진성의 손을 가만히 잡았다. 눈물을 닦은 손이 젖어 있었다. 그 축축한 물기가 따뜻했다. 한편으로는 형이 손을 뿌리칠까 겁도 났다. 하지만 마주잡은 손 위로 떨어진 다정한 물방울에 태성의 두려움도 눈 녹듯 사라졌다.

"고맙다. 살아 돌아와 줘서."

진성의 눈물이 그칠 줄 몰랐다.

* * *

어색한 분위기로 가득 메워진 병실에서 태성과 진성은 나란히 앉아 있었다. 어색하고 조금은 긴장되는 듯 진성이 양손을 비볐고, 이내 조금 웃었다. 그런 진성의 옆모습은 태성에게는 너무도 생소했다. 기억을 잃었던 탓이 아니라, 기억을 잃기 전 지겹게 보았던 진성의 모습은 뒷모습뿐이었기 때문이었다.

못하는 것이 없는 형. 머리가 좋은 형. 부모님의 애정과 기대를 한 몸에 받던 형. 그래서 밀려난 동생은 한심스럽게도 그런 형을 미워했다. 모든 기대가 너무 무거워, 그러나 그 기대를 저버릴 수 없어 책상 앞에 앉아 단 한 번도 눈길을 옆으로 돌리지 못했던 형의 진짜 모습은 보지 않았다. 보려고 하지 않았다.

태성은 문득, 너무나 쉽게 죽음을 선택해 버리려고 했던 동생에게 화를 내고 기어이 울어 버리던 진성의 모습을 떠올렸다. 이내 살아 돌아와 줘서 고맙다고 하던 모습도 떠올렸다. 미워했어도, 모든 짐을 자신에게 떠맡겼어도, 매번 사고만 쳤어도, 부모마저 죽이고 싶어 했던 엉망인 인간이라도 그에게 자신은 동생이었다. 여전히 그는 형이었다.

"부모님 일은……."

조심스럽게 진성이 입을 열었다. 시선은 바닥으로 떨어뜨린 채였다. 어찌할 수 없는 미안함이 진성의 얼굴을 들지 못하게 내리누르고 있는 듯했다. 아무리 부모의 총애를 받았어도 그 총애는 동생에 대한 죄책감을 동반했으리라.

진성의 말을 가로막듯 태성이 웃으며 입을 열었다.

"나 알고 있었어, 형."

"응?"

진성은 어리둥절한 얼굴이다. 모르는 것이 없고 늘 명확한 진성의 얼굴에 어울리는 표정은 아니었지만 그래서 태성은 더 가벼운 마음으로 이야기할 수 있었다.

"부모님이 나만 죽이려고 했던 거. 그래서 내 방에만 불 피운 번개탄을 밀어 넣었던 거. 나 알고 있었어, 형."

"너……."

진성의 목소리가 떨렸다. 태성은 반사적으로 진성의 손을 잡았다. 진성의 손은 싸늘하게 식어 있었다.

"왜 날 안 봐 주지. 그런 마음에 유치하게 비뚤어졌었어. 그런데 우리 집이 그 지경까지, 절벽까지 내몰려 있는 줄은 예상하지 못했어. 부모님이 너무 힘들어 하는 것을 보았고, 아무리 문제아였던 나라도 그 모습은 충격이었어. 돈만 알고 명예만 좇던 부모님이 무너지는 것은 나에게도 충격이었단 말이야. 하지만 내가 할 수 있는 것이 아무것도 없다는 것이 더 충격이었어. 그러다가 그 일을 알게 된 거야."

태성은 그날 밤에 대해 이야기했다. 우연히 방문 앞에서 들었던 그들의 계획. 진성은 살리고 태성은 죽이기로 한 그들의 결의. 충격을 받아 돌아서는 그의 마음엔 그 순간에도 '설마'의 바람이 조금쯤 남아 있었다는 것도. 그리고 드디어 부모가 태성의 방에 번개탄을 밀어 넣었고, '진짜였어.' 하는 충격적인 서운함과 함께 '이거라도.' 하는 생각을 했다고 말했다.

'이거라도 들어드려야 한다.'

태성이 이야기하는 동안 진성의 얼굴은 무섭도록 굳어 있었다.

부모의 계획을 태성이 미리 알고 있었고, 그럼에도 그 죽음을 받아들이자고 결정한 것은 생각지도 못한 일이었기 때문이리라. 태성은 진성의 표정을 가만히 살폈다. 복잡할 머릿속을 정리하도록 시간을 주어야 한다고 생각했다. 그리고 이내 진성의 표정이 경악에서 슬픔으로 바뀌는 순간, 태성은 물었다.

"왜 날 찾지 않았어? 내가 어디 있는지 몰랐어?"

"알고 있었어. 기억을 잃은것도."

"아는데 내버려 뒀어?"

"아니까 내버려 뒀어. 어떻게 사는지 아니까."

"어떻게 알아?"

"베드로."

"베드로를 형이 어떻게 알아?"

진성은 잠시 머뭇거린 뒤 이야기했다. 태성을 지켜봐 달라고 부탁한 사람이 베드로였다는 이야기였다. 그제야 베드로가 왜 자신의 주변을 맴돌았는지 이해가 되었으나, 진성이 왜 나타나지 않고 베드로에게 지켜 보라고 시켰는지는 이해가 되지 않았다.

"왜 베드로에게 ……."

진성은 조금 주저하다, 머리는 아프지 않는지, 피곤하지는 않는지를 물었다. 최악의 상황에서 살아온 동생을 어쨌거나 때린 것이 마음에 걸린 데다, 긴 이야기가 동생에게 스트레스가 되는 것은 아닌지 걱정하고 있었다.

태성은 괜찮으니 이야기해 달라고 말했다.

"미웠어."

사건이 벌어지고, 태성은 구조된 이후 정신이 돌아오지 않은 채 병실에 누워 있었고, 부모님은 행방불명됐다. 자신의 동료나 다름없는 은파경찰서의 강력계 형사들이 집으로 쳐들어와 수색을 할 때 진성은 혼자서 그 끔찍한 상황을 버텨야 했다. 사라진 부모님의 생사를 알지도 못하는 끔찍한 시간을 진성은 오롯이 혼자 견뎌야 했다.

그러다 며칠 후 형사들은 기어이 부모님을 찾아냈다. 다행히 목숨을 끊지는 않았다. 긴급 체포된 직후 어머니는 목숨이 질겨서 차마 끊어내질 못했다며 오열했다. 차에서는 휴대용 가스버너와 식자재들이 발견되었다. 사건에 대한 뉴스 보도 후, 그것이 정말 동반 자살을 시도했던 것인지, 존속 살해를 시도했던 것인지에 대한 논란이 일었다.

부모님은 그대로 구속 수감되었고 재판에서 6년형을 언도받았다. 존속 살인 미수 혐의가 유죄로 판단되었다. 항소는 받아들여지지 않았다. 재판이 끝나고 돌아오는 길에 진성은 병원으로부터 연락을 받았다. 태성이 깨어날 징조를 보이고 있다는 전화였다. 그제야 정말 이 세상에 둘이 남았다는 것이 피부에 여실히 와 닿았다. 부모가 쥐고 있던 폭탄을 자신에게 넘긴 것 같다고 느낀 것은 솔직한 심정이었다.

도저히 복구할 수 없을 것 같은 가정 붕괴 앞에서 큰아들을 살리고 그 큰아들의 걸림돌이 될 작은아들은 죽이려고 했다는 부모의 선택에 진성은 태성에게 미안한 마음이 드는 것도 사실이었으나, 집안의 골칫덩이인 동생과 함께 세상을 살아가야 한다는 것에는 불유쾌한 마음이 드는 것 또한 사실이었다.

그런 인간과 같이 살아야 하는 건가, 그런 생각을 할 때에 예상 밖의 일이 벌어졌다.

깨어난 태성이 기억을 잃은 것이었다.

진성은 태성을 관찰했다. 혼란스러워 하는 기색은 있었으나 적극적으로 뭔가를 알아내려 하지 않았다. 충격을 주기 위해 신문 기사를 보게 했다.

"그렇다면 그때 신문 기사가 담긴 상자를 들고 온 것이……."

"후배."

나름의 충격요법이었지만 태성은 별로 변하지 않았다. 천성이란 어쩔 수 없는 일인 모양이었다. 다시 후배를 보내 기초 생활 수급자가 되었다고 거짓말을 하고 그를 판자촌으로 보냈다. 인생의 바닥까지 끌어내리면 변화가 있을까 기대해서였다. 그곳에 살고 있던 베드로라는 남자에게 돈을 주고 태성의 동태를 전달받았다.

판자촌에서 어떻게 생활했는지는 태성 스스로가 가장 잘 알고 있다. 태성은 얼굴이 붉어졌다. 진성은 이미 다 알고 있다는 얘기였다. 태성이 몇 번인가 자살 시도를 했다는 것을.

그런 태성을 보며 더는 안 된다, 이대로 두어서는 안 된다, 이제 모든 걸 알릴 수밖에 없다, 그런 결심을 했을 때 태성이 사라진 것이었다.

"직감적으로 알았어. 아, 이번엔 이 자식 일 한번 치르겠구나."

"이젠 나도 이런 자식은 몰라. 그런 생각은, 날 포기할 생각은 안 들었어?"

태성의 물음이 의외라는 듯 진성은 고개를 돌려 그를 쳐다 보다 이내 웃었다.

"동생이니까."

아무런 부연도 없이 '동생' 그 한마디 안에 전부 들어 있는 대답이었다. 가슴 한편이 찌르르 울렸다.

"이놈을 어디 가서 찾지. 그런 생각을 하다가 떠올랐어. 네가 PC방에서 보고 있었다던 카페 이야기를 베드로에게 들었거든."

태성도 정확히 기억하고 있는 일이었다. 그 PC방만 아니었다면,

그날의 그 초대만 아니었다면, 그 위험한 초대의 기저에 다른 의도가 깔려 있던 것을 터럭만큼이라도 의심했었다면, 이런 일까지 겪지 않았을 텐데.

그것을 기초로 진성이 수사를 하다가 이내 태성을 찾아냈다. 그 아비규환 속에서. PC방에서 베드로에게 들킨 것은 어쩌면 다행인 일이었다.

"자립하기를 기다렸다는 명분하에 나는 어쩌면 널 죽음으로 몰아넣었던 건지도 몰라. 결국 네가 자살을 선택하게 했고, 그래서 네가 그런 꼴을……."

진성이 고개를 숙였다. 태성은 그의 손을 잡았다. 쓰레기처럼 살았던 동생에게 기회를 한 번 더 주고 싶었던 마음이었을 것이다. 부모를 존속 살해 미수범으로 만든 것도, 형에게 실망을 안긴 것도, 결국은 모두 자신의 잘못이었다.

"모든 것이 내 잘못이야."

아무리 노력해도 부모의 관심을 받을 수 없어 결국엔 사고나 저지르는 치기 어린 문제아에서 벗어나서, 열심히 사는 것보다 남에게 해를 끼치는 쪽을 선택했던 쓰레기에서 벗어나서, 단 한 번도 죽음을 잊은 적 없는 인생에서 벗어나서, 태성은 앞으로 자신이 다른 사람으로 거듭날 것을 예감하고 있었다.

2. 살다

9. 깨달은, 그러나 깨닫지 못한.

세상은 여전했다. 북극에서 밀려온 찬 공기에 모스크바보다 더 추운 날씨가 연일 이어지며 서울에는 한파 경보가 내려졌고, 어젯밤 고속도로 한가운데서 자빠진 덤프트럭이 교통 체증을 유발했고, 다행히 인명 피해는 없었으며, 아파트 인근에 지어질 예정인 화장터 때문에 누군가의 어머니는 붉은 머리띠를 하고 시청 앞마당에 진을 쳤다.

창밖의 세상은 평화로워 보였지만, 지금 이 순간에도 보이지 않는 곳 어딘가에서 누군가의 세상은 아비규환일 수 있다는 사실이 생경하게 느껴졌다. 그럼에도 뉴스 속 아비규환의 세상에서 들려오는 아우성이, 정말 아비규환에서 살아 돌아온 태성의 눈에는 일상의 평화처럼 느껴지기도 했다.

"이상 FBS 아침 뉴스를 마칩니다. 시청자 여러분 고맙습니다."

딱딱한 표정의 앵커가 끝인사를 하는 것과 동시에 진성이 물병을 들고 들어왔다. 진성은 해가 밝기 무섭게 태성을 보러 병원에 왔다. 혹시 모든 일이 꿈은 아닐까 생각하던 태성에게 진성의 등장은 무척이나 반가운 일이었다. 그런 진성이 들어서기 무섭게 물어본 것은 태성의 컨디션이었다.

"어디 아픈 데는 없어?"

그 말이 왜 그렇게 눈물 나게 따뜻하고 감사한지, 태성은 눈시울이 뜨거워졌다. 태어나서 그런 감정은 처음 느껴 본 것 같았다. 진성은 태성의 컨디션을 살피고, 그가 필요한 것들을 부족함 없이 살뜰히 챙겼다.

태성은 리모컨을 들어 TV를 껐다. 진성이 태성의 얼굴을 살폈다.

"안색이 안 좋네? 어디 아픈 데는 없다더니. 잠은? 밤새 잠은 좀 잔 거야?"

태성은 고개를 끄덕였다. 꼬리를 무는 생각에 뒤척이다 이내 잠이 들기는 했지만 꿈자리가 사나웠다. 내내 누군가에게 쫓기고 시달렸다. 공포에 못 이겨 깬 이후에는 잠을 잘 수가 없었다. 잠이 깨자 다시 괴로운 생각들이 꼬리를 물고 머릿속을 휘저었다. 다시 악몽을 꿀까 봐 두려워서 뜬눈으로 밤을 지새웠다. 하지만 그런 것들을 모두 진성에게 말할 생각은 없었다. 이제 자신이 감내해 나가야 할 몫이었다.

"아침밥 먹어야지. 병원에서 나오는 환자식 그냥 먹을래, 아니면 뭘 좀 사 올까? 환자식이 건강에는 좋아도 입이 즐겁지는 않아서 말이야."

시종일관 밝은 목소리로 미소를 지으며 말하는 진성을 물끄러미 보던 태성이 입을 열었다.

"우리 사건은 뉴스로 안 나오네."

물병을 냉장고에 집어넣고, 입원 기간 동안 태성이 쓸 화장지를 사온 것을 정리하고, 흐트러진 이불을 다시 펴던 진성의 손이 우뚝 멈추었다.

"꽤 큰 사건인데. 뉴스에 나올 정도는 아니었나?"

아무 대답도 하지 않는 진성을 보면서 태성은 막연한 불안을 느꼈다. 뉴스에 사건이 보도되지 않는 데에 대한 불안보다는, 진성의 뭔가 걸리는 듯한 표정이 더욱 그런 불안을 불러일으켰다. 태성은 눈치를 보다가 다시 물었다.

"한동준은 구속됐어?"

여전히 진성은 입을 열지 않았다.

"구속된 거지?"

"……."

"체포했다며."

내내 구겨진 이불에만 향해 있던 그의 시선이 천천히 태성에게로 돌아왔다. 진성은 태성의 눈을 응시하였다.

"체포는 했고, 조사는 시작하겠지만, 어쩌면 너나 다른 피해자 가족들이 원하는 처벌을 받게 하지 못할지도 몰라. 아니, 어쩌면 조사조차 제대로 못할지도 모르지."

알 수 없는 타국의 언어를 들은 것처럼 태성은 아주 잠시 진성의 말을 이해하지 못했다. 그런 얼굴을 정면으로 응시하며 쐐기를 박듯 진성이 말했다. 이전보다 조금 더 단호해진 어조였다.

"사과조차 받지 못할 수도 있고."

"어째서?"

이해할 수 없다. 죽음을 생각할 만큼 깊은 상처를 갖고 있던 한 사람을 그는 가지고 놀았다. 두 명을 죽였고, 한 사람을 죽음이 낫다고 생각 들 만큼 폭행했다. 그런데 어째서, 사과조차 받지 못한다는 건가. 처벌이 두려워 한동준이 자살이라도 하지 않은 이상 사과 받아야 할 피해자가 있고 용서를 구해야 할 영혼이 있다.

"어째서 처벌을 못 한다는 거야?"

"완전히 못한다는 건 아냐. 말한 대로 만족할 만한 수준은 아닐 수 있다는 거지."

"어째서?"

"그 자식 빠져나갈 구멍이 있어. 그것도 무너질 수 없을 만큼 단단하고 완벽한 구멍이."

"그게 뭔데?"

진성은 대답을 꺼렸다. 조바심을 억누르면서도 태성은 진성의 입술만 쳐다보았다. 태성의 시선을 피하던 진성의 눈이 침대 발치에 걸린 '절대 안정' 푯말을 보고 있었다. 태성은 얼른 진성의 손을 움켜잡았다.

"괜찮으니까 말해. 나에게 벌어진 일이고 앞으로 벌어질 일이야. 더 이상 내 운명이 다른 사람에 의해 좌지우지 되는 거 싫어."

전에 없이 강력한 어조로 말하는 순간 태성은 정신을 차렸다. 진성이 그에게 잡힌 손을 내려다보고 있었다. 태성은 황급히 잡은 손을 놓았다. 어색한 기분을 감출 수 없어 손을 허벅지 위에 쓱쓱 문

질렀다. 처음이었다. 형의 손을 잡은 것이. 형의 손은 생각보다 훨씬 차가웠다.

"모르는 편이 나을 수도 있겠지만 그렇게까지 말한다면야."

그렇게 말한 진성은 말하기로 한 결정을 스스로에게 재확인하는 듯 고개를 살짝 끄덕였다. 태성은 자신도 모르게 마른침을 삼켰다. 진성이 꺼낸 말의 무게가 보통이 아닐 거라는 예감이 그를 긴장하게 하고 있었다.

"제이티그룹 알아?"

태성은 고개를 끄덕였다. 느닷없이 지금 왜 제이티그룹이 나오는지를 모르겠지만 알고 있는 기업의 이름이긴 했다. 대한민국 국민 중 제이티그룹을 모르는 사람은 4세 미만 영유아이거나 치매 노인일 거라는 우스갯소리가 있을 정도다.

진성이 고개를 들어 어리둥절한 태성의 얼굴을 정면으로 마주보았다.

"제이티그룹 회장 막내 손자야, 한동준."

"……그래서?"

상대가 국내에서 손꼽히는 대기업 회장의 손자라면 지금쯤 뉴스에서 온통 난리가 났어야 하는 것이 당연하다. 한동준은 언론에 물리고 뜯겨 너덜해져야 옳았다. 하지만 단신으로도 보도되지 않았다. 이제는 처벌조차 힘들지 모른다고 한다. 이것을 어떻게 받아들여야 할까. 모든 불합리의 이유가 단 한마디로 설명되고 있다.

제이티그룹

진성의 얼굴이 어두웠다.

"실망했니?"

태성은 천천히 고개를 저었다.

* * *

창밖의 어둠은 평화로웠다. 정체된 도로에서 반짝거리는 차의 불빛이 멋진 야경을 도시에 선물해 주고 있었다. 매일같이 반복되는 교통 체증이 방음창에 완벽하게 차단된 이쪽에서는 아름답고 평화로울 뿐이었다. 이 아름다운 야경이, 공포의 밤 저편에서도 똑같이 존재했었다는 게 믿어지지 않았다.

태성은 커튼을 치고 돌아섰다. 침대에 올라가려다 문득 벽에 걸린 TV가 눈에 들어왔다. TV 하단에 박힌 로고가 그의 눈에 뛰어들었다.

제이티

로고를 보는 순간 온몸이 뻣뻣해졌다. 한동준은 제이티 회장의 손자다. 그 이야기를 들은 이후부터 태성에게 제이티는 한동준이었다.

제이티는 가전, 건설, 유통, 통신에 걸쳐 다방면의 경제 시장을 장악하고 있는, 국내 다섯 손가락 안에 드는 굴지의 기업이었다. TV나 냉장고, 하다못해 전기 주전자까지 제이티의 물건은 다양한 만큼 그 인기도 높았으며, 한 가구당 제이티의 물건이 하나도 없는 집은 없을 거라 볼 정도였다.

그것은 불행한 일이었다.

앞으로 태성에게 제이티는 한동준이었다. 제이티의 로고라도 보는 순간 태성은 그날 밤의 그 산속으로 끌려 들어가는 공포를 맛보아야 한다는 이야기였다.

"최선을 다해 보겠지만 어쩌면 아무런 결과를 낼 수 없을지도 몰라. 벌써 윗선에서 사건을 종결하라는 압박이 들어오고 있어. 사건의 흔적 자체를 없앨 생각인 거야."

그렇게 말한 진성의 목소리는 공허했다. 태성은 침대 위에 누웠다. 재벌이라면, 제이티그룹이라면 살인을 하여도 아무 처벌을 받지 않을 정도의, 그런 무소불위의 권력인 건가, 정말로? 죽음에서 이기고 돌아왔어도 세상은 여전히 불합리하고 잔혹하다.

진성이 돌아가고, 적막이 몰려들면서 태성은 자신의 생각으로 침잠했다. 이런 저런 생각을 하다 제이티라는 이름 앞에서는 모든 것이 무의미하게 느껴지기도 했다. 어떻게 처벌받게 할 수 있을까 생각하다가도, 종당에는 그 손아귀에서 벗어난 것으로 끝나면 되지 굳이 형을 곤란하게 해서까지 그의 처벌을 바랄 이유가 뭔가 하는 생각이 들기도 했다.

어둠 속에서 태성은 깊게 눈을 감았다. 벗어나고 싶다, 생각 속에서. 과거 속에서.

진성은 당분간 정신없이 바쁠 거라고 했다. 최선을 다하겠다고 약속했다. 형은 싸울 거라고 했다. 죽음에서 살아 돌아온 동생의 분노가 기득권의 발 아래 깔려 사라지지 않도록. 동생을 그렇게 만든 자를 덜하지도 더하지도 않은 법의 테두리 안에서 처벌받게 하도록. 그러나 동생이 더 상처받지 않도록 최선의 노력을 다할 거라고 했다.

형은 힘들어질 것이다. '위'와 싸워야 하고, 위의 압박에서 흩어지려는 '아래'를 끌어모아야 할 것이었다.

문득 그런 생각이 들었다. 만약 동생의 일이 아니었다면, 형은 그런 권력에 눈을 감지 않았을까. 동생의 일이니까 남들처럼 눈을 감지 못하고, 권력의 태풍 앞에 혼자의 몸으로 맞서야만 하는 것은 아닐까.

나 때문이다.

이것은 부모님이 자살을 생각하는 순간에도 우려했던 상황이었다. 큰아들의 눈앞에 탄탄히 펼쳐진 성공가도를 작은아들이 가로막는 상황.

태성은 두 손으로 머리를 감쌌다. 머리는 혼란스러웠고, 자신의 앞에 놓인 미래는 혼탁했다. 태성은 몇 시간을 더 답이 없는 고민 속에서 헤맸고, 이내 어둠 속에서 까무룩, 잠시 자신의 존재를 잊었다.

사건이 종결되었다는 이야기를 전해들은 것은 그로부터 고작 이틀 뒤의 일이었다. 약간의 합의금이 주어졌다고 했고, 그것은 모두 태성의 것이라고 진성이 말했다. 태성은 울었다. 분해서 울었고, 답답해서 울었다. 모두 처벌받게 하겠다고 호언장담하던 진성은 더 이상 일을 키우고 싶지 않다고 조심스레 말했다. 이틀 사이에 어떤 일이 진성을 좌절하게 했는지 태성은 상상도 못할 일이었다.

* * *

매일같이 악몽에 시달렸다. 정태오와 민서라가 잔인하게 죽어나갔다. 시신은 보았지만 살해당하는 장면까지는 보지 않았는데도, 머릿속에서 잠깐 그렸던 상상이 꿈을 지배하고 있었다.

꿈속에서는 살해당하는 순간의 정태오와 민서라의 눈이 똑바로 이쪽을 응시하고 있었다. 그들은 애원하는 눈으로, 새카맣게 타들어가 갈라진 입술로 뭔가를 말하고 있었다. 아무리 알아들으려고 해도 들리지 않았다. 꿈이었지만 그 광경을 매일같이 보아야 하는 것은 미칠 듯이 괴로웠다.

어떤 날은 자살을 위해 카페에 들어가 한동준의 쪽지를 받던 일이 꿈에 나타나기도 했다. 다른 날은 더 헤븐의 모임 장소로 향하는 장면이나, 차에 올라타던 일, 별장에 들어서던 일도 보였다. 자신은 합류하지 않고 돌아가겠다는 최린을 비난하는 멤버들 사이에서 침묵을 지키며 방관자 역할을 택하던 장면도 보였다. 모든 일을 돌이키고 싶은 욕망에 꿈속의 태성은 안 된다고, 가지 말라고 머릿속으로 경고하지만, 몸은 그의 의지와는 반대로 그 모든 일을 그대로 행하고 있었다.

그런 꿈에서 깨고 보면 머릿속이 불에 덴 것처럼 뜨거웠고, 숨은 쉬어지지 않았다. 괴로움을 이기기 위해, 그들은 자살을 하려고 했던 사람들, 어차피 죽을 사람들이었다고 스스로를 위안하려 했다.

처음엔 기분이 조금 나아지는 것도 같았으나, 결국엔 원점이었다.

며칠이나 같은 꿈이 반복되었다. 마지막은 죽어나가면서 애원하는 눈빛으로 태성에게 뭔가 말하려 하는 장면에서 꼭 깨곤 했다. 매일같이 그런 꿈을 꾸고 깨어나던 어느 날, 태성은 그 말이 무엇인지 결론 내릴 수 있었다.

살려 줘.

그제야 깨달았다. 그들을 죽인 것은 태성이 아니었고, 오히려 태성은 마지막까지 민서라와 함께 도망치려 노력했다. 그럼에도 자신이 왜 이렇게 괴로운지 그는 자신의 마음을 짓누르는 무거움에 대한 답을 내릴 수 있었다.

그들도, 살고 싶었던 것이다.

자살을 꿈꿀 만큼 현실이 괴로웠지만 어차피 죽을 사람이었다고 하더라도 그런 식으로 죽어 마땅한 것은 아니다. 죽고 싶었던 사람들일지라도 억울한 죽음까지 반길 사람은 없다. 죽음을 꿈꿨어도, 억울한 죽음을 꿈꾼 것은 아니었다.

태성은 그곳에서 살아남았고, 그들의 억울함을 본, 그래서 그 억울함을 풀 수 있는 유일한 사람이었다. 내가 해야 한다. 내가 살고 싶으면 그 길밖에는 없다.

머릿속이 정리되자 눈앞이 맑아졌다. 이제 자신이 해야 할 일이 명확해졌다. 태성은 아랫입술을 꾹 깨물었다.

노크 소리가 들렸다. 태성이 대답을 하기도 전에 문이 열리고, 진성이 머리를 들이밀었다. 장난스럽게 인사를 할 모양이었는데, 침대 위에 앉아 있는 태성의 안색이 너무나 창백해 놀란 것 같았다. 태성을 본 진성이 얼른 안으로 들어와 문을 닫았다. 들고 있던 봉투를 테이블에 내려놓고 태성의 앞으로 다가왔다.

"땀 좀 봐. 몸이 안 좋아? 어디 아픈 거야?"

태성은 애써 미소 지어 보이려 했지만 쉽지 않았다. 테이블로 시선이 향했다. 진성이 내려놓은 봉투 안에 들어 있는 일회용 용기가 들여다보였다. 태성의 입맛을 돋우게 할 음식을 사 왔을 터였다. 태성의 시선을 눈치 챈 진성이 봉투를 가지고 가까이 왔다. 짭조름한 냄새가 코를 자극했지만 식욕이 일지 않았다.

"혹시 먹을까 해서 간장찜닭 좀 사 왔어. 지금 먹을래?"

태성은 고개를 저었다. 강요할 생각은 없는지 진성은 고개를 끄덕이고는 봉투에서 용기를 꺼내 냉장고 위에 올렸다. 음식을 싸 왔던 봉투를 접어 서랍에 넣고는 냉장고를 열어 먹지 않거나 변질된 음식들을 꺼내 정리하기 시작했다. 진성의 등을 태성은 물끄러미 바라보았다. 한동준의 정체를 들은 이후로 태성은 진성의 입장을 생각해 아무것도 묻지 않았다. 사건 종결이 되었고, 합의금 명목으로 어느 정도 받았다는 이야기는 들었으나, 그 과정도 묻지 않았고, 금액도 묻지 않았다. 다만 자신이 1인실을 쓸 수 있는 것이 다 거기서 나온 돈일 거라고 막연하게 생각하고 있을 뿐이었다.

밥도 제대로 먹지 못하는 날이 계속되고 있다. 잠도 잘 수가 없었다. 몸무게가 급격히 줄어 의사가 진성에게 정신과 검사를 권했다고 들었다.

태성은 알고 있다. 트라우마를 치료하려면 그날의 일에서 완벽히 벗어나야 한다는 것을.

"뭔가 해야 하지 않을까?"

진성의 움직임이 일순 멎었다. 태성은 자신도 모르게 긴장하였다. 마른 침이 꿀꺽 삼켜졌다. 진성은 마저 냉장고 정리를 마쳤다. 냉장고의 문을 닫고, 그는 태성을 향해 돌아섰다. 그의 얼굴에는 서늘한 미소가 걸려 있었다. 선 채로 내려다보는 진성의 눈빛이 고압적이었다.

"뭘?"

화가 난 것 같다. 하지만 이제 와서 물러설 수는 없다고 태성은 생각했다. 진성은 태성이 스스로 열심히 살아가길 원했다. 자신도 예전과 같은 생활은 두 번 다시 하지 않겠다고 다짐했다. 하지만 이 일을 이대로 묻고 가면 오히려 자신은 여전히 아무것도 할 수 없는 사람으로 남을 것 같았다. 그런 생각을 진성이 반드시 이해해 줄 거라 믿고 있다.

"그 사건……. 그대로 묻을 수는……."

이야기를 제대로 꺼내기도 전에 진성이 깊은 한숨을 내쉬었다.

"너 정말 내 말이 무슨 뜻인지 이해를 못하는구나. 우리가 할 수 있는 게 뭐라고 생각해? 사건은 이미 종결됐어. 사망한 세 사람은 단순 동반 자살로 처리됐고, 진실을 알고 있는 우리는 돈을 받았지. 그게 무슨 뜻인지 알아? 경찰도 검찰도 더 이상 진실을 원하지 않는다는 거야. 진실을 묻는 대가를 원할 뿐."

"하지만 꼼짝할 수 없는 증거를 들이대면."

"꼼짝할 수 없는 증거? 그게 뭔데? 그런 게 어디 있는데? 그런 게 있을 것 같아? 이미 그런 것쯤 다 처리 끝났을걸? 원개산이 사람들 들락거리는 등산로인 줄 알아? 그 인간들 개인 소유야. 그게 뭘 뜻하겠니? 그동안 마음 편하게 모든 증거를 다 없앴다는 거야. 네가 상상할 수 없을 만큼 용의주도하고 잔인한 놈들이라고!"

"하지만 내가……."

말하던 태성은 그만 입을 다물어 버렸다. 희번덕거리는 진성의 안광에 공포감을 느꼈다. 심장이 오그라드는 것 같았다. 무차별적으로 폭력을 행하던 한동준의 눈빛이 떠올라서 온몸이 후들거렸다. 그런 태성의 모습을 보고 진성이 한숨을 내쉬었다. 분노를 참기 위한 것 같았다. 그는 낮은 어조로 말했다.

"네가 뭐? 네가 증언이라도 하려고? 기억을 아직 다 못 찾은 건 아니지? 너 본드 불다가 경찰서도 몇 번 간 적 있던 놈이야. 학교도 제대로 졸업하지 않았고. 그 나이 되도록 제대로 된 사회생활을 못해 본 인간쓰레기의 말을 누가 믿어나 줄 것 같아?"

태성은 고개를 숙였다. 그것조차 용납할 수 없다는 듯 진성이 태성의 턱을 잡고 들어올렸다. 바로 눈앞에서 진성의 분노가 고스란히 전해졌다. 태성은 당황했고, 두려움이 극에 달했다. 반대할 수 있다고는 생각했지만 이런 반응일 줄은 몰랐다.

"너는 정말 내 생각을 하나도 하지 않는구나. 너는 언제나 네 생각만 해."

"……형."

떨리는 태성의 목소리에 진성의 눈빛에 파동이 일었다. 그는 태성을 놓아 주었다. 그런 그의 얼굴은 왠지 슬퍼 보였다. 조금 전 공포에 가까운 서늘함을 느꼈던 것은 착각인 것 같다고 생각들 정도였다.

“그래, 네 말처럼 나도 형사야. 이런 일에서는 꼼짝도 못하는 개 같은 형사지. 그런 상처를 너는 꼭 들춰야겠니? 아니면 내가 형사 옷을 벗고라도 바윗돌에 던져지는 계란이라도 되어야 한다는 거야? 태성아, 이건 현실이야. 영화가 아니라고.”

태성이 다급히 말했다.

“미안해. 내가 너무 형 생각을 안 했어.”

그 말에 진성의 표정이 누그러졌다. 그는 태성의 어깨를 부드럽게 토닥였다.

“형이 힘이 없어서 미안하다.”

태성은 고개를 저었다. 진성이 활짝 웃으며 분위기를 바꾸려고 목소리를 높였다.

“저녁에는 담당 간호사에게 부탁해서 찜닭 데워 달라고 해. 너 잘 먹어야 해.”

태성은 고개를 끄덕여 보였다. 진성은 이제 경찰서로 복귀해야 한다고 말했다. 태성에게는 무조건 잘 먹고 푹 쉬라는 당부를 몇 번이나 하였다. 밝은 목소리였다. 조금 전까지 아무 일도 없었던 사람 같았다.

그가 돌아간 한 시간 뒤, 태성은 진성으로부터 문자를 받았다.

혹시 먹고 싶은 것 있으면 문자 보내. 형이 내일 또 사 갈게.

그 문자를 보며 태성은 깊은 생각에 잠겼다.

* * *

'혹시 먹고 싶은 것 있으면 문자 보내. 형이 내일 또 사 갈게.'

문자를 보낸 진성은 한쪽 입술을 끌어올려 미소 지었다. 주방에서 나오는 인기척에 휴대폰을 재킷 안주머니에 집어넣었다.

"그러고 보니 많이 닮았네요. 그 친구랑."

소리가 들려온 쪽으로 진성은 고개를 들었다. 그의 얼굴이 냉소적으로 변했다. 테이블을 사이에 두고 진성이 앉은 맞은편 소파에 한동준이 앉아 있었다.

엔틱 스타일의 가구와 소파가 250평 집 안에 배치되어 있고, 샹들리에의 불빛이 대리석 바닥에 부딪혀 반짝이는 곳, 한동준의 본가에 진성이 와 있었다. 진성의 맞은편에 앉은 한동준은, 피해자의 가족을 대면하고 있는 가해자라고는 상상도 할 수 없는 거만하고 느긋한 태도로 진성을 내려다 보았다. 진성은 한동준을 향해 차가운 눈빛을 던졌다. 그러나 그가 입을 열기도 전에 주방에서 나온 여자가 말을 잘랐다.

"한동준. 들어가 있으래도."

검은색 긴 머리가 기하학적 무늬의 검은색 원피스 위에서 찰랑거렸다. 어깨부터 가슴 위까지 시스루 스타일이었음에도 야하거나 가벼워 보이지 않았다. 160센티미터 초반대의 작은 키에 상당히 마른 몸이었다. 들고 온 차를 내려놓는 손가락에 뼈마디가 툭 불거져 있었다. 깡마른 몸이 신경질적인 느낌을 주었다. 앳된 얼굴임을 감안해도 사십 대 초반 정도로 보였다. 적어도 한동준 같은 아들을 낳았을 리 없는 얼굴이었다.

제이티그룹의 실질적 안주인, 한동준의 법적 어머니, 최인희는 그런 사람이었다.

테이블을 둘러싼 소파의 제일 상석, 1인 소파에 최인희는 느릿하고 우아한 몸짓으로 작은 몸을 앉혔다. 소파가 가볍게 내려앉았다.

들어가라는 말에도 한동준은 아랑곳하지 않았다. 얼굴에 걸린 그 차가운 웃음은 비웃음이었다. 어머니의 눈치를 조금도 보지 않는다. 친모가 아니라는 생각에 힘이 들어갔다.

한동준의 죄책감 없는 태도는 이 테이블 위에서 우위를 차지하려는 본능적인 행동이라고 보였다. 그러나 진성은 조금도 동요하지 않았다.

"한 번도 닮았다는 생각은 해 본 적 없는데요. 어릴 때부터 형제치고는 너무 다르다는 소리만 들어봤지."

"에이, 왜요. 닮았구만. 죽고 싶다고 노래를 부르더니 정작 죽을 때가 되니까 기를 쓰고 도망가는 동생이랑, 동생 걱정하는 척 하면서 돈으로 쇼부치는 형의 이중성이 닮았달까?"

제 말이 우스운지 한동준은 혼자 낄낄 웃었다. 진성은 흔들림 없이 그를 관찰했다. 저 낄낄거리는 웃음에서 진성의 자존심을 건드리려는 의도가 빤히 보였다. 비웃으면서도 그 눈은 슬쩍슬쩍 진성의 반응을 살피고 있다. 진성이 어떤 모욕을 느끼는지 보고 싶은 것이다.

어쩌다 사람을 죽이고 싶은 충동을 억누르지 못하는 사람이 되었는지는 알 수 없으나 저런 행동은 어린애보다 못한 것으로 보였다. 모든 관계에서 자신이 우위에 서고 싶어 안달한다거나, 다른 사람을 억누르거나 자존심을 상하게 하는 걸로 즐거움을 느끼는 족속, 미개한 동물보다 못하다. 한심했다.

"어떤 대답이 듣고 싶어서 그런 태도인 겁니까? 협상의 결렬?"

"원하는 대답이 있으면 해 줄 건가요?"

"해 드리죠. 무상은 아니겠지만."

진성은 고개를 돌려 최인희를 노려보았다. 최인희는 고고한 자태로 차를 마시다, 진성의 시선에 찻잔을 내려놓았다. 겉으로 보기에는 아무 동요 없는 듯 보였지만 그녀의 이마가 살짝 구겨졌다가 돌아오는 것을 진성은 놓치지 않고 보았다. 최인희에게도 한동준은 몹시 불편하고 껄끄럽고 한심스러운 존재일 것이다.

"한동준. 올라가. 그리고 그쪽도 적당히 하시죠."

한동준이 어깨를 으쓱하면서 피식, 웃었다. 일어날 생각은 없어 보였다. 그녀의 눈가가 파르르 떨렸다. 목덜미의 푸른 힘줄이 불거졌다.

저렇게 예민하게 반응하는 것을 즐기는 건데. 진성은 그런 생각을 하며 차를 마셨다.

"아버지가 말 아끼랬지? 연락 드릴까, 내가?"

찻잔에 입을 댄 채로 진성은 슬쩍 웃었다. 한동준을 컨트롤 할 수 있는 유일한 사람이 아버지였다. 그를 이용하지 않으면 최인희도 한동준을 어쩌지 못하고 있다. 분명 한동준이 껄끄럽고 두려울 것이다. 하지만 참는 것이다. 제이티니까. 자신의 집만큼이나 흥미로운 가족이다.

그제야 한동준이 소파에서 일어섰다. 그러고는 최인희를 향해 비실비실 웃었다.

"자주 고생시켜서 죄송해요. 어쨌거나 이번에도 부탁드릴게요, 어머니?"

한동준이 최인희의 뒤로 가서 그녀의 어깨를 꾹꾹 주물렀다. 최인희가 살짝 인상을 썼다. 아랫입술을 미세하게 깨물었다. 구겨진 입술 사이로 수치감이 엿보였다. 한동준을 향한 경멸이 그녀의 눈에서 번뜩였다.

한동준은 2층으로 올라가려다 말고 진성을 돌아보았다.

"그쪽도 원하는 거 많이 받아 가세요. 이왕이면 남는 장사가 낫잖아요?"

"입 다물어!"

최인희의 고함에 한동준이 더욱 크게 웃으며 2층으로 올라갔다. 완전히 한동준이 시야에서 사라질 때까지 최인희는 등을 돌린 채 뒤도 돌아보지 않고 꼿꼿이 허리를 세우고 앉아 있었다.

한동준이 2층으로 올라간 뒤, 최인희는 깊은 한숨을 내쉬며 눈을 살짝 감았다가 떴다. 다시 깊은 숨을 들이 쉰 뒤 천천히 턱을 끌어당겼다. 그러고는 진성에게로 시선을 돌렸다.

스윽, 하고 바닥에 끌리는 소리가 들릴 것 같은 정도로 낮은 시선이었다. 그리고 순간 최인희의 눈빛에 날카로운 빛이 서렸다. 혐오스러운 벌레라도 보는 듯한 눈빛이었다.

그리고 늘 해 왔던 일이라는 듯, 아주 익숙한 태도로 소파 옆에 있는 보조 테이블의 서랍을 열었다.

그녀가 꺼낸 것은 직사각형의 흰 서류봉투였다. 최인희의 길고 하얀 손이 봉투를 유리 테이블 위에 놓았다. 그녀는 그 봉투를 진성에게 밀었다. 진성은 잠시 봉투를 응시했고, 최인희가 손을 뗀 후 그녀가 몸을 소파 깊숙이 기대고 난 뒤에야 그 봉투를 집어 들었다.

봉투를 열어 내용물을 꺼냈다. 5000만 원짜리 수표 열 장과 아파트 등기권리증이었다. 약속된 금액으로 정확하다. 진성은 무덤덤한 얼굴로 가지고온 서류가방에 봉투를 집어넣었다. 최인희의 얼굴에 신경질적인 미소가 드리웠다.

"이번엔 말 통하는 상대라 다행이에요. 그런데 말이죠. 이걸로 끝난 게 맞죠? 직업이 직업이니 만큼, 서로 더 얼굴 볼 일, 만들면 곤란하다는 것쯤 알죠?"

너무나 당당한 태도에 진성의 눈썹이 꿈틀거렸다.

"저야 그렇지만 설마 한동준 씨가 더 얼굴 볼 일 만들면, 정말 곤란한 상황이 올 텐데요. 이번엔이라고 말할 만큼 많은 수습해 보셨다는 걸 텐데 그럼 더 잘 아시겠네요. 이번엔 말 통했던 상대가 다음 번엔 어찌될지 모른다는 걸요. 컨트롤을 못할 짐승은 집에서 키우지 않는 것이 낫다는 조언을 드리는 겁니다."

최인희가 피식 웃었다.

"그 부분은 걱정 말아요. 나도 이제 저 괴물한테는 지쳤으니까. 당분간 저 녀석이 국내에 없을 거라는 것 정도만 말해 주죠. 그걸로 안심해 줘요."

"믿겠습니다."

진성은 가방을 챙겨들고 자리에서 일어났다. 허리를 곧추 세우고 당당히 어깨를 폈다. 최인희가 테이블 서랍에서 담배를 꺼내 불을 붙였다. 깊게 한 모금 들이마신 뒤 쭉 내뱉는 최인희를 향해 진성이 목례했다.

"누구는 어차피 죽으려고 하는 동생 가지고도 남는 장사 했는데, 나는 무슨 대가로 저런 괴물 자식이 생겼나 모르겠네."

자조적인 말인 듯했지만 진성을 향한 비아냥이다. 아랑곳 않고 진성이 차갑게 말했다.

"대가가 제이티라면 괴물 모친 자리도 나름 괜찮지 않습니까?"

피식 웃는 최인희를 뒤로 하고 진성은 그 집을 나섰다. 잘 관리된 조경수가 늘어진 정원을 나오며 진성은 자신이 들고 있는 가방의 묵직함을 느꼈다.

천박하기만 했던 부모는 이제 없다. 쓰레기 같은 동생의 목숨값으로 5억 원을 받았다. 더불어 그 쓰레기는 앞으로 조용히 살아 줄 것이다. 갑자기 마음을 열어 형제애를 보여 준 형을 하느님처럼 떠받들면서.

이것은 확실히 남는 장사였다.

* * *

입원한 지 꼭 3주째에 태성은 병원에서 퇴원할 수 있었다. 악몽은 여전했지만, 몸은 정상이라고 의사가 진단했다. 3주 동안 진성은 이따금 태성을 보러 왔다. 처음보다 점점 그의 방문이 뜸해지는 것은 어쩔 수 없는 일이라고 태성은 생각했다. 나랏일을 하는 사람이니 바쁜 것은 어쩔 수 없다.

진성은 퇴원 후 태성이 그의 집에 머물수 있도록 해 주었다. 진짜 가족이 생겼다는 사실이 든든했다.

병원비 때문에 혹시 당직을 많이 맡는 것은 아닌가 싶어 물어보았으나, 진성은 웃으며 괜찮다고 대답했다. 태성의 앞으로 가입된 보험이 있기 때문에 병원비가 처리된다고 했다. 다행이었다. 최대한 피해를 끼치고 싶지 않았다.

퇴원길, 병원 앞은 한산했다. 세상은 여전히 눈부시게 평화롭다.

"가자."

수속을 마친 진성이 주차장에서 차를 끌고 왔다. 검은 세단이 입구에 멈춰 섰을 때까지 진성인지 몰랐다. 운전석에 앉은 채로 창문을 내려, 병원 입구에 멀뚱히 서 있는 태성을 불렀다. 진성의 차가 올 거라고는 예상하고 있었지만 이렇게 좋은 차인지는 알지 못했다. 차에 대해서는 잘 알지 못하지만, 상당한 고가의 외제차라는 것 정도는 알 수 있었다. 지나가는 사람들이 흘끔흘끔 차를 쳐다보고 사라졌다.

"좋은 차네."

차에 올라타며 신기한 듯 태성이 말했다. 진성이 피식 웃었다.

"모두의 덕분이지."

"응?"

알 수 없는 소리에 태성이 되물었으나 진성은 웃기만 할 뿐 대답하지 않았다.

그의 차가 서울 도심을 가로질러 아파트촌으로 들어섰다. 도로의 양 옆으로 펼쳐진 대단지 아파트에 태성은 감탄했다. 그곳을 지나치는 것이라 생각했는데 예상외로 진성의 차는 고급 아파트촌의 한 단지로 진입했다.

입구의 차단기가 열리고 그의 차가 미끄러지듯 지하주차장으로 들어갔다. 지하주차장에서 바로 세대로 이어지는 엘리베이터가 있었다. 아무 말도 못하고 주변을 두리번거리기만 하던 태성은 번쩍거리는 엘리베이터에 탄 자신의 신발이 너무 낡아서 계속 발가락을 움직거렸다.

"여기…… 살아?"

"당연히 여기 사니까 널 이리로 데리고 오지."

진성이 피식 웃었다.

엘리베이터에서 내린 태성은 진성의 뒤만 따라붙었다. 옆에서 걸어도 충분한 넓이의 복도지만 왠지 그렇게 했다. 내 자리는 형의 뒤다. 몸에 그렇게 배어 있는지도 모른다. 진성은 느긋하고 자연스러운 태도로 현관 앞에서 비밀번호를 눌렀다. 신호음과 함께 문이 열리자, 진성은 태성에게 손짓했다. 먼저 들어가라는 이야기였다.

태성은 쭈뼛거리며 안으로 들어서다, 자신의 눈앞에 펼쳐진 광경 앞에 입을 벌렸다.

"이게, 몇 평이야?"

바보 같은 어조로 그는 눈을 휘둥그렇게 뜨고 물었다.

"58평."

진성은 대수롭지 않다는 듯 말했지만, 태성은 놀란 마음을 쉬 가라앉히지 못했다. 혼자 사는 아파트인데도 넓은 평수라 놀란 것도 있지만, 내부 인테리어의 고급스러움이며, 태성이 겪어 보지 못한 아파트의 시설은 같은 나이대의 남자가 갖기에 어울리는 것이 아니었다.

하지만 생각해 보면 납득 못할 일도 아니라는 생각이 들었다. 진성은 오래전부터 스스로의 길이 확고한 사람이었고, 삶의 방식에는 확실히 자기만의 것을 갖고 있었다. 무슨 일에서든지 똑 부러지는 진성이라면 부모에게 휘둘리지 않고 스스로의 삶을 최고급 아파트촌으로 끌어오는 일쯤, 어렵지 않았을 것이었다.

그런 그의 인생에 얹혀졌다. 덕분에 태성에게 새로운 목표가 생겼다. 빠른 시간 안에 자신의 삶을 진성에게 부끄럽지 않은 선으로 끌어오는 것. 그것이 태성의 인생 최대의 목표가 되었다.

"오늘은 같이 있어 주고 싶지만 나는 경찰서로 복귀해야 해. 혼자 있을 수 있지?"

"그럼, 물론이지. 난 괜찮아. 어서 가 봐."

"냉장고에 먹을 것들 있으니까 배고플 때 마음대로 꺼내 먹어."

태성은 고개를 끄덕였다. 진성이 쉬라며 그의 어깨를 두드리고는 현관 쪽으로 향했다. 태성이 그를 불렀다.

"형."

"응?"

"고마워."

"뭐가."

"그냥 다."

태성의 진지한 얼굴을 보며 진성이 빙그레 웃었다. 그가 태성의 어깨를 잡았다.

"나두 고맙다."

"뭐가."

"그냥 다."

태성이 웃었다. 진성의 말에 어떤 의미가 내포되어 있는지는 상상도 하지 못했다.

* * *

진성이 나간 뒤, 태성은 베란다 쪽으로 나갔다. 베란다이기는 하지만 판자촌에서 자신이 쓰던 쪽방보다 크다. 거실이나 방은 너무 커서 왠지 혼자 있으려니 안정이 되지 않았다. 태성은 베란다 바닥에 앉아 바깥을 내다보았다.

매일같이 악몽에 시달리고 있다. 악몽이 두려워서 그런지 자려고 누우면 잠에 들지 못했다. 어쩌다 잠이 들어도 또다시 악몽 속이었다. 하루에 한 시간 정도밖에 잠을 자지 못하는 일도 허다했다. 병원에 입원한 상태에서는 낮에 깜박 졸기도 하고, 수면제를 처방받기도 했지만 만약 일을 시작한다면 정상적인 생활이 불가능할 것이었다.

진성에게 짐이 되지 않는 안정된 동생이 되기 위해서는 그 트라우마를 해결하는 것이 선결 과제라고 그는 확신했다. 그리고 그것은 정신과 치료가 아니라, 문제 자체를 해결해야 한다고 생각했다. 꿈속에 나온 정태오와 민서라는 억울해 하고 있다. 태성도 억울했다. 아무도 사죄하지 않는 이 상황에 대한 분노가 들불처럼 가슴을 태웠다. 피해자인 태성이 들을 수 있었던 것은 사과가 아니라, 단 한마디 말뿐이었다.

어쩔 수 없다.

그리고 그 이유는 상대가 제이티그룹이라서. 그 한마디만으로 모든 것이 설명되고 있었다. 하지만 이건 아니다. 그 생각을 태성은 떨칠 수가 없었다.

그날 이후로 진성에게는 사건을 파헤치자는 이야기를 하지 못했다. 형의 그런 무서운 얼굴은 두 번 다시 보고 싶지 않았다. 진성의 입장에서는 그럴 수 있다고 이해하고 있다. 하지만 확실한 증거를 가지고 오면 모두 증명될 거라는 생각도 가지고 있다. 아무리 제이티그룹이라도, 너무나 명백한 증거 앞에서는 더 이상 사건을 무마할 수 없을 것이고, 경찰도 검찰도 그러지 못할 것이다. 그렇게 된 이상 사건을 무마하라고 형에게 압박을 가하지 못할 것이다.

"증거……."

진성은 제이티그룹에서 이미 증거를 모두 인멸했을 거라고 말했다. 그냥 두지는 않았을 것이라고, 태성도 같은 생각이 들긴 했다. 그런 정도의 사건이 알려진다면 제이티그룹이 받을 사회적 타격은 엄청날 것이었다. 그러니 필사의 노력으로 어떻게든 사건을 묻으려고 하는 것은 무리가 아니다. 제이티그룹 정도라면 산 하나를 밀어버린다고 해도 과장되지는 않을 것이었다.

하지만 정말로 단 하나도 남아 있지 않을까? 뭔가 있을 것 같다는 생각을 도무지 버릴 수가 없다. 태성은 손가락 끝으로 베란다 바닥을 톡톡 쳤다. 그러다 그의 손가락이 문득 멈추었다. 생각에 잠겨 있던 그의 눈에 뜨인 것은 자신이 두드리고 있던 베란다 바닥의 타일이었다. 그는 타일을 빤히 응시했다. 그 타일이, 태성의 의식을 그날 산속의 목욕탕으로 끌어들였다.

목욕탕!

목욕탕으로 들어가는 문 손잡이에 묻었던 진득한 것은 분명 피였다. 수챗구멍에 두피가 붙은 머리카락이 엉겨 있었다. 천장에도 튀어서 말라붙은 것은 피였다. 바닥에는 물이 고여 있었다. 피를 흘려 보내느라 쓴 물이었을 것이다.

한동준이 사람들을 끌어들여 자살로 위장하고 살해한 것은 이번이 처음이 아닐 것이다. 분명 그 목욕탕에서 처리된 밝혀지지 않은 죽음이 있을 것이었다. 제이티에서 그걸 몰랐을까? 거의 백퍼센트의 확률로 몰랐을 리 없다는 생각이 들었다. 그날 별장에서 공급되던 그 많은 음식들은 대체 어디서 오는지 궁금했던 기억이 있다. 단순히 한동준이 공수해 온 것일 수도 있다. 하지만 제이티그룹의 일가가 이번 일에 대해 즉각, 수사를 무마시키는 것을 보면, 한동준의 성향을 몰랐을 것 같지 않다. 그런 와중에 음식 같은 것들을 별장으로 운반했다. 분명 제이티는 한동준이 그간 어떤 일을 벌여오고 있는지 알고 있었고 이번에도 일을 벌이는 것을 인지하고 있었다.

기존에 일을 벌였다는 걸 알고 있었다면, 왜 증거로 가득한 목욕탕을 내버려 두었을까.

수사가 들어오지 않을 자신감이 있었던 것이다. 매번 제이티그룹의 이름으로 사건을 무마해 왔고, 이번에도 그럴 것이다. 자신의 생각대로라면 증거는 그곳에 여전히 남아 있지 않을까?

태성은 주먹을 꾹 쥐었다. 침대에서 피를 쏟고 죽은 정태오, 십자가에 매달린 민서라. 그리고 별장 지하에서 엄청난 구타를 당했던 자신까지. 모든 범행들은 무차별적이면서도 부주의하게 이뤄졌다.

증거는 있다.

10. 알지 못하였으나 변하는 것은 없고.

형.

나는 그곳으로 갈 거야. 그러기로 했어.

형의 말을 여전히 듣지 않는 동생이라서 미안해. 하지만 이게 그 지옥에서 살아남은 나의 의무가 아닐까 하는 생각이 들어.

이렇게라도 확인하지 않으면 나는 평생 그 지옥에서 벗어날 수 없을 것만 같아.

너무 걱정하지는 마.

형의 말대로 모든 증거가 사라져 버렸다면 조용히 돌아올게.

오늘 돌아올 수 있을까? 며칠이 걸릴까? 나도 그건 잘 모르겠어.

태성

고심하여 쓴 편지를 들고 진성의 방으로 들어갔다. 어디에 두어야 잘 볼 수 있을까, 둘러보다 침대 옆 보조테이블에 올려두었다.

혹시 몰라, 하는 생각이 들어 TV리모컨으로 살짝 눌러놓았다.

왠지 가슴이 답답해 깊은 한숨을 쉬었다. 열심히 고민하고 또 고민하였으나 그는 결국 결심을 굳혔다. 아무리 많은 생각을 해도 마지막에는 그곳으로 가야 한다는 결론이 나왔다. 편지에도 썼듯 그것이 살아남은 자의 의무라는 생각이 든다. 해결하지는 못해도, 적어도 노력은 해야 악몽에서 벗어날 수 있을 것 같은 생각이 머리를 떠나지 않는다.

사실 진성에게 아무 말도 남기지 않고 다녀올까, 하는 생각도 들었다. 하지만 걱정을 끼칠 수는 없다. 이 편지가 더한 걱정이 될지는 몰라도, 진성이 자신을 더 이상 의지박약한 예전의 태성으로 보지 않을 것이다.

솔직하게는 일을 해결하려는 의지, 불의를 견디지 못하는 정의, 억울하게 죽은 사람들을 애도하는 심성. 진성이 그것을 느껴 주길 바라는 마음도 있는 것이다. 이제는 못난 동생이 다시 태어났다는 것을 보여 주고 싶은 마음도 있었다.

태성은 진성이 크게 걱정할 일이 아니라고도 생각했다. 진성의 말대로 제이티는 이미 산속의 모든 증거를 없앴을지 모른다. 그럴 확률이 크다. 그렇다면 그냥 돌아오면 된다. 그때는 정말로 그 일을 묻을 수밖에 없다고 생각한다. 그렇게 된다면 진성이 이 일을 그냥 묻고 포기하자던 처음의 선택지와 다를 것이 없다.

증거를 하나라도 건진다면 그것 역시 좋은 일일 것이다. 한동준과 제이티그룹을 꼼짝 못하게 할 증거를 찾는다면 그것을 진성에게 넘길 생각이다. 이 일이 공론화되면 사회적 파장이 크다. 그리고 그 일을 해결하는 형사에게 포상이 없을 수 없다. 그러니 결과적으로는 증거를 찾는 것이 진성에게 도움이 되는 일인 것이다.

부모까지 죽기를 바랐던 자신을 바로 옆에서 지켜봐주며 기다려준 진성에게 그 정도 보답은 당연한 것이라고 생각했다. 태성은 꼭 그 보답을 할 수 있기를 마음속으로 빌었다.

태성은 자신의 방으로 돌아가 검은 재킷을 걸치고 모자를 꺼내 깊게 눌러 썼다. 지금부터는 혼자서 한동준과 제이티, 그리고 공포의 기억과 맞서야 했다. 두려워하지 말자. 물러서지 말자. 모자를 다시 한 번 힘주어 눌러쓰면서 태성은 전의를 다졌다.

준비는 끝났다. 태성은 현관으로 향했다. 신발을 신고 현관문을 열려다 문득 걸음을 멈추었다. 그는 고개를 돌려 집 안을 다시 한 번 시선으로 훑었다.

'내가 이곳으로 다시 돌아올 수 있을까?'

가슴 안에서 솟구치는 물음에 대한 대답을 찾지 못한 채 태성은 힘주어 현관문을 밀어 열고 나갔다. 문이 닫히고, 집안에 고요함이 찾아 들었다. 환하게 들어왔던 현관의 센서등이 꺼졌다. 발코니에서 들어온 환한 빛이 거실 안을 밝혔다. 침묵의 시간이 흐르고 얼마 후, 다시 현관문이 열렸다.

"김태성!"

태성의 이름을 부르며 진성이 들어왔다. 그는 신발을 벗어 던지고 곧장 거실을 가로질러 태성의 방문을 열었다. 방안을 가득 메웠던 적막만이 태성을 대신해 진성을 맞이했다. 진성은 분노 섞인 불안을 느끼고 있었다. 몇 시간째 태성과 연락이 되지 않았던 것이다. 평소 같으면 혹시 벨소리를 듣지 못해 전화를 받지 못하더라도, 부재중 전화 내역을 보고 전화를 걸어왔을 텐데 오늘은 그러지 않았다. 고의로 전화를 받지 않는다는 생각을 떨칠 수가 없었다. 불길한 예감에 부랴부랴 집에 달려 온 참이었다.

진성은 태성의 방과 거실, 화장실을 둘러보았다. 아무도 없었다. 그는 머리가 아픈 듯 이마를 짚었다. 혹시 쓸데없는 일을 벌이는 건 아니겠지, 하고 생각하던 순간 그의 눈이 자신의 방문 쪽으로 향했다. 조금 열려 있다. 진성은 늘 방문을 제대로 닫고 다녔다. 태성이 들어온 뒤로는 방문을 열어 놓은 적이 없다. 잠그지는 않지만, 왠지 모를 심리적 작용으로 신경 써서 꼭 문을 닫는 것이 습관화되었다. 그런데 그 문이 조금 열려 있는 이유는 뻔했다.

태성이 들어간 것이다.

진성의 입가가 일그러졌다. 자신의 방으로 들어갔다. 곧장 정면에 있던 침대 보조 테이블에 놓인 편지를 발견했다. 혐오스러운 것을 보는 듯 그의 인상이 구겨졌다. 진성은 안으로 천천히 들어가 편지를 쥐어들고 주변을 살폈다. 다른 것을 뒤진 것 같지는 않다.

편지를 펼쳐 읽기 시작했다. 그의 얼굴이 혐오에서 분노로 서서히 변해 갔다. 편지를 들고 있던 손이 분노로 부들부들 떨렸다. 마지막까지 읽었을 때, 그는 편지를 거칠게 움켜쥐었다. 진성의 맘에 들고 싶어 한 자 한 자 꾹꾹 눌러쓴 태성의 글씨들이 진성의 손아귀에서 구겨졌다. 진성은 편지를 집어던졌다. 그 얼굴이 짐승처럼 일그러졌다. 태성은 단 한 번도 보지 못한 무서운 얼굴이었다.

* * *

시외버스에 올라탄 태성은 또다시 진동하는 휴대폰을 꺼냈다. 진성에게서 계속 전화가 오고 있었다. 아무래도 진성이 편지를 발견한 모양이었다. 위험한 곳에 혼자 가는 동생을 걱정해 계속 전화하는 것이라고 태성은 생각했다. 잘할게, 내가 해낼게, 형. 그런 생각을 하며 휴대폰의 전원을 껐다.

받지 않을 전화였지만 지금까지 휴대폰을 끄지 않고 있었던 것은 그 산을 찾아가기 위해서였다. 태성이 갔고, 살아남아 돌아온 곳이지만, 정작 태성은 그 산이 정확히 어디인지 알 수 없었다. 그 산을 처음 갈 때는 한동준이 서울의 집결지를 지정한 뒤, 그곳에 모여 차에 태웠고, 그 차에서 자신은 잠들어 있어 어느 산인지 알 수 없었다. 살아남아 돌아올 때는 제정신이 아니었다. 깨어나 보니 병원이었다.

만약 진성이 무심결에 흘린 말이 아니었다면 태성은 그 산을 찾아 혼자 올 수 없었을 것이었다.

꼼짝할 수 없는 증거? 그게 뭔데? 그런 게 어디 있는데? 그런 게 있을 것 같아? 이미 그런 것쯤 다 처리 끝났을걸? 원개산이 사람들 들락거리는 등산로인 줄 알아? 그 인간들 개인 소유야. 그게 뭘 뜻하겠니? 그동안 마음 편하게 모든 증거를 다 없앴다는 거야. 네가 상상할 수 없을 만큼 용의주도하고 잔인한 놈들이라고!

진성이 그렇게 말했을 때, 태성은 원개산이라는 이름을 가슴에 꾹꾹 박아 넣었었다. 태성이 진실을 밝히기 위해 혼자 산으로 되돌아가는 것을 바라지 않는 진성이었지만, 정작 자신의 말 때문에 태성이 그 산을 찾을 수 있었다는 것을 진성은 아마 모를 것이었다.

원개산이라는 이름은 정식 명칭이 아니었다. 인터넷으로 검색한 결과 40년 전의 신문 기사를 찾아낼 수 있었다. 원개산은 제이티그룹의 창업주 한원개가 별장을 짓기 위해 매입하여 이름을 붙인 산이었다. 별장을 짓던 와중 공사인부가 실족하여 사망한 기사가 있었다. 주소는 없었지만 '함명동 일대'라고 나와 있었다.

휴대폰으로 함명동을 검색했다. 그래서 버스에 올라탄 뒤에야 휴대폰을 껐던 것이다. 전원을 끈 휴대폰을 가방에 집어넣으면서 태성은 자꾸만 두려워지는 마음을 다잡았다.

* * *

버스에서 내려 택시를 이용했다. 함명동에 있는 산 지역으로 가자고 했다. 택시기사가 고개를 갸웃하며 어느 산으로 가려는 거냐고 물었다. 원개산이라는 이름은 들어본 적이 없다고 했다.

"등산 같은 거 하는데 말고요. 개인이 소유할 수 있는 산이 있는 곳, 함명동에 그런 곳이 많지는 않을 거 같은데요."

등산을 할 것도 아니면서, 어느 산인지도 모르는 채 가려고 하는 태성을 택시기사는 이상하게 생각하는 것 같았다. 룸미러를 통해 의혹의 시선을 보내 왔다. 태성은 일부러 시선을 피하고 가방을 열어 지갑을 꺼냈다. 택시비를 확인하는 척 지폐를 꺼내 세었다. 택시기사가 시선을 거두고 차를 출발시켰다.

택시는 20여 분을 달린 뒤 멈춰섰다. 진성이 용돈으로 쓰라고 주었던 돈이 있어서 다행이었다. 마지막까지 택시기사는 의혹의 시선을 거두지 않았지만, 태성이 돌변하여 달려들지도 않았고 택시비를 지급하지 않은 것도 아니니 더 이상 관심을 두지 않았다. 택시비를 치르고 내리자 택시는 왔던 길로 돌아갔다.

그는 천천히 걸어 주변을 살폈다. 과연 이름 모를 산들이 사방을 에워싸고 있었다. 얼핏 보면 이 산이 그 지옥 같고, 달리 보면 또 그날의 산이 저 산 같아 보이기도 했다. 태성은 그날의 기억으로 생각을 돌렸다.

분명 산속의 별장까지 차로 이동했다. 잘 관리하지 않았어도 차가 올라갈 만한 길이 있어야 했다. 그는 기억 속으로 더욱 침잠했다. 잠이 들기는 했었지만, 무척 덜컹이던 것이 생각났다. 차가 올라갈 만한 길이 있고, 그 길이 평탄치는 않은 곳.

태성은 한 시간 동안 주변의 산들을 살폈다. 그 조건에 부합되는 곳을 찾을 수 있었다. 그 산은 길이 나 있었다. 제대로 관리가 되지 않아 풀들이 많이 덮고 있었지만 길의 모양은 볼 수 있었다. 무엇보다 길 위에 나 있는 풀들이 모두 짓눌려 있었다. 자동차 바퀴가 밟고 지나간 흔적이었다.

이곳이다.

다른 곳은 생각할 수 없었다. 자신이 생각한 조건들에 부합하기도 했지만 무엇보다 이 길 위에 선 순간 온몸을 관통하는 날카로운 두려움이 그를 확신하게 했다. 두 다리가 땅에 붙은 듯 길 위에서 굳어 버렸다. 팔에 소름이 돋았다. 직감이 확신으로 바뀌었다.

그는 깊은 숨을 내쉬며, 온힘을 끌어올려 그 길을 디뎠다. 두 다리는 무거웠지만, 반드시 올라가야 한다고 자신의 다짐을 굳히자, 올라가기가 훨씬 수월했다. 산속으로 들어가자 습한 한기가 피부에 들러붙었다.

한참을 올라갔다. 잠시 숨을 몰아쉬며 걸음을 멈추었다. 별 생각 없이 고개를 든 순간, 그는 숨이 턱 막혔다.

이곳이다. 산속이라 다 비슷비슷해 보여서 헷갈리는 정도가 아니라 확신할 수 있을 정도의 기억이 그의 머릿속을 헤집었다. 죽은 민서라를 발견한 곳, 살기 위해 도망치려 애쓰던 곳, 그리고 느닷없이 덮친 한동준에게 당한 곳이었다. 온몸이 부들거렸고, 공포는 극에 달했다. 그날의 기억들이 쏟아져 내리며 태성의 몸을 옭아매고 있었다.

태성은 고개를 저었다. 약해지면 안 된다고 계속 되뇌었다. 그는 쏟아지는 기억들을 재정비하고, 애써 공포를 지웠다. 기억과 눈앞의 현장을 맞춰가며 민서라를 박아 놓은 십자가 자리를 찾으려 했다. 그는 걸음을 멈추고 주변을 돌아보았다. 주변은 분명 그곳이 맞지만, 십자가 모양으로 만들어 박아 놓았던 나무는 보이지 않았다. 벌써 뽑아 버린 것이다.

태성은 기억을 더듬어 자신이 민서라를 보았던 방향을 짚어낼 수 있었다. 그곳으로 걸음을 옮겼다. 바닥을 살폈다. 만약 아무것도 발견하지 못했다면 그는 자신이 그 장소를 헷갈리고 있다고 생각할 수도 있었다. 하지만 그곳이 맞았다. 바닥의 흙은 최근 뒤집어진 것처럼 주변의 흙보다 색깔이 짙었다.

'분명 십자가 자리야.'

무릎을 굽히고 앉아 색깔이 조금 짙은 쪽의 흙을 손으로 살살 밀어내었다. 구멍을 대충 메워 놓았다면 흙을 걷어내 구멍을 찾을 수 있을지도 몰랐다. 그러던 순간 그가 손의 움직임을 멈추었다. 자세히 보니 조금 더 다른 색의 흙이 주변에 보였다. 태성은 손을 뻗어 흙을 움켜쥐었다. 땅속에서 파낸 흙과는 다른 색깔이었다. 조금 더 어두웠다. 손으로 살살 문질렀다. 흙 위에 어떤 액체가 쏟아진 듯 흙이 뭉쳐 있었다. 진득한 느낌이 손바닥에 들러붙었다.

"피다."

그날 민서라는 십자가에 매달려 있었다. 잔인하게도 손바닥을 십자가에 박았다. 피가 십자가를 타고 흘러내렸었다. 그때 쏟아진 피일 것이다.

태성은 성마른 손놀림으로 가방을 뒤져 미리 준비해 온 비닐팩을 꺼냈다. 그러고는 뭉쳐 있는 흙들을 살살 긁어 비닐팩 안에 넣고, 신중하게 밀봉했다. 그의 예상대로 이 흙을 뭉치고 있는 것이 민서라의 피라면, 이것은 이 산에서 살해가 벌어졌다는 사실을 증명하는 증거가 될 터였다. 제이티를 상대로 하는 태성의 말을 처음은 아무도 믿지 않겠지만, 이런 증거가 자신의 주장을 뒷받침해 줄 거라고 생각했다.

비닐팩에 담은 흙을 가방에 넣고 일어섰다. 여기저기 둘러보았지만 이것만 한 증거는 없어 보였다. 또다시 다른 곳에 가 보는 편이 나을 것이다.

산을 조금 더 올랐다. 이제 길은 그의 눈에 완전히 익었다. 길 곳곳에 목숨을 건 탈출의 기억이 묻어 있었다. 산중턱을 향해 올라가며, 이곳을 올라가면 어디가 나올지 태성은 예상했다.

목욕탕 건물이었다. 태성이 예상하는 한 가장 많은 증거가 있을 장소였다. 정태오나 민서라는 다른 장소에서 죽었지만, 이 목욕탕에서 그가 본 것들은 더 많은 피해자가 있었음을 증명하고 있었다. 악의로 가득찬 공간, 차라리 눈을 감는 것이 나을 정도로 잔인한 사건을 예상할 수 있는 공간, 피로 얼룩진 증거와 누군가의 살점이었을 두피. 끔찍하지만 그것들을 다시 대면해야 했다. 상상만으로도 구토가 몰려왔다.

하지만 그는 곧 구토를 이기고도 남을 실의에 젖어야 했다. 그는 걸음을 멈추었고, 눈을 동그랗게 떴고, 자신의 눈앞에 벌어진 상황을 뒤늦게 이해했고, 인상을 구겼으며, 분노하였다.

그 끔찍한 공간은 거대한 돌무덤이 되어 있었다.

건물을 부쉈다. 건물 내부의 모든 흔적들을 일일이 지우기보다는 이것이 더 편리하고 빠른 방법이라 생각한 것이다. 태성은 주먹을 움켜쥐었다. 역시 제이티그룹 일가는 한동준이 얼마나 미친 자식인지를 알고 있었다. 그래서 이런 빠른 대처가 가능한 것이다. 억울했다. 이렇게 묻혀 버리는 건가. 이제는 이 산속을 들어오면서 느낀 공포보다 진실이 묻히는 것이 더 두려웠다. 밝혀지지 않으면 한동준은 어느 때, 어느 곳에서든 같은 일을 또 벌일 것이었다.

그는 휴대폰을 켜서 건물 잔해를 사진 찍은 뒤, 맨손으로 돌들을 헤집기 시작했다. 그나마 철근이 박힌 채 떨어진 커다란 잔해는 건드리지도 못했다. 비교적 작은 돌덩이들만 옆으로 밀쳐낼 뿐이었다. 그러다 묘한 얼룩이라도 보이는 시멘트 덩어리가 있으면 가방에 쑤셔 넣었다. 하지만 그것도 잠시, 그는 돌을 헤집기를 그만두었다. 여기서 이러고 있으면 시간만 흐를 것 같았다. 엄청난 돌무덤을 혼자 뒤진다는 것에 금세 절망감이 느껴졌다. 그는 몸을 축 늘어트렸다. 아무것도 할 수 있는 게 없는 것은 아닐까. 그는 끝없이 시험에 들고 있었다.

태성은 고개를 세차게 저었다. 진성에게 써 놓은 편지와 집에서 나오면서 가졌던 다짐을 떠올리며 힘주어 일어섰다. 아직 포기하기에는 너무 이르다. 무엇보다 민서라의 피가 묻은 걸로 추정된 흙도 있으니 아무 소득이 없는 것은 아니다. 이 건물을 잃은 것은 한탄스럽지만 여기서 지쳐 돌아갈 일은 아니라고 자신을 다독였다.

그는 이곳을 떠나 별장 자리로 올라가기로 결정했다. 이 건물 잔해를 뒤지다 보면 뭔가 건질 수 있을지는 모르지만, 콘크리트 덩어리들이 너무 커서 혼자의 힘으로는 방법이 없었다. 공권력을 움직일 수 있을 만한 증거를 찾으면, 이곳은 그들의 손에 맡기면 된다. 태성은 다시 올라가기 시작했다.

그날은 살고자 도망치는 일에 정신이 팔려 얼마나 먼 곳을 걷고 뛰는지 실감하지 못했다. 하지만 오늘 걸어 올라가다 보니 그것이 상당한 거리였다는 것을 깨달았다. 혹시 길을 잘못 든 건 아닐까 하는 생각이 들 즈음, 저 멀리 별장이 눈에 들어오기 시작했다. 혹시 별장도 부숴 버린 것은 아닐까 걱정했었는데 다행이었다. 보폭을 크게 하여 더 빨리 걷기 시작했다. 별장의 모습이 점점 시야에서 커져갔다. 가까워질수록 그날의 기억이 선연해졌다.

태성은 한참 만에 별장의 출입문을 몇 발짝 앞에 두고 걸음을 멈췄다. 누군가 별장에 있을 것 같은 기분이 들었다. 누가 보이지는 않을까 싶어 창 안을 들여다보았다. 암막 커튼이 내려져 있어 아무것도 알 수 없었다. 두려웠다. 하지만 돌아갈 수도 없는 일이다.

용기를 내어 현관문을 열었다. 잠겨 있지 않았다. 묘한 기분이 들었다. 이미 이 안의 증거들은 모두 처리한 걸까. 그래서 잠가 놓을 필요도, 건물을 부술 필요도 없다고 생각한 것일까. 태성은 두 번 다시 실의에 빠지고 싶지는 않다고 생각하며 조심스럽게 안으로 들어갔다.

발소리를 죽이고 거실 안으로 진입했다. 인기척이나 어떤 소리가 들리지 않을까 싶어 신경을 곤두세우고 자신의 움직임을 최소화하였다. 갑자기 삐거덕 하는 소리가 들려 심장이 멎을 만큼 놀랐지만, 그것은 현관문이 움직인 소리였다. 열린 현관문 바깥으로 바람에 나뭇잎들이 흔들리는 것이 보였다.

아무도 없는 것 같다. 이 집은 이제 비었다. 태성은 그제야 안도할 수 있었다. 그래도 경계를 늦추지는 않았다.

거실 바닥에는 그 사이 먼지가 하얗게 끼어 있었다. 한동안 아무도 오지 않았다는 것을 의미했다. 유일한 생존자와 합의했고, 증거들도 정리했다. 사건도 자살 사건으로 종결되었으니 이제 이 별장은 그들의 관심 밖인지도 모른다.

태성은 정태오의 방으로 향했다. 방 안의 침대 위에서 정태오는 칼에 찔려 죽었다. 엄청난 피가 침대를 적셨었다. 그 침대가 남아 있을 가능성은 제로에 가까웠지만, 피들이 바닥에도 흘러내렸었으니, 그들이 놓친 뭔가가 남아 있을지도 모른다.

천천히 방문을 열었다. 이 문을 열면 그날의 광경이 그대로 펼쳐져 있을 것만 같았다. 문이 열리자 강렬한 햇빛이 일거에 쏟아졌다. 태성은 눈을 가늘게 뜨고 손으로 눈앞을 가렸다. 천천히 빛의 충격이 가신 뒤, 손을 내리고 그곳을 마주했다.

정태오가 죽은 채 엎드려 있던 침대는 사라지고 없었다. 커튼도 보이지 않았다. 창문이 그대로 드러나 있어 햇빛이 쏟아졌던 것이었다. 정태오를 찔렀을 때 커튼에도 피가 튀어서 치워 버린 모양이었다.

태성은 주의 깊게 방 안을 살폈다. 태성이 썼었던 방에도 침대 옆 보조테이블이 있었으니 정태오의 방도 그랬을 것이다. 정태오를 발견하던 날 본 구조가 정확히 기억은 나지 않지만, 손님방으로 만들어 놓아 가구 배열이나 색깔들이 비슷하다고 느꼈던 기억이 있다. 하지만 지금은 침대도 침대 옆 테이블도 없었다. 이 방을 두고 다른 곳으로 가 볼까 생각하다 말고, 그는 혹시 모른다는 생각에 무릎을 굽히고 바닥에 엎드렸다.

그는 기어 다니며 바닥을 샅샅이 뒤졌다. 장판지에 사각형의 눌린 자국이 있었다. 자세히 보니 모두 네 군데였다. 침대 다리가 있던 자리가 눌려 있는 것이다. 눌린 흔적들 네 곳에 눈을 대고 자세히 살폈다. 그리고 그 눌린 자국의 주름진 곳에 엉겨 붙은 피의 흔적을 발견할 수 있었다. 아무리 닦아 냈어도 눌린 자국 사이로 들어간 미세한 혈흔은 발견하지 못했을 것이다.

태성은 가방을 열고 준비해 온 칼을 꺼냈다. 그는 침대 자국의 사각형 그대로 잘라 내었다. 그러고는 비닐봉투를 꺼내 그것을 안에 잘 넣었다.

한참을 보다 보니 방구석에서 머리카락도 나왔다. 그것 역시 비닐 봉투에 넣었다. 경찰에 넘기면 이 머리카락의 주인이 누구인지 알 수 있을 것이다. 만약 이 머리카락이 정태오거나, 아니면 또 다른 피해자의 것으로 밝혀진다면, 그들이 이곳에 있었던 것을 밝힐 수 있다. 실종자가 이곳에 있었다는 사실은 엄청난 것을 증명해 줄 것이었다.

정태오는 작가라고 했다. 어느 날 갑자기 사라졌을 테니 누구든 분명 찾고 있을 것이다. 어쩌면 주변의 누군가에게 자살 카페의 집단 자살 현장을 보러 간다고 이야기했을지도 모른다. 그때 누군가와 통화했던 일을 생각하면 분명히 최소한 한 명은 그의 행동을 알았을 것이다. 그 상대를 찾으면 그 사람의 증언을 토대로 이미 자살로 처리된 정태오의 사망 원인이 살해라는 것을 밝힐 수 있다.

"이것 봐. 여기 오면 분명 뭔가가 있을 거라고 했잖아."

그는 가슴을 누르는 무거운 짐 덩어리를 내려놓은 듯 시원한 기분을 느꼈다. 진성에게 도움이 되는 사람이 될 수 있다는 생각도 들었다.

그런데 문득 그의 움직임이 멈추었다. 머릿속을 불길한 생각 하나가 빠르게 스치고 지나갔다. 산을 올라오면서도 내내 느꼈던 개운치 않은 감정이었다.

대기업에서 손을 쓴 것치고는 너무 무성의한 은폐가 아닌가.

그들은 사람이 많이 죽어나갔을 것으로 추정되는 목욕탕을 부쉈다. 민서라를 박은 십자가 형태의 나무도 뽑아 버렸다. 그리고 정태오의 피로 가득했던 이 방의 물건들을 다 없앴다. 하지만 그게 전부였다. 목욕탕의 잔해를 남겨 두었고, 십자가 밑에는 민서라의 피가 묻은 흙이 상당했다. 정태오의 피가 묻은 침대는 없앴지만 침대에 눌린 자국의 피는 없애지 않았다.

그냥 단순한 실수일까, 아니면……. 처벌을 받지 않을 것이라고 자신했던 건 아닐까.

이런 생각도 들었다.

정말 형의 말대로 형은 아무것도 찾을 수 없었던 걸까. 찾지 않은 것이 아니라?

정말 단순히 권력의 힘에 부딪혀 포기해야 했던 걸까?

진성은 형사다. 윗선에서 압력이 들어왔다면 일부 조사를 했다는 얘기가 된다. 태성을 살린 직후, 형사인 진성이 아무런 조치도 취하지 않고 그 산을 내려왔을 리는 없다. 이 별장에 산적해 있는 많은 증거들을 분명 보았을 것이었다. 하지만 사건은 처음부터 그저 자살로 처리되었다.

의혹이 꼬리를 무는 순간 태성은 불안감으로 심장이 뛰었다. 진성에 대한 신뢰가 사실은 자신의 외로움을 타고 눈을 가렸기 때문에 생길 수 있었던 것은 아닌가 하는 생각이 들었다.

"설마 형이…… 모든 걸 알고도?"

대체 형이 왜? 형은 착한 사람이 아닌가?

착한 사람?

태성은 머리를 움켜쥐었다. 형이 정말 착한 사람인가? 그런 의혹을 갖는 것조차 자신이 나쁜 사람인 것만 같았다. 하지만 생각을 이어갈수록 의혹의 끈만 길어졌다.

기억을 잃은 자신을 진성은 왜 베드로를 시켜 옆에서 지켜봤던 걸까. 진성은 그것에 대해 자꾸만 인생을 포기하려는 태성이 자립하기를 바라서였다고 했다. 하지만 생각해 보면 몇 번쯤 베드로의 앞에서 자살을 하려고 했던 적도 있다. 수퍼타이를 구해 오라고 부탁하기도 했다. 그랬던 것을 베드로에게 전해 들었을 텐데 그때는 진성이 나타나지 않았다. 왜 그랬던 걸까. 정말로 죽지는 않을 거라고 생각해서?

"그러게 가만히 있으랬잖아."

갑자기 들려온 소리에 심장이 쿵, 내려앉았다. 태성은 소리가 난 곳을 향해 천천히 돌아다보았다. 거실 쪽에서 누군가 방을 향해 걸어 들어왔다. 진성이었다.

"형……."

진성은 차갑게 웃고 있었다.

"죽고 싶어서 환장한 거면 혼자 죽지, 도대체 왜 나까지 귀찮게 구는 거야."

온몸이 얼어붙어 버릴 것 같은 목소리였다. 태성은 자기도 모르게 앉은 채로 발을 움직여 뒤로 조금 물러났다. 이 별장에서 살아난 뒤 진성에게서 처음 보는 얼굴이었다. 그의 두려움을 진성은 비웃었다. 태성은 입술이 덜덜 떨렸다.

"왜…… 왜 그래."

진성이 방 안으로 들어와 태성의 앞에 섰다. 진성의 바지 주머니가 불룩했다. 뭔가 안에 들어 있는 것 같았다. 길쭉한 막대 같은 것. 그것을 의식하고 있는 것을 눈치 채게 해서는 안 된다는 생각에 태성은 얼른 진성의 얼굴로 시선을 돌렸다. 진성이 태성의 앞에 무릎을 굽히고 앉았다. 그리고 아주 천천히 태성의 머리를 쓰다듬었다. 그는 태성의 얼굴에 자신의 얼굴을 바짝 대고 아주 낮은 목소리로 속삭였다.

"그러게 한동준이 어느 집 자식인지 알려줬으면 가만히 있어야지. 왜 섣불리 나서서 일을 그르쳐. 그냥 멍청한 동생으로 살았으면 편했을 것을."

진성의 낄낄거리는 웃음소리에 태성은 이 모든 것이 꿈이었으면 하고 바랐다. 진성의 말처럼 아무것도 하지 않으려고 했으면, 진성이 그렇게 혐오하는 나약한 사람이 되지 않으려 애쓰지 않았다면 이런 일이 벌어지지 않았을까. 모든 것을 아침으로 돌려 다시 진성의 집에서 진성의 보살핌 안에 산다면…….

태성은 다시금 고개를 치켜드는 나약한 생각을 하다가 깨달았다. 그 집. 진성 나이 대의 형사가 가지기는 힘들어 보였던 집의 규모. 모든 것이 새것 같아 보였던 것은 단순히 그 아파트가 지은 지 얼마 되지 않아서가 아니라, 진성이 이사 들어온 지 얼마 되지 않았기 때문은 아닐까. 그렇다면 그 돈은 어디서 생겼을까.

"난……. 형을 믿었어."

진성이 코웃음을 쳤다. 그러나 그 웃음마저도 금세 진성의 얼굴에서 사라졌다.

"난 단 한 번도 너의 형인 것이 좋았던 적이 없어. 어려서부터 무능하고, 나태하고, 의존적이고 불평만 잘했지. 언제고 네가 내 발목을 잡을 거라고 생각했어."

이면 8.

분명 이 세상에는 맞지 않는 자리에 태어나는 사람이 있다. 몸은 여자지만 자신은 남자라고 생각하거나, 남자의 몸을 타고 태어났으나 여자의 영혼을 가진 사람도 있다. 그 잘못된 생에 목숨을 걸고 그들은 자신을 제자리로 돌리기 위한 위험을 감수한다.

진성은 자신도 그들과 다르지 않다고 생각했다. 돈 앞에서는 몰염치한 아버지와 돈만 아는 속물 어머니, 하는 것이라고는 아무것도 없이 우울증이라는 변명 아래 시간을 보내기만 하는 멍청한 동생. 진성은 그들을 혐오했다. 단 한 번도 '내 가족'이라는 애틋함을 가진 적이 없었다.

나는 이 집안에 잘못 태어났다.

늘 그런 생각을 해 왔다. 이 집안을 떨쳐 버릴 수 있다면 그들의 목숨이라도 걸어 자신의 인생을 바꾸고 싶었다.

기회는 가족에 대한 혐오가 극에 달했을 때 찾아왔다.

아버지의 사업이 곤두박질쳤다. 이상하다는 낌새는 전부터 있었다. 화려한 여성 편력을 자랑하며 어디서건 여자를 옆구리에 끼고 있던 아버지, 그런 아버지의 부재 대신 명품을 사들이며 허무를 채우던 어머니의 그릇된 행동들이 언젠가부터 모습을 감추기 시작했던 것이다. 이내 진성이 모르는 척 하고 싶어도 모르는 척 할 수 없을 정도로 사업은 곤두박질치고 채권자들은 집에 쳐들어와 진을 쳤다. 진성은 가족이라는 존재에 진저리쳤다.

이제 버려야 할 때가 된 것 같다. 그렇게 하지 않으면 저들은 나에게 매달리기 시작할 것이다. 어릴 때부터 집안의 기둥으로 키워졌으니까.

그렇게 생각할 무렵, 기회가 찾아왔다. 그것은 어느 밤이었다. 화장실을 가다 복도에서 태성과 마주쳤다. 물끄러미 그의 얼굴을 응시하던 태성은 아무 말 없이 방으로 들어갔다. 잠결에 화장실이라도 다녀오나 보지, 그렇게 생각하기에는 뭔가 깊은 충격을 받은 얼굴이었다. 그렇게 고개를 갸웃거리던 진성의 발길을 붙잡는 빛줄기가 있었다. 어머니와 아버지, 두 사람의 방에서 새어나오는 빛이었다. 발소리를 죽여 조심히 다가간 것은 본능이었다. 이렇게 된 이상 같이 죽자고 울부짖던 그들은 서서히 잦아드는 울음처럼 마음을 바꿨다. 진성은 거기에서 태성이 듣지 못한 그들의 계획을 들을 수 있었다.

마침, 그 아이의 보험이 있다.

어차피 이 세상에 살아도 그만, 아니어도 그만인 아이다. 아니, 오히려 없는 쪽이 낫다. 어릴 때부터 골치만 썩여 왔고, 단 한 번도 도움이 되지 않는 녀석이다. 언제고 집안의 걸림돌이 될 녀석이다. 그러니, 자살로 꾸미자.

자살해도 보험금이 나오는 보험이다. 약관에 명시만 되어 있을 뿐 가입할 때 설명도 듣지 못했지만 분명 그런 구조의 보험이었다. 때마침, 보험사에서 자살 보험금을 지급하지 않아 금융감독원의 제재를 받는다는 뉴스가 보도되던 때였다.

그러니 자살로 꾸민다. 연탄을 방에 밀어 넣고 부부는 외출한다. 아이가 사망하면 그 소식을 듣고 뛰어와 오열하면 된다.

진성은 거기까지 이야기를 듣고 다시 발소리를 죽여 자신의 방으로 돌아왔다. 그날 밤은 잠이 오지 않았다.

다음 날 아침 네 사람은 식탁에 모여 앉았다. 아침 식사 자리에서 부모는 유난히 태성에게 친절했다. 국이 식기 전에 어머니는 새 국으로 갈아왔다. 아버지는 태성에게 필요한 건 없는지 물었고, 고개를 가로 젓는 태성의 얼굴은 어두웠다. 부모들의 태연한 이중성에 진성은 입술을 끌어올려 비웃었다. 속이 역겨웠다.

문득 진성은 맞은편에 앉은 태성을 물끄러미 바라보았다. 쓰레기 같은 나의 동생. 벌레만도 못한 인생이다.

나는 네가 죽어도 전혀 상관없다.

진성은 결심했다. 난 이 가족의 굴레를 벗는다. 부모의 그 계획을 이용해서.

* * *

그날, 진성은 평소보다 일찍 잠자리에 들었다. 밤 10시. 평소 같았으면 그 시간에 침대에 눕는 것은 꿈도 꾸지 않았을 일이었다. 공부를 하느라 새벽 2시, 3시가 기본이었다. 그렇게 자신에게 채찍질을 해야 인생을 바꿀 수 있다고 믿었다. 하지만 인생을 뒤바꿀 수 있는 기회를 손에 넣은 밤, 진성은 평소의 습관을 버리고 인생의 쳇바퀴가 더 빠른 속도로 돌아가기를 기다렸다.

모든 것은 부모의 뜻대로 되어야 한다. 태성의 방에 번개탄을 피워 두고 두 사람은 나갈 것이다. 자신은 새벽에 일어나 태성의 사망을 확인하고 신고한다.

'거기까지.'

거기까지다. 부모의 계획이 이루어지는 것은. 두 사람은 아마 간만에 저녁 바람을 쐬러 나갔었고, 그 사이 문제아였던 태성이 자살을 한 것으로 처리하려고 할 것이다. 그 후 태성의 자살보험금을 받는다. 그것이 두 사람이 바라는 결말일 것이다. 하지만 원하는 대로만 되지는 않을 것이다. 그렇게 되어서는 안 된다. 자신의 인생이 바뀌기 위해 사라져야 하는 것은 세 사람. 당신들까지 포함이니까.

진성은 어두운 방 안에 누워 눈을 똑바로 뜨고 천장을 노려보았다. 이런저런 상념이 스쳐지나갔지만 귀와 온 신경은 문밖을 향하고 있었다. 숨을 죽인 채 한 시간쯤일까, 가늠하기 어려운 시간이 흘렀다.

문이, 인기척 없이, 조금 열렸다.

진성은 눈을 더욱 깊게 감았다. 신경 줄이 팽팽하게 당겨졌다. 문을 연 사람은 누구일까. 아버지? 아니면 어머니? 알 수 없었다. 문을 연 누군가는 들어오지도 나가지도 않은 채 잠시 그러고 있었다. 그러고는 무언가의 확인을 끝마쳤는지 문을 다시 닫았다. 처음처럼 조용히, 아주 천천히.

진성은 어둠 속에서 눈을 떴다. 자신이 완전히 잠들었는지 확인하려고 온 것이리라. 확인을 마쳤으니 드디어 시작되는 것이었다. 곧이어 수런거리는 소리가 들렸다. 문을 연 것이 누구인지는 알 수 없으나 분명 다른 한 사람도 문 앞에 서 있었다는 것을 알 수 있었다. 두런거리는 소리는 조금 멀어졌고, 뒤이어 이런저런 소리가 들려왔다. 다용도실의 문을 여닫는 듯한 소리도 들었다. 그리고 동생의 방문이 천천히 열리는 소리. 진성은 긴장했다.

혹시 예상치 못한 분란이 일어나는 게 아닌가 하는 생각까지 들었다. 다시 문이 닫히는 소리가 들리기까지 진성의 머릿속에는 갖가지 생각이 스며들고 흘러갔다.

그리고 두 사람의 소리가 완전히 이 집 안에서 사라진 후에야, 두 사람이 자신들의 계획을 성공시키고 도주한 순간에서야 진성은 길게 숨을 내쉬었다. 언젠가부터 숨마저 멈추고 있었다는 것을 그제야 깨달았다.

진성은 손을 뻗어 침대 옆 보조테이블을 더듬거렸다. 휴대폰이 만져졌다. 휴대폰을 집어 손가락으로 테두리를 훑었다. 작게 만져지는 돌출 버튼을 누르자 화면 한가득 빛이 쏟아져 나왔다. 11시

48분.

얼마쯤이면 될까. 얼마의 시간이면 죽을까. 진성은 섣불리 움직이지 않기로 했다. 괜히 상태를 살피러 갔다가 아직 정신을 잃지 않은 태성에게 들키면 곤란하다. 태성이 행여 죽지 않더라도 자신은 이 사건에서 제3자여야 했다. 현장에는 있었으나, 고단한 잠에 빠져 이 끔찍한 부모의 만행을 상상조차 못했던 이 집안의 기둥이자 건실한 장남이어야 했다. 진성은 휴대폰을 얼른 닫았다. 이 집에서 새어나가는 빛 한 조각이라도 조심하고 싶은 심정이다.

어둠 속에서 희미하게 보이는 모든 것들을 응시했다. 그 위에 이런저런 생각들을 덮고 흘렸다. 그러다 큰마음을 먹고 다시 휴대폰을 열었을 때는 채 20분도 지나지 않았다. 생각보다 혀를 깨물 만큼 지루한 시간이었다.

* * *

심상치 않은 소리에 진성은 퍼뜩 정신을 차렸다. 잠에 빠지지 않기 위해 최선을 다해 정신을 모았는데도, 아차 하는 순간 잠이 든 모양이었다.

몽롱한 정신을 깨우치려 눈을 몇 번이고 깜박였다. 사위는 아직도 어둠 속에 깊숙이 침잠해 있었다. 몇 시쯤 되었을까. 가늠해 볼 새도 없이 용수철처럼 몸이 튀어 나갔다. 문 앞에 이르러서는 잠시 멈칫거렸다. 손잡이를 쥔 채 숨을 죽이고 문밖의 상황에 집중했다. 와중에도 뇌가 쉴 새 없이 움직였다.

잠에서 깬 것은 소리 때문이었다. 문이 닫혀 있어서 그런지 희미한 소리여서 이런 상황이 아니었다면 꿈이라고 치부했을지도 모를 만큼 작은 소리였다. 쿵쿵 거리는 소리였다. 소리는 집 내부에서 들려오고 있었다.

나온 건가?

진성은 불길한 기분을 느끼며 거실로 나갔다. 태성이 방에서부터 거실 쪽으로 기어 나오고 있었다. 발을 굴러 쿵쿵 소리를 낸 것이었다. 목소리가 나오지 않는지 애타는 눈으로 진성을 올려다보고 있었다. 진성은 싸늘한 눈으로 그를 내려 보다가 몸을 돌렸다.

태성은 죽는다. 죽어야 한다.

진성이 보았을 때 태성은 죽음의 목전에 있었다. 그런데 모든 계획의 중심인 그 일이 틀어진 것이다. 방으로 돌아온 진성이 태성을 다시 번개탄이 있는 방으로 끌어다 놓아야 하는 건 아닐까 고민하던 때였다. 잘못하면 태성의 몸에 손을 댄 진성의 흔적이 남을 수도 있으니 심사숙고하고 있었다. 그때 바깥에서 비명이 들린 것이었다.

처음 들어 보는 여자의 목소리. 진성은 조심히 문을 열었다. 곧장 태성의 방으로 시선이 옮겨졌다. 문이 열려 있었다. 그리고 현관문 역시 한 뼘쯤 되는 넓이로 열려 있었다. 문이 열려 있어도 손잡이를 놓으면 스르륵 닫히도록 설치된 도어체크가 제 기능을 못한 것은 문 사이에 태성의 머리가 끼어 있었기 때문이었다. 진성은 주먹을 움켜쥐었다.

기어 나간 것이다. 살겠다고. 그 쓰레기 같은 인생 기어이 살아

보겠다고.

차라리 태성을 방에 끌어다 놓았어야 했다. 인상이 구겨지고 욕지거리가 목구멍을 치고 나오려 했다. 태성에 대한 혐오가 머리끝까지 치달았다. 정말 끝까지 인생에 도움이 안 되는 녀석이었다.

"안에 누가 없나 초인종이라도 눌러 봐요."

놀라서인지 약간은 흥분한 듯한 여자의 목소리에 진성은 정신을 퍼뜩 차렸다. 이미 어그러진 일은 어쩔 수 없다. 이렇게 된 이상 위험은 최소화해야 한다. 그리고 바뀐 상황에 맞게 자신의 포지션을 정해야 한다.

결정한 순간, 진성은 주저 없이 행동으로 옮겼다. 흐트러진 잠옷 차림 그대로 현관문을 향해 와락 달려들었다. 모여 있는 사람은 두 명. 진성도 알고 있는 얼굴이다. 옆집에 거주하고 있는 중년의 부부였다. 특별히 친하게 지내는 사이는 아니지만 승강기 안에서 몇 번 부딪힌 기억이 있다.

문을 연 순간 두 사람의 시선이 동시에 진성에게로 쏟아졌다. 여자는 놀란 눈으로 진성을 보고 있었고, 남자 쪽은 귀에 휴대폰을 대고 있다. 진성을 보면서도 얼른 정신을 차려 통화를 이어나갔다. 아마 신고하는 중이었을 것이다.

진성은 두 사람을 보던 둥그렇게 뜬 눈을 아래쪽으로 내렸다. 태성이 엎드린 채 널브러져 있었다. 여기까지 어떻게 기어 나온 것인지 모르겠으나, 이미 움직임은 전혀 없었다. 혐오스러운 생존력에 인상이 찌푸려지는 것을 억누르고, 태성을 향해 경악하며 달려들었다.

"태성아! 이게 무슨!"

"이게 무슨 냄새죠?"

태성의 양 어깨를 부여잡고 뒤흔드는 순간 여자의 목소리가 들렸다. 신고를 마친 남자가 여자의 말에 관심을 보였다. 남자는 킁킁 거리며 냄새를 맡다 이끌리듯 열린 현관문 쪽으로 다가섰다. 진성은 자신의 등 뒤로 온 신경이 몰리는 것을 느꼈다.

"이거, 연탄 가스 냄새 아니야?"

남자가 허락도 받지 않은 채 집 안으로 뛰어 들어갔다. 곧장 남자의 외침이 들려왔다.

"번개탄을 피웠어!"

* * *

결과부터 말하자면, 불행하게도 태성은 살아남았다. 죽어 줬다면 좋았을 텐데. 조사를 위해 불려간 경찰서 안에서 진성은 진심으로 생각했다. 그런 생각을 하는 순간 심장 근처가 서늘해지는 감각을 느꼈다. 생소하지 않은 감각이다.

그때 진성의 맞은편 의자에 담당형사가 와 앉았다. 양손에 나누어 들고 있던 커피 두 잔 중 한 잔을 진성의 앞에 놓았다. 작게 목례를 한 진성은 커피를 바로 들어 마시는 대신, 두 손을 들어 얼굴을 쓸어내렸다. 손을 내리는 동안 계획된 표정을 지었다. 몹시 지치고 힘든 기색의 얼굴이어야 한다.

"놀랐을 텐데, 우선 마셔요."

"감사합니다."

들릴 듯 말 듯한 목소리와 함께 고개를 주억거린 진성은 종이컵에 담긴 커피에 입을 가져다 대었다. 하지만 한 모금 정도를 목 안으로 넘기는 것이 고작이었다. 종이컵을 다시 내려놓는 진성의 손을 형사가 안타까운 듯 쳐다보았다.

"같은 형사끼리 이런 조사하는 거, 참……. 혹시, 이런 일이 있을 만한……. 그러니까 무슨 징조 같은 거, 평소에 없었어요?"

대답 대신 진성은 천천히 고개를 가로저었다. 형사 역시 그랬을 거라고 짐작했던지 고개를 끄덕이고는 컴퓨터에 뭔가를 입력했다.

"그래요. 그럼 혹시 부모님이 갈 만한 곳, 연락이 닿을 만한 뭔가 없어요?"

"저도 여기 오면서 계속 연락해 봤는데 받지를 않아요."

흠, 하고 형사는 뭔가 고민했다. 그는 키보드에서 손을 떼고 진성을 응시했다.

"김진성 씨. 충격이 클 것 같아서 지금 말하기는 뭣하지만, 경찰에서는 지금 진성 씨의 부모님 두 분이 동생인 태성 씨를 먼저 살해하고 동반 자살을 하기 위해 잠적한 거라고 추정하고 있어요. 그러니 행여나, 부모님이 처벌받을까 봐 숨겨서는 안 된다는 말이에요. 처벌을 피하는 것보다 목숨을 구하는 것이 나을 테니까."

진성은 굳게 입을 다물었다. 그의 입이 열리기만을 기다리는 형사의 초조가 느껴져졌다. 질의와 응답 사이의 간극은 그 영향이 생각보다 크다. 질의에 곧장 붙이는 응답은 그 진실을 가늠할 여지를 준다. 그러나 질의 끝에 침묵을 붙이면 상대의 초조는 극에 달하고, 그러는 끝에 나오는 답변은 그대로 믿어 버린다. 게다가 그간의 침묵은 말을 해야 하나, 말아야 하나 고민할 정도로 고심한 끝에 내놓는 대답이라는 인상마저 준다.

진성은 스스로가 신기했다. 경찰이 되기 전부터 누가 알려 주지 않아도 이런 방법은 이미 체득되어 있다.

"하지만 그렇다면 어째서…… 태성이의 방에서 함께하지 않으셨을까요?"

그런 말을 하는 것 자체가 부모를 고발하는 것이다. 거기서 오는 죄책감과 동생을 보호하려는 형의 마음 사이에서 혼란스러운 듯 느릿하고 불안한 어조로 말했다. 형사는 눈을 휘둥그렇게 떴다. 진성의 말이 그에게 힌트를 준 것이 분명했다. 의도대로였다. 형사는 둥그렇게 뜬 눈으로 진성을 응시하느라 자신의 휴대폰이 울리는지도 알지 못했다.

두 사람은 애초에 죽을 마음이 없었다. 그것은 명백한 진실이다. 그 진실을 밝히고 부모를 고발함으로써 자신의 인생을 방해하는 장애물을 치운다. 그것이 진성의 계획이었다.

"혹시……."

형사가 조심스럽게 입을 열었다. 물어보려던 말은 듣지 않아도 알 것 같았다. 부모와 동생 사이에 무슨 일이 있었던 것은 아니었는지를 물으려는 것이다. 하지만 그것을 묻기도 전에 형사의 휴대폰이 재차 울렸다. 형사는 진성의 얼굴에서 시선을 떼지 않은 채 잠시 보다가 휴대폰의 발신자를 확인하고는 급히 받았다.

"그래, 어떻게 됐어?"

전화기 너머에서 조금 큰 남자의 목소리가 들려왔다. 내용은 들리지 않았지만 조금 흥분한 목소리였다. 그 말을 듣는 형사의 미간이 구겨졌다.

"그래? 알았어. 곧장 들어와."

형사는 전화를 끊었다. 진성은 형사를 응시했다. 모든 일이 순조롭게 흘러가고 있음이 명확했다.

그런 속내도 모르고 형사는 진성에게 유감이라는 듯 말했다.

"진성 씨, 부모님을 찾았어요."

* * *

두 사람은 인천에서 체포되었다. 태성이 죽음 직전의 상태에서 발견된 지 꼭 여섯 시간 만이었다. 이동수단은 렌터카였다. 렌터카 회사를 통해 확인한 결과 사건 하루 전에 이미 렌트해 온 것이 밝혀졌다. '계획적 범죄'라는 문장이 조서에 추가되었다.

담당 형사의 책상에 주요 증거물로 식당 영수증이 놓여졌다. 그들이 체포된 인천 부두근처의 횟집으로, 12만 8000원짜리 영수증이었다. 아들 방에는 불 피운 번개탄을 밀어 넣고, 자신들의 입으로는 싱싱하고 질 좋은 회를 밀어 넣고 있었던 것이다. 모여든 형사들에게서 실소가 터졌다.

"생활이, 사는 게 너무 힘들어서……. 애 방에 번개탄을 피워 놓고 우리는 나가서, 차로 바다에 뛰어 들려고 했는데, 갑자기 무서워져서……. 그래도 죽으려고 번개탄을 피우려는데 형사님들이……."

울먹이는 건지, 울먹이는 척을 하는 건지, 계속되는 흐느낌에 그렇잖아도 두서없는 말들이 이리저리 끊어졌다. 하지만 곧 그 말도 거짓말임이 드러났다.

번개탄을 피워 죽으려던 찰나 형사들이 들이닥치는 바람에 죽지 못했다.

그것이 그들의 주장이었지만 온전한 거짓말이었다. 그들의 소지품이나 타고 있던 차량 어디에서도 불을 피울 수 있는 라이터 같은 것이 나오지 않았다.

"부싯돌로 불붙이려 했나 보지."

누군가 비아냥댔고, 사람들이 쿡쿡 웃었으며, 부모라는 알량한 이름을 붙이고 앉은 두 사람은 고개를 숙였고, 옆에 앉아 있던 진성은 웃음을 참기 위해 더 상처 받은 듯 참혹한 표정을 연기해야 했다. 실로 시트콤 같은 일이 아닐 수 없다. 너무나 허술한 그들의 계획에 실소가 터지려 했다.

그들은 존속 살해 미수 혐의로 기소되었다. 증거 인멸과 도주의 우려가 있어 구속된 채 조사를 받았다. 첫 번째 재판에서 그들은 유죄가 인정되어 6년형을 선고 받았다. 솜방망이 처벌이라는 여론의 비판에도 두 사람은 기죽지 않고 곧장 항소할 의사를 피력했다. 항소는 받아들여지지 않았다.

재판이 끝난 뒤 진성은 곧장 병원으로 향했다. 재판이 진행되는 동안 휴대폰을 꺼둔 사이 도착해 있던 메시지 때문이었다.

태성 학생 깨어났어요.

문자를 보낸 것은 태성을 맡겨둔 요양사였다.

구조되었던 태성은 한동안 의식을 찾지 못했다. 뇌손상이 의심된다는 담당의의 진단 소견이 있었다. 차라리 죽어 줬으면 좋았을 걸. 그랬더라면 짐 같은 동생도 없고, 살인 미수 따위가 아니라 살인죄 적용으로 더 긴 형기가 주어졌을 것이었다. 그런 동생이 깨어났다. 짜증스러웠지만 진성은 곧장 병원으로 향했다. 부모를 고소하면서까지 동생을 구하려던 애틋한 형의 연기를 실컷 한 주제에 모르는 척 할 수는 없으니까.

병원에 들어서며 진성은 요양사에게 전화를 걸었다.

"네, 아주머니. 문자를 이제 봤어요. 태성이 괜찮나요? 아프다고 하거나 그러진 않아요?"

"아니, 그런 건 없는데…… 그보다……."

요양사 아주머니의 말끝이 흐려졌다. 무슨 일이 있는 건가 하는 생각을 하며 무심결에 고개를 든 순간 진성은 멈칫했다. 맞은편에서 태성이 걸어오고 있었다. 입술을 살짝 벌리고 흐리멍덩한 눈으로 이쪽저쪽을 둘러보고 있는 멍청한 모습이었다.

그때, 두 사람의 눈이 마주쳤다. 전화를 든 채로 진성은 자신도 모르게 미간을 조금 구겼지만 이내 입가를 끌어당겨 미소를 지었고, 태성은…… 그를 스쳐지나갔다.

'어?'

진성은 고개를 돌려 자신을 스쳐지나간 태성의 뒷모습을 보았다. 전화기 너머에서 요양사 아주머니의 말이 이어졌다.

"그런데 저……. 태성 학생이 기억상실이래요. 아무것도 기억을 못해요."

"아무…… 것도요?"

진성은 태성의 뒷모습을 응시하며 물었다. 심장이 뛴다. 또 하나의 동아줄이 우물 안에 빠진 그에게로 내려지고 있다.

"그런가 봐요. 지금 검사실에 갔어요. 마침 간호사가 혈압을 재고 있던 차라 태성 학생이 눈을 뜨자마자 의사를 불러 왔는데 의사가 이것저것 물어보니까 기억나는 게 아무것도 없다고……."

"혹시 태성이에게 가족 이야기 했어요? 형이 있다거나, 곧 올 거라거나."

"아뇨, 이야기 못했어요. 그럴 얘기할 시간이 있었나 뭐. 눈 뜨자마자 의사가 데리고 갔는데. 금방 올라올 거니까 그때……."

요양사 아주머니는 행여 원망의 소리라도 들을까 싶어 열심히 변명하는 듯했다.

"아뇨. 아무 말도 하지 마세요."

"네?"

"아시잖아요. 그 애, 어떻게 병원까지 오게 됐는지."

"아……."

"충격 받을까 봐 그래요. 제가 천천히 조금씩 알리려고요. 부탁드려요."

"그럼요, 그럼요."

"병원에 바로 가 보고 싶은데 전 일 때문에 며칠 걸릴 거 같아요.

그때까지 부탁드릴게요. 뉴스 같은 거, 충격 받을지도 모르니까 안 보게끔 해 주시고요. 주치의 선생님께는 제가 만나 뵙고 말씀드릴 테니까요. 태성이한테는 제 얘기도 하지 마셔야 해요. 가족에 대해 물으면 잘 모르겠다고 하세요."

"그래요. 너무 걱정하지 말아요."

다정한 목소리로 요양사가 그를 안심시켰다. 이 불쌍한 형제에게 어떻게든 도움을 주겠다는 사명감 같은 것이 느껴졌다. 진성은 회심의 미소를 지으며 전화를 끊었다.

* * *

진성은 곧장 주치의를 만났다. 요양사에게 말했던 그대로를 반복했다. 뇌에 충격을 받아 기억을 잃은 태성이 지금 자신에게 일어났던 일에 대해 알게 되면 더 큰 충격을 받지 않을까 하는 것이 이야기의 요지였다. 그 부분에 대해서는 주치의도 의견을 같이 했다. 진성은 주치의에게 퇴원을 요청했다. 검사 결과 기억 상실 이외의 문제는 없었기 때문이다.

주치의는 조금 고민하는가 싶더니 보호자가 원한다면 그렇게 해 주겠다고 했다. 무엇보다 경찰인 진성의 직업이 의사의 마음을 움직이는 데 주효했다. 진성은 주치의에게 다시 한 번 당부의 말을 한 뒤 진료실을 나왔다.

"바빠지겠군."

진성은 회심의 미소를 지었다. 지나가던 사내아이가 이상하다는 듯 진성을 물끄러미 쳐다보았다. 진성은 기분 좋은 웃음과 함께 아이의 머리를 쓰다듬었고 아이는 곧 복도 끝으로 사라졌다.

진성은 가장 먼저 요양사에게 전화를 걸었다. 갑작스레 태성의 퇴원이 정해졌으니 더 이상 나오지 않아도 된다고 했다. 요양사는 당황한 듯했지만 곧 알겠다고 대답했다.

바로 퇴원할 생각은 아니지만 이로써 진성의 존재를 태성에게 발설할 만한 가장 위험한 사람을 떼어 놓았다. 요양사는 물론 그러지 않겠다고 말했지만 그건 모를 일이었다. 그 나이 또래 중년 여자들의 입이란 바람 부는 날 걸어 놓은 기저귀만큼이나 펄럭거리기 때문이다.

그때부터 진성은 가족들의 사건 보도 자료를 스크랩했다. 재판이 막 종료된 터라 연일 기사들이 쏟아져 언뜻 자료를 찾기에 쉬워 보였지만 그렇지만도 않았다. 스크랩에 들어갈 기사에는 중요한 조건이 하나 있었다. 절대 '형'인 자신에 대해 언급된 것은 안 된다는 것.

스크랩을 마친 후 일의 진행은 빨랐다. 후배를 시켜 스크랩을 태성에게 전달했다. 후에, 태성이 그 상자를 기억 상자라고 불렀다는 것을 알게 되었을 때는 실소를 금치 못했다.

* * *

기억 상자를 받은 태성은 진성이 예상했던 것보다 훨씬 더 큰 충격을 받은 것 같았다. 배식되는 식사는 흐트러진 흔적도 찾아 보기

어려울 만큼 깨끗하게 도로 반납되었고, 그의 주변에는 시간이라는 것도 존재하지 않는 듯 하루 종일 멍하니 앉아 있기만 했다.

그리고 아주 선불리 모든 것을 믿었다.

자신을 부모님이 살해하려 했다는 사실, 그러니 너는 이제 더 이상 가족도 뭣도 없다는 사실, 아무것도 가진 것 없으니 국가 보조금 몇십만 원으로 연명하는 달동네 거주민이 되어야 한다는 사실.

태성은 단 한 가지의 이의도 의문도 없이 모든 것을 받아 들였고, 모든 것을 그대로 따랐다. 스스로 알아 보려는 생각은 조금도 하지 않았다. 어떻게든 자신이 벌어서 더 나은 상황을 만들어 낼 생각도 하지 않았다. 오로지 진성이 짜 놓은 판 위의 모든 것을 받아들이고, 그것에 몸을 구겨 넣어 맞췄다. 자신의 앞에 놓인 인생의 파도에 단 한 번도 항거할 생각을 하지 않았다.

원래 그런 인간이었다.

하루가 멀다 하고 부모의 속을 썩이고, 얼굴에 먹칠을 하고, 핏줄로서 가지고 있던 일말의 걱정이나 관심조차 말려 버리는 놈이었지만, 그 속에는 단 한 번도 자신의 힘으로 살아 보려 애써 본 적 없는 자의 나약함이 전부인 녀석이었다. 충격을 받고 기억을 잃어도 그 한심한 본질은 바뀌지 않았다.

진성은 태성을 판자촌에 박아 놓고 빠르게 일상으로 복귀했다. 베드로라는 남자에게 시켜 태성의 일거수일투족을 보고받았다. 기억을 되찾는 건 아닌지, 행여 이미 기억을 찾은 건 아닌지, 쓸데없는 일을 저지르는 건 아닌지. 혹시…… 자살을 할 생각은 없는지.

그때의 태성은 진성에게 있어서 해약하지 않은 적금 통장 같은 것이었다.

하지만 자신의 인생에서 멀리 떨어져 있는 것을 원했다. 부모도 없고 형제도 없는 지금 이 순간이 믿어지지 않을 만큼 홀가분했다.

변화는 인생의 역경처럼 느닷없이 빠르게 찾아왔다.

그날, 진성은 여느 때처럼 베드로에게 연락을 취했다. 처음엔 기억을 찾을까 하는 불안이었지만, 이제는 유흥같이 느껴지기도 했다. 아무것도 모르는 채 멍청히, 유령처럼 살아가는 태성을 보면 알 수 없는 우월감, 미묘한 쾌감 같은 것이 그의 가슴에 몽글, 피어났다.

베드로는 태성이 평소와 다르다고 했다. 누가 들어오는 것은 아닌지 확인하기 위해 문틈에 꽂아 놓은 붉은색 종잇조각이 바닥에 떨어져 있었고, 무엇보다 두고 간 지갑의 위치가 달라져 있었다는 것이다.

태성이 들어온 것이 확실하다고 직감했다. 확실하지 않지만 1000원 혹은 2000원 정도가 빈 것 같다. 그렇다면 태성밖에 없다. 이 판자촌의 다른 사람이었다면 지갑 안의 돈을 남겨놨을 리가 없다. 이야기를 듣고 진성도 그 생각에 동감했다. 그 정도의 한심한 배포는 이 세상을 통틀어 그 녀석뿐일 것이다.

베드로에게 시켜 확인해 보니 역시나 태성은 자신의 방에 없었다. 1000원, 2000원을 들고 어디에 갔을까. 설마 기억이 돌아온 건 아니겠지. 가슴에 불길한 박동이 뛰고 있었다.

다급히 뛰쳐나갔다. 태성을 찾아야 한다. 도로를 빠르게 시선으로 훑으며 진성은 태성을 찾기 시작했다. 인근 포장마차로, 슈퍼로 뛰어 들어가 찾았다. 그런 진성의 눈에 PC방이 들어왔다. 처음에는 그냥 지나치려 했다.

'잠깐.'

진성은 걸음을 멈추었다. 아버지의 손으로 태성의 컴퓨터를 부수기 전까지 그는 하루에도 몇 시간씩 지치지도 않고 방에 틀어 박혀 게임을 했었다. 어쩌면, 하는 생각으로 피시방으로 향하는 계단을 내려갔다. 출입문을 연 순간 그의 예감이 적중했다. 제일 안쪽 구석진 자리에서 태성이 앉아 있다가 마침 일어났다. 진성은 몸을 틀어 얼굴을 숨겼고, 태성은 눈치 채지 못하고 화장실로 들어갔다.

진성은 슬며시 고개를 틀고 화장실 쪽을 살폈다. 운이 나쁘면 화장지가 없다고 태성이 다시 나올지도 모르는 일이었다. 자신을 보면 잠든 기억이 눈을 뜰지도 모른다. 그걸 방지하기 위해 지금껏 단 한 번도 모습을 드러내지 않았다.

진성은 PC방으로 베드로를 불렀다. 그리고 태성이 무엇을 하고 있는지 보고 오라고 지시했다. PC방 주인이 이상하다는 듯 그를 보았지만 진성은 신경 쓰지 않았다. PC방 주인도 딱히 그를 잡지는 않았다.

베드로가 태성의 자리로 가는 잠깐 동안, 진성의 머릿속에는 갖가지 생각이 스쳤다. PC방에 앉아 뭘 했을까. 뭘 검색했을까. 혹시 사건에 대한 검색을 하는 건 아닐까. 이미 기억을 다 찾아놓고, 자신의 뒤통수를 치는 극적인 반전을 맛보기 위해 모르는 척하며 뒤로는 뭔가를 준비하는 게 아닐까. 그런 생각들을 하자 태성이 그간 판자촌에서 보여 왔다던 멍청한 표정들과 더없이 한심한 행동들에 모두 뭔가의 계산이 숨어 있는 것처럼 생각되기까지 했다.

그러나 잠시 후 돌아온 베드로에게 보고를 듣는 순간 그는 하마터면 크게 웃음을 터뜨릴 뻔했다.

베드로는 그것이 무엇인지 알지 못했다. 작은 쪽지창 하나가 열려 있었고, 내용은 뭔가의 약속을 잡는 내용이었다. 쪽지의 내용과 함께, 쪽지창 뒤로 보이는 인터넷 카페의 제목을 적어 왔다. PC방을 나온 진성은 곧장 카페의 이름을 검색했다.

천국, 동반. 그 두 단어가 가득한 그곳은 자살 카페였다. 드디어 온 것이다. 잠깐의 여흥을 뒤로 하고 드디어 예치해 둔 적금의 만기가 도래했다. 아주 적당한 때였다. 이제 슬슬 그를 지켜보는 것도 지겨워졌고, 부모도 교도소에 수감되어 있으며, 돈은 아무리 있어도 부족한 줄 모르는 것이니까.

진성은 쪽지의 내용을 빠르게 외웠다. 동생을 걱정하는 애끓는 형으로서, 유능한 형사로서 그냥 있어 봐야 도움이 되지 않는다. 이들이 죽음을 향한 여행을 떠난 후 이틀 뒤 진성은 태성을 찾아 수사를 시작할 작정이었다. 형에게 짐이 되기 싫어 떠난 동생을 추적하는 형을 연기하기에 적합하다. 잊지 않을 만큼 완벽히 외웠다.

* * *

태성이 떠났다. 정말 떠났는지 확인하기 위해 이틀을 연거푸 판자촌을 기웃거렸다. 태성은 돌아오지 않았다. 이왕 떠났으니 꼭 성공하길 바란다. 텅 빈 태성의 방에 홀로 앉아 있다가, 그가 떠난 지

꼭 이틀째 자정을 넘긴 시간, 그가 돌아오지 않을 거라는 확신이 들자, 진성은 주먹을 불끈 움켜쥐었다.

다음 날 아침 진성은 일찍 출근했다. 그의 책상 오른쪽 한편에 올려져 있는 프린트물들을 집어 올렸다. 지난해와 올 한해 발생된 집단 자살 사건들의 보고서였다. 사건들은 거의 떠난 당일에 계획을 자행하지 않았다. 강원도 산골의 별장이나 펜션을 빌려 모인 뒤, 이야기를 나누고, 삼겹살을 구워 먹고, 술을 나눠 마시고, 그 뒤에야 일을 벌였다. 그래서 펜션 주인들은 하나같이 단순히 여행을 온 사람들로 생각하고 별 관심을 두지 않았다고 진술했다. 어차피 죽기 위해 모인 인간들이, 여행이라도 온 것처럼 입에 고기쌈을 쑤셔 넣는 심리는 뭘까. 진성은 보고서를 읽으면서 내내 이해가 가지 않았다.

태성이 떠난 지 이틀째, 평균적으로 보면 이미 그들의 계획은 성공을 끝으로 종료되었을 것이었다.

"뭘 그렇게 봐요?"

갑자기 들려온 목소리에 고개를 들었다. 후배 신경환 형사였다. 그는 진성이 들고 있는 출력물을 보고는 아, 소리를 내며 알은체했다.

"동반 자살 사건이네요. 종결된 사건 보고서 같은데, 왜요? 뭐라도 있어요?"

다른 사건과의 연관성이나, 아니면 이미 종결된 사건에서 다른 냄새라도 맡은 것인지를 묻는 것이다. 아무 이유 없이 보고 있었다고도, 뭔가 있어 보고 있었다고도 둘러댈 수 없어 진성은 입을 다물고 가만히 있었다. 뭔가 확인할 게 있어서 보고 있었다고 말했다가 그게 뭐냐고 집중 추궁당할 위험이 있다. 그때 진성의 눈을 잡는 것이 있었다. 보고서 속 사진에 찍혀 있는 한 남자. 수갑을 차고 사건 현장에서 형사들에게 설명하고 있었다. 그런데 그 모습이 어쩐지 낯익다. 단순한 낯익음뿐이라면 그냥 넘어 갔을 테지만, 이 낯익음은 달랐다. 불안을 동반하고 있다. 형사의 감인지도 몰랐다. 진성은 보고서를 자세히 읽기 시작했다. 보고서 속 사건들에는 눈을 의심할 만한 공통점이 있었다. 같은 강원 지역이긴 하지만 홍천, 화천, 춘천, 태백, 평창. 모두 다른 관할서에서 내사 종결되었기에 공통점을 찾지 못하고 넘어간 것도 무리는 아니었다. 동반 자살 사건이 한두 번 있는 일도 아니었기에.

일단 쉽게 찾을 수 있는 공통점은 같은 강원 지역이라는 점. 각 사건들의 사망자가 모두 네 명이라는 점. 그 비율이 여자 2명 남자 2명으로 동일하다는 점. 사망자들의 주머니에서 '이 죽음은 스스로의 선택이다.'라고 분명히 명시한 유서가 발견되었다는 점. 그리고 가장 진성의 심장을 얼어붙게 만든 것은 두 번째 사건과 네 번째 사건의 사진이었다. 모두 사망으로 처리되었지만 두 번째 사건과 네 번째 사건에서 생존자가 있었고, 두 사건의 생존자는 동일인이었다…….

진성은 곧장 보고서 속 생존자의 신원을 파악했다.

"한동준?"

"선배. 진짜 뭐라도 있는 거예요?"

진성은 다섯 개의 사건 보고서를 책상 위에 늘어놓았다. 그리고 경환에게 사건의 연관성에 대해 설명했다.

"글쎄요, 우연이 아닐까요? 강원권은 구석진 곳이 많아서 통계적으로도 집단 자살 선택지 전국 1위 먹을걸요. 전부 네 명이고 비율이 같은 건 우연일 수도 있겠죠. 이런 일은 소수인 편이 좋고, 짝 맞추기는 인간의 본능이랄까."

"여기엔 이 사람들, 초면이라고 되어 있는데 어디서 만난 걸까?"

경환이 보고서를 손가락으로 가리켰다.

"그것도 여기 적혀 있네요. 인터넷에서 만나……."

경환의 머리에도 뭔가 스쳤는지 손가락의 움직임이 멎었다. 지방 경찰서. 간혹 벌어지는 집단 자살. 그래서 보고서의 내용도 으레 비슷하고, 그 일이 어떤 곳과 끈이 닿아 있는지는 관심 없다.

"그러니까 인터넷 어디?"

진성은 곧장 당시 수사를 했던 각 지방 경찰서에 공문을 띄워 협조를 요청했다. 수사 자료가 더 이상 남아 있지 않은 곳은 직접 사이버 수사대 쪽으로 협조 공문을 띄웠다. 그들이 모였다는 인터넷 커뮤니티 조사 요청이었다. 그리고 각각의 답신이 들어오기 시작했다.

인터넷 카페, 더 헤븐이 수면 위로 떠오르는 순간이었다. 그곳은 태성이 가입되어 있는 곳이었다.

진성은 한동준에 대해 조사하다 그가 제이티의 일가 중 한 명이라는 것을 어렵지 않게 알아냈다. 진성은 부모가 태성에게 부여한 쓰임새를 자신이 온전히 쓸 때가 왔다고 생각했다.

* * *

경찰서 내부에서는 진성이 피해자 중 한 사람인 김태성의 형일 거라고는 아무도 알지 못하고 있었다. 심지어 청장도 그러했다. 태성을 구출해 낸 뒤, 제이티그룹에서는 청장에게 어떤 압력을 넣었는지, 청장이 내내 진성의 눈치를 보았다. 그저 처분만 바라는 죄인 같은 얼굴이었다. 진성이 이 일을 본격적으로 수사해야 한다고 주장하고 나올까 봐 겁이 나는 모양이었다.

진성은 곧장 청장실로 올라갔다. 보통 절차를 따라야 했지만, 그럴 필요를 느끼지 못했다. 평소와 다른 느닷없는 방문이었다.

"연락처 주시죠."

"누, 누굴 말인가."

"아시지 않습니까. 그 핸드폰에 전화를 걸 수 있는 유일한 제이티그룹 사람. 이 일이 알려지길 바라지 않는 사람."

별장을 찾아가기 전날, 한동준의 엄마일 거라고 추정되는 여자와 통화를 하긴 했지만, 발신 번호 표시 제한으로 걸려왔고 그쪽의 연락처도 받지 못했다. 사건이 얼추 정리되면 그쪽에서 먼저 뭔가의 접촉이 있을 거라고 생각했었다. 하지만 연락은 늦어지고, 눈치를 보고 있는 청장의 속만 까맣게 타들어갔다. 여자와 통화를 했었다는 사실은 청장도 알지 못하는 일이다. 그리고 진성은 더 이상 청장에게도 자신의 속내를 감출 필요를 느끼지 못했다.

"자네……."

"말했지 않습니까. 이 일을 해결해도 바깥으로는 퍼지지 않을 거라고요. 그렇다면 그에 대한 협상이 이뤄져야 하지 않겠습니까?"

청장은 침묵을 지켰다. 머릿속으로 계산을 하고 있음이 뻔했다. 그간 한동준이 벌여온 일이 알려지지 않은 이유가 여기에 있었다. 바로 이 사람이었다. 이 사람이 모든 일을 정리하고 수습해 왔다. 그리고 그 일에 대한 대가는 경찰청장으로서의 자존심을 땅에 내버리고도 만족할 만한 대단한 것이었으리라.

그러나 이번에는 상황이 달라졌다. 자신의 목줄이 남의 손에 걸린 것이다. 하지만 진성은 진실을 밝히라고 할 생각이 없다. 애초에 원했던 것은 진실 따위가 아니다. 김진성 형사는 청장이 이번 일에 매개체가 되어 줄 거라고 믿어 의심치 않았다.

"어쨌든 이 일에는 생존자가 있어. 비록 공개적으로 이 수사를 벌인 일이 아니기 때문에 자네들 입만 다물면 된다고 생각하겠지만 그자의 입은 어찌 막을 것인가. 곤란한 일이 생기면 자네도 나도 좋을 일은 없을 거야."

결국 자신의 목숨 부지를 생각하는 것이다. 속이 빤히 들여다보였다.

"걱정 마십시오. 그 사람의 입은."

"어찌 그렇게 자신하는가."

진성은 자리에서 일어섰다. 그러고는 청장을 내려다보았다. 평소 위엄 있어 보이던 존재였지만 지금은 아주 하찮아 보였다. 둥글게 굽어진 어깨도 눈에 들어왔다. 동아줄이라도 잡듯 자신의 대답을 간절히 기다리고 있는 눈을 보는 일이 즐거웠다.

"생존자, 그 사람. 제 동생이니까요."

경악하는 청장을 뒤로 하고 진성은 여유롭게 문을 향해 걸었다. 곧 상대측에서 연락이 올 것이다. 협상은 수월할 것이다. 상대는 돈이 지극히 많고, 자신은 돈을 지극히 원하니까.

문을 열기 위해 손잡이를 잡던 진성은 문득 생각나 청장에게로 고개를 돌렸다.

"참 그리고 입이 하나 더 있죠? 그쪽은 알아서 해 주십시오."

진성은 예의바르게 허리를 숙여 인사한 뒤 청장실에서 나갔다.

며칠 뒤, 경환은 천안 경찰서로 발령을 받았다. 느닷없는 발령이었다. 그 결정을 경환은 받아들였다. 그리고 경환에게도 적지 않은 돈이 주어졌다.

떠나기 전날 경환은 진성을 찾아왔다. 선배로서 진성을 따르고, 그의 결정에 대한 믿음으로 충만했던 눈은 이제 없었다. 경계하면서도 경멸하고 있었다. 진성은 아무렇지 않게 그 시선을 받았다.

"나, 기억하고 있어요."

경환은 주먹을 쥐고 있었다. 진성은 그를 쳐다보는 것으로 물음을 대신했다.

"사고가 있어서 동생이 기억을 잃었는데, 기억을 잃기 전이나 다름없이 목숨을 버릴 생각만 한다고. 그래서 인생의 고됨도 느끼게 해 주고, 그래도 살고 싶은 감정을 느끼게 해 주고 싶다고. 그래서 나에게 어떤 상자를 넘기게 했고, 기초 생활 수급자니 뭐니, 거짓말하게 했었죠."

"그런데?"

"그 사람이 이번 사건 생존자, 김태성 씨죠?"

대답 대신 픽, 웃었다. 긍정이나 다름없는 웃음이었다. 그 웃음이 경환의 이성을 끊은 것 같았다.

"다 알고 있었던 거야. 죽으러 간 것도, 그게 더 헤븐이라는 것도, 어디로 간 것까지. 그래서 단숨에 별장도 찾아갔고, 무리하게 수사를 밀고 들어간 거야. 운영자 한동준이 제이티그룹 손자라는 걸 알고. 협상을 하기 위해서!"

경환의 목소리가 허공을 갈랐다.

"당신 정말 무서운 사람이야."

진성은 웃었다. 그러고는 싸늘한 표정으로 경환에게 말했다.

"정말 무서운 건 돈이야. 너도 알잖아? 통장에 찍힌 돈만 보고도 이미 체감한 거 아니야? 그래서 아무 말 없이 지방 발령 받아들인 거잖아?"

경환의 입이 꾹 다물어졌다.

"깨끗한 척 하지 마. 이 세상에 깨끗한 게 어디 있어? 손해 보지 않으려면 이득 보기 위해 노력하는 게 인간이야. 깨끗한 척이라도 하고 싶으면 그 돈 내놓고 네가 한번 이 바닥에서 싸워 보든가. 나도, 청장도, 제이티그룹도 적으로 돌리고. 응?"

경환은 아무 말 하지 못했다. 진성은 상체를 기울여 그의 귓가로 입술을 바짝 갖다 대었다.

"못하겠으면, 꺼져."

11. 모두 달라졌으나,
누구도 다르지 않다.

복수의 마음은 불길처럼 달아올랐다. 원망이 그 불길과 함께 너울거리며 춤췄다. 믿었던 진성이 자신을 어떤 눈으로 보았는지, 그렇게 미워하면서도 한동준에게 붙잡힌 자신을 왜 살리러 왔는지, 자신을 왜 거두었는지 이제야 알 것 같았다. 속았다는 사실이 치욕스럽고 분했다.

진성이 빙긋 웃으며 말했다.

"부모라고 도움 된 적 한 번도 없지만, 그런 일을 벌인 덕에 알게 됐지. 네 앞으로 가입되어 있는 보험이 자살에도 보험금이 지급된다는 걸."

이제야 명확히 알 수 있었다. 아무리 피를 나눴더라도, 그들은 가족이 아니었다. 자신은 그 집에서 덩그마니 떨어져 있는 섬이었다. 단 한 번이라도 자신이 섬이 아니었던 적이 있을까. 기억을 잃기 전에도, 기억을 잃은 뒤에도, 다시 기억을 되찾은 뒤에도 자신의 처지는 같았다. 마음이 늘 가난했다. 부족했다. 구걸해서라도 갖고 싶은 가족애는 자신에게 독을 담고 다가왔다. 억울함과 울음을 삼키듯 태성은 숨을 삼켰다.

"차라리, 직접 죽이지 그랬어. 그 사람들처럼 내 방에 번개탄을 밀어 넣고."

그랬더라면 그런 공포까지는 느끼지 않았을지 모른다. 그랬더라면 자신에게는 형도 부모도 없다는 것을 깨닫지 못했을 것이다. 그랬더라면 이렇게나 사무치게 외롭지는 않았을 것이다.

실망과 분노와 억울함과 슬픔으로 잔뜩 일그러진 태성의 얼굴을 보면서도 진성은 피식 웃었다.

"바보냐, 내가? 나 형사야. 자살 위장 살해가 완전범죄에 이르기가 얼마나 어려운 줄 알아? 살해로 밝혀지면 내 인생이 무너지는 것은 물론이고 한 푼도 건지지 못해. 내 인생을 너 때문에 발목 잡힐 수는 없지."

진성은 태성이 기억을 잃었다는 것을 안 순간, 그리고 원래의 그 나약한 천성으로 자살을 꿈꾼 순간, 자신에게도 기회가 있음을 깨달았다. 자살을 꿈꾸니 곧 죽을 것이고, 그렇다면 보험금을 받을 수 있다. 그래서 베드로라는 남자를 통해 태성의 옆에서 지켜 본 것이었다. 그런데 태성의 자살은 매번 실패하였다. 나약한 천성 때문이다. 한심했다.

태성은 자신을 농락하는 듯 웃는 진성의 얼굴 위에서 잠시 잊었던 기억을 떠올렸다.

PC방에서 본 베드로의 모습.

태성은 그때 화장실에서 나오고 있었다. 카페 더 헤븐을 알게 되고 초대의 쪽지를 받았던 때였다. 그때 그 쪽지는 태성의 죽음에 대한 갈망을 해결해 줄 하나의 창구처럼 느껴졌었다. 며칠 뒤 죽음보다 더 한 지옥으로 보낼 쪽지였는지는 알지 못했다. 화장실에서 나올 때 다시 한 번 카페 더 헤븐에 로그인 해 볼 생각이었다. 두 번밖에 들어가 보지 못해 읽어 보지 못한 게시글이 많았다. 그런데 화장실에서 나오자 뜻밖에 베드로가 와 있었다.

그 뒷모습만 봐도 베드로라는 것은 확실했다.

'형?'

그 부름에 베드로의 어깨가 움찔했다. 그 모습이 기억 속에 선연하다. 갑자기 불러서 놀라서였다고 생각했다. 적어도 그때는.

'베드로 형?'

그제야 그가 뒤돌아보았었다. 그리고 뭐라고 했었더라? 그 부분은 기억 속에 정확하지 않았다. 뭔가 시답잖은 말을 몇 마디 한 것 같다. 태성은 그때 그 말이 귀에 들어오지 않았었다. 자신이 사용하던 컴퓨터 모니터에 메시아, 한동준이 보낸 초대의 쪽지 창이 그대로 열려 있었기 때문이었다. 태성은 얼른 쪽지 창을 아래로 내렸다. 그러고는 베드로의 얼굴을 응시했다.

보았을 것이다. 그러나 베드로는 거기에 대해서 아무 말도 하지 않았다. 말려 줄 거라고 생각한 건 아니지만, 그래도 내심 서운했었던 기억이 있다.

하지만 이제는 알겠다.

그 정보들은 당연하게도 고스란히 진성에게 전달되었을 것이다.

턱이 덜덜 떨렸다. 움켜쥐고 있던 주먹에 힘이 빠져 버릴 것 같았다. 생각이 머릿속을 어지럽혔다. 생각하고 싶지 않은 것들이 그의 온 마음을 휘감고 있었다.

"동반 자살이라고 해서 때가 왔구나 싶었더니 데려간 새끼가 그렇게 이상한 새끼일 줄이야."

"살해당한 거라면 돈을 더 받을 수 있잖아. 그런데 왜……."

"물론 그렇지. 보험금만 생각하면. 근데 제이티잖아."

큭, 하고 진성이 웃었다. 소름 끼쳤다. 처음부터 철저히 그는 손익을 계산하며 자신을 보고 있었다. 어떤 것이 더 돈이 될지를 계산했다. 돈을 위해서라면 꼴 보기 싫은 동생에게 좋은 형 노릇을 하는 것은 아무것도 아니라는 듯이.

태성은 문득 두려움을 느꼈다. 진성은 지금 자신의 모든 계획들을 낱낱이 이야기하고 있다. 그 사실이 오히려 두려움을 일으켰다. 자신의 악의를 숨김없이 내보인다는 것은 태성을 두 번 다시 볼일 없는 사람이라고 생각하고 있다는 것이다. 그리고 절대 그 악의에 대한 진실이 알려지지 못할 것임을 확신하고 있다는 것이다. 그러니까 결국, 태성은 이 산 아래로 살아서 내려갈 수 없을 것이라는 얘기였다. 그 두려움은 태성에게 외면하고 싶은 것이었다.

"왜…… 나에게 그런 말을 해? 형이라고 믿었던 내가 충격이라도 받아서 자살이라도 하길 바라서?"

진성은 웃었다. 초등학생 자식의 수학 문제 오답에 보이는 다정한 부모의 태도처럼 부드럽게 고개를 저었다.

"니가 이곳에 와서 증거 찾기니 뭐니, 귀찮은 일을 벌이니까 안

올 수가 있니. 상대는 제이티야. 묵인하기로 하고 돈을 받았는데 그 약속을 이행하지 못하면 내가 어떻게 될 거 같아? 한순간에 나락이라고."

돌연 그의 표정이 무섭게 변했다.

"너 따위에게 내 인생을 발목 잡힐 수는 없잖아?"

"그래서 날 회유하겠다는 거야?"

"아니, 죽이겠다는 거야."

진성이 주머니에 손을 쑥 집어넣었다. 그 손에 무엇이 들려 나올지 태성은 예감했고 그 예감은 들어맞았다. 칼이었다. 손잡이는 검지보다 작고 칼 부분은 무척 길었다. 칼날이 햇빛을 받고 번뜩였다. 같은 빛이 진성의 눈빛에도 감돌고 있었다. 태성은 긴장하거나 겁먹은 티를 내지 않으려 애써야 했다. 목소리가 덜덜 떨리지 않도록 주먹을 움켜쥐며 말했다.

"내가 자살이 아니면 보험금을 받을 수 없어. 살해당했어도 형이 죽인 것으로 들통 나면 끝이잖아."

"이제 보험금 따위는 관심이 없어. 내 인생에서 더러운 오점 같은 널 없애는 편이 훨씬 이득이야."

"여기까지 형이 오는 동안 고속도로 CCTV에 하나도 안 찍혔을 거 같아? 분명 다 들통날 거야. 형은 처벌 받을 거라고. 인생이 나락으로 떨어질 거야. 기껏해야 나 때문에 인생에 발목 잡힐 수는 없다고 하지 않았어?"

"제이티가 알아서 해 줄 거야. 사건의 비밀을 알고 있는 인간이 많을수록 제이티그룹 입장에서는 좋지 않지. 내가 증인을 하나 없애주는 대신 살인 사건 하나 정도 무마 못 해 줄 거 같아? 제이티는 그쪽으로는 1등이야, 한동준 덕분에 이미 단련되어 있을걸."

소름이 끼칠 만큼 냉정한 어조였다. 이 순간 그에게는 죄책감 따위는 보이지 않았다. 난 죽는다. 그 눈빛을 보면서 태성은 그런 생각이 들었다.

많은 것을 깨달은 지금 태성은 묻고 싶었다. 울분이 치밀어 올랐다. 목구멍에서 짐승의 울음소리가 터져 나왔다. 한심한 인생을 산 것이 그렇게 잘못이었을까? 모두가, 가족이라는 사람들이 모두 나의 죽음만을 바랄 만큼?

그는 울었다. 공포심에 머리가 어떻게 되어 버린 건지도 몰랐다. 목구멍에서 뜨거운 뭔가가 차올랐다. 나한테 왜 그러냐고 소리를 질렀다. 고함도, 비명도 질렀다. 진성은 꼼짝 안 하고 태성을 보기만 하였다. 그러다 이내 그가 웃으며 말했다.

"이거 하나만 알아 둬. 이 세상에서 네가 살아 있는 걸 반기는 사람은 아무도 없어."

칼을 움켜쥔 진성의 손에 힘이 들어가는 것이 보였다.

"안 돼……."

태성은 뒷걸음질쳤다. 흘러내린 눈물이 입술 안으로 들어왔다. 찝찔했다. 이 순간이 꿈이 아니라는 것을 그 맛이 깨우쳐 주었다. 뒷걸음치던 태성이 슬쩍 방문 쪽으로 시선을 던졌다. 진성과는 아직 거리가 있다. 재빨리 움직이면 나갈 수 있다.

마른침을 삼키고 진성을 응시했다. 진성은 태성이 시선을 돌리는 것을 보았는지 못 보았는지 웃고만 있었다. 태성은 기회를 노렸다. 그러고는 돌연 방문 밖을 향해 달렸다. 방문 근처쯤 와서는 '나갈 수 있어.' 하고 생각했다. 그리고 그 찰나의 순간에 진성이 따라오지 않는 것을 깨달았다. 그 불안은 현관에 다다른 순간 실체를 알 수 있었다.

현관문이 잠겨 있었다. 나가지 못하도록 쇠로 된 줄로 칭칭 감은 뒤에 자물쇠를 걸어 놓았다. 한탄스러울 정도로 자신이 한심했다. 정태오의 방에서 증거를 찾아보겠다고 온 신경을 집중해 진성이 이런 일을 벌이는지도 모르고 있었다.

진성이 웃으면서 다가왔다. 태성은 뒷걸음질치다가 현관 옆에 세워져 있던 테이블에 등을 부딪쳤다. 테이블 위에 있던 오래된 장식용 화병이 덜그럭거리며 흔들렸다. 태성은 몸으로 가린 뒤 손을 등 뒤로 뻗어 그 화병을 잡았다. 진성은 눈치 채지 못한 것 같았다. 칼을 들고 다가오는 표정이 잔인했다. 그는 궁지에 몰린 쥐를 잡기라도 하는 것처럼 느긋하게, 그러면서도 자신이 우위에 있음에 대한 쾌감을 온몸으로 느끼면서 다가왔다.

한 걸음, 두 걸음. 태성은 침을 삼켰다. 기회는 지금뿐이었다.

화병을 진성의 얼굴에 집어 던졌다. 정확히 진성의 얼굴을 맞혔다. 진성이 화병에 맞은 얼굴을 부여잡고 허리를 숙였다. 그의 발치에 깨진 화병 조각들이 늘어졌다. 얼굴에 맞을 때 화병이 깨진 것인지, 아니면 바닥에 떨어진 후에 깨진 것인지는 알 수 없으나, 얼굴을 감싸 쥔 진성의 손가락 사이에서 피가 흘러내렸다.

태성은 주저할 새가 없었다. 진성을 지나쳐 거실로, 다시 황급히 2층 계단을 향해 달렸다. 열린 창이 있을지도 모르고, 열려 있지 않더라도 깨면 된다고 생각했다. 자신의 일격에 진성이 한동안 정신을 못 차릴 거라고 생각했다. 그 사이에 도망을 나갈 수 있다고 생각했다. 한동준에게서 도망쳤던 때와는 달리 지금은 밝으니까, 자신의 목숨을 이번에도 지킬 수 있을 것 같았다.

희망에 젖었던 것이 꿈이라고 말하는 듯, 태성의 바람과는 달리 진성은 금세 쫓아왔다. 2층으로 올라가는 계단을 반도 올라가지 못한 채였다. 진성이 발목을 움켜쥐었다. 돌아보는 순간, 진성이 씩 웃었다. 순간적으로 진성이 태성의 발목을 잡아당겼다. 넘어지면서 복부를 계단 모서리에 크게 부딪혔다. 격통이 밀려들었지만 신음밖에는 할 수가 없었다. 끌려 내려가지 않기 위해 태성은 조금 위에 있는 계단을 움켜쥐었다. 일어나야 한다. 반사적으로 돌아다보았다. 태성의 눈이 커다래졌다.

진성이 어디서 찾았는지 망치를 높이 치켜들고 있었다. 이내 그 망치가 호를 그리며 떨어졌다.

"안 돼!"

소리를 지른 것과 동시에 진성의 망치가 정확히 자신의 왼쪽 발목에 꽂혔다. 온몸에 높은 전압이 통한 것 같았다. 어디선가 우지끈하는 소리가 들린 것도 같았다. 화마 속에 있는 것 같은 격통이 온몸을 덮쳤다.

"으아아악!"

태성은 짐승 같은 비명을 지르며, 계단 위를 굴렀다. 턱, 하고 바닥에 떨어졌다. 하반신에 다른 감각은 전혀 느껴지지 않았고, 격통이 밀려드는 발목만이 그의 뇌를 태우고 있었다. 바닥에 떨어지고 나서도 태성은 그 위를 굴렀다.

진성이 천천히 계단을 걸어 내려왔다. 그는 히죽 웃으며 망치를 고쳐 잡았다. 눈빛이 욕망으로 번들거렸다. 태성은 안개가 낀 것처럼 희뿌옇게 되는 시야를 고쳐 보려 자꾸만 눈을 깜박였다. 발목에서 느껴지는 격통 때문에 정신이 어디론가 흐르려 하고 있다. 정신을 놓치면 죽는다. 태성은 이를 악물었다. 한동준에게서도 살아남았다. 억울해서라도 이렇게 죽을 수는 없다. 힘껏 팔을 뻗어 가까이 다가온 진성의 발목을 잡았다. 진성이 선 채로 힐끗, 자신의 발목을 내려다보았다. 살려 달라는 뜻인 줄 알고 그는 한껏 태성을 비웃었다. 그 손마저 부숴 버릴 거라는 듯이 그는 태성의 손목을 향해 망치를 높이 치켜들었다.

그 순간 힘껏 진성의 발목을 자신의 몸 쪽으로 잡아당겼다. 그 반동에 진성의 무게중심이 흐트러지면서 몸이 크게 기우뚱했다. 퍽, 하는 둔탁한 소리와 함께 진성의 몸이 거실 바닥에 쓰러졌다. 손에서 놓친 망치는 구석에 떨어졌다. 예상치 못한 순간에 당한 일격으로 진성은 바로 일어나지 못했다. 그는 신음을 흘리며 몸을 뒤척였다. 그 사이 태성이 몸을 일으켰다. 일어나 보려 했지만 발목의 통증 때문에 쉽지 않았다. 다른 쪽 발에 체중을 싣고, 겨우 몸을 일으켜 진성과 거리를 유지했다.

"이, 개새끼."

뒤늦게 진성이 몸을 일으켰다. 눈이 시뻘겋게 충혈되어 있었다. 목덜미에는 핏줄이 불뚝 튀어 나와 있었다. 태성은 몸을 지탱하기 위해 벽을 짚었다. 지금은 일어서 있는 것이 고작이었다. 쓸 수 있는 것은 한쪽 다리뿐이었다. 그것으로 진성을 상대할 수는 없을 것이었다. 막막하고 두려웠다.

태성을 노려보던 진성이 고개를 돌렸다. 태성은 진성이 무엇을 보는지 알고 소름이 끼쳤다. 망치였다. 그는 빠르게 판단해야 했다. 지금 몸을 날린다고 해도 저 망치를 진성보다 먼저 손에 넣을 수는 없을 것이었다. 그렇다면 망치를 잡으려는 진성을 막아야 한다.

진성이 히죽 웃으며 망치를 주우러 걸음을 떼었다.

'지금!'

"으아아악!"

태성은 고함을 지르며 진성을 향해 달렸다. 한 발로 뛰어 봤자 진성을 막기에는 늦는다. 그는 두 다리로 힘껏 달렸다. 부서진 왼쪽 발목이 머리를 마비시킬 만큼 고통스러웠다. 그래도 고통이 죽음보다는 견딜 만하다. 사는 게 고통스러워 늘 죽음을 꿈꿨으나 이제는 알고 있다. 진짜 고통은 오히려 인간을 살게 한다.

짐승과도 같은 소리를 내지르면서 태성은 진성의 몸을 들이받았다. 양팔로 진성의 상체를 휘감았다. 끌어안은 채로 둘은 동시에 나동그라졌다. 태성의 머리가 진성의 명치를 받았다. 바닥에 떨어진 진성은 고통스러운 신음을 흘리면서 겨우겨우 기침을 뱉어냈다. 일시적으로 숨이 안 쉬어졌던 것 같다.

태성은 바닥을 굴렀다. 부러진 왼쪽 발목의 통증이 거세게 그를 삼켰다. 왼쪽 다리는 더 이상 움직여 주지 않을 것임을 느낄 수 있었다. 통증이 무릎을 거쳐 허벅다리로 이어져 왔다. 하지만 그 고통에 잠식되어 있을 시간이 없다. 이 집에서 나가야 한다. 그는 온

힘을 다해 바닥을 기었다.

하지만 그의 마음대로 되지 않았다. 진성이 태성의 왼쪽 발목을 잡았다. 정확히 부러진 발목을 잡은 진성의 악력은 대단했다. 태성은 비명을 질렀다. 벌겋게 달아오른 인두가 몸속으로 들어오는 기분이었다. 진성은 태성의 비명은 아랑곳없이 그를 당겼다. 태성은 질질 진성의 앞으로 끌려갔다. 다리에 힘이 들어가지 않아 버둥거릴 수조차 없었다.

진성은 거친 숨을 몰아쉬면서 태성의 몸을 타고 올라앉았다. 태성은 있는 힘껏 그를 노려보고 싶었으나 그러지 못했다. 진성이 그의 뺨을 후려쳤기 때문이었다. 금세 뺨이 부풀어 올랐다. 볼이 홧홧 거렸다. 진성은 손을 뻗어 태성의 목을 감싸 쥐고 힘을 주었다. 태성은 숨이 막혀 버둥거렸다. 양손을 뻗어 진성을 떼어내기 위해 그의 팔을 잡았지만, 진성은 꿈쩍도 하지 않았다. 눈이 휙 뒤로 넘어갔다. 진성의 팔뚝을 꾹 잡았던 태성의 손이 미끄러져 내려왔다. 태성의 손톱이 옷 사이를 파고들어 진성의 팔을 긁었다. 죽기 살기를 다해 낸 상처는 깊었다. 금방 피가 흘렀다. 하지만 진성은 개의치 않았다. 마치 아무것도 느끼지 못하는 사람 같았다. 그의 눈이 광기로 불타오르고 있었다.

"죽어, 빨리 죽어 버리라고."

"컥, 안……."

바들바들 떨리는 손이 허공에서 버둥거렸다. 태성은 손톱을 세웠다. 그러고는 조금 전 생채기를 낸 곳에 손톱을 깊숙이 박아 넣었다.

"이 개새끼!"

진성이 흘끗 자신의 팔을 보았다. 태성이 그걸로 어떻게 벗어나 보려 하는 거라고 생각했을 것이었다. 하지만 그걸로 끝이 아니었다. 태성은 이 순간에서 벗어날 수 있다면 무슨 짓이든 다 할 수 있었다. 그는 손톱을 박아 넣은 채로 그의 피부를 찢어냈다.

"으아악!"

진성이 태성의 목을 놓고 그의 몸에서 떨어져 내렸다. 찢어진 피부에서 피가 뚝뚝 흘렀다. 시뻘겋게 드러난 근육이 덜렁거렸다. 그는 찢어진 팔뚝을 감싸 쥐었지만 피는 멎지 않았다. 태성은 그 순간을 놓치지 않았다. 오른쪽 발목에 힘을 주고 일어나 진성의 머리를 있는 힘껏 후려쳤다. 진성이 바닥에 머리를 부딪쳤다. 이번에는 태성이 그의 몸 위에 올라탔다. 이제는 누가 죽을지 모르는 막장의 싸움이었다. 진성의 목을 감싸 쥐었다.

이제 힘만 주면 된다.

그렇게 생각한 순간, 태성은 조금 머뭇거렸다. 이 순간에도 그는 형이었다. 자신의 손으로 가족을 죽여야 한다는 생각 때문에 머뭇거렸다.

그 찰나의 순간을 진성이 놓칠 리 없었다. 진성은 있는 힘껏 두 다리를 공중으로 차올렸다. 그의 양 다리가 태성의 어깨를 포박했다. 바닥을 향해 힘을 주는 동시에 상체를 일으키자, 그 반동으로 태성의 몸이 거꾸로 떨어졌다.

"컥."

머리를 부딪친 태성이 신음했다. 사정을 봐주지 않고 진성은 태성의 몸 위로 다시 올라왔다. 그는 정신을 차리지 못하는 태성의 얼굴을 보며 넥타이를 풀었다. 거친 숨을 몰아쉬며 넥타이로 태성의 목을 감았다.

"널 살려두면 안 돼. 넌 자꾸만 뭘 알고 싶어 하잖아. 하지만 제이티를 거슬렀다가는 내 인생이 무너지거든."

넥타이 양쪽 끝을 태성의 목 위에서 교차시켜 잡아당겼다. 손과는 비교도 안 될 정도의 힘이 태성의 목을 압박했다. 진성은 점점 힘을 주어 잡아당겼다. 태성은 정신이 아득해져 갔다. 숨은 쉬어지지 않았고, 그럼에도 구원을 원하는 듯 입을 벌렸다. 온몸에 힘이 빠져갔다. 문득 머릿속에 자살한 최린의 모습이 떠올랐다.

이내 태성의 몸이 축 늘어졌다. 진성은 태성을 놓고 비틀비틀 일어섰다. 태성은 컥컥거리며 기침을 했다. 하지만 웬일인지 몸을 자신의 뜻대로 움직일 수가 없었다. 몸에 힘이 들어가지지 않았다.

"너 같은 새끼는 그냥 죽으면 안 돼. 너 따위가 감히 날 건드리다니. 어디 진짜 고통 속에 죽어 봐."

희미한 시야 속에서 진성은 혼자 중얼거리며 어디론가 갔다. 그리고 이내 돌아온 그의 손에는 흰색의 네모난 물체가 들려 있었다. 그는 그 안에 들어 있는 액체를 집 안 여기저기에 뿌리기 시작했다. 사방에 휘발유 냄새가 진동했다.

"안 돼, 살려 줘."

태성은 신음하며 외쳤다. 눈물이 줄줄 흘러내렸다. 진성이 그를 돌아보더니 휘발유통을 거실 구석으로 집어던지고는 비릿한 웃음을 흘리며 다가왔다. 한손에 라이터가 들려 있었다.

"일부러 너한테는 안 뿌렸어. 한순간에 죽으면 안 되잖아. 천천히 불에 타서 죽어. 문은 내가 잘 잠그고 나갈게. 걱정하지 마."

바들거리는 태성의 시선을 외면한 채로 진성은 뒤돌아섰다. 그런데 걸음을 옮길 수 없었다. 태성의 손이 필사적으로 진성의 발목을 잡고 있었기 때문이다.

진성은 경멸스럽다는 표정으로 그를 내려다보았다.

"죽겠다고 할 때는 언제고 왜 이렇게 구질구질하게 구는 거야."

"난…… 살고 싶었어."

매번 그랬다. 번개탄 가스 속에서 기어 나올 때도, 하이타이를 먹고 토해 낼 때도, 한동준의 손아귀에서 벗어날 때도, 살고 싶어서 발버둥쳤다. 죽고 싶다는 말을 입에 달고 살았던 건 살고 싶어서였다. 이 한심스러운 인생을, 답답한 가슴을 죽고 싶다는 말을 토해 내는 걸로 버텼던 것이다. 그런 속내를 태성 스스로도 이제야 깨달았다.

"형이…… 있어서…… 행복했는데."

순간 태성은 마지막 남은 힘을 모두 짜내었다. 두 번 다시 움직이지 않을 것 같은 다리로 땅을 박차고 진성의 몸을 잡고 기어올랐다. 방심한 순간의 일격 때문인지 진성은 몸을 버둥거렸고, 몸의 중심이 뒤로 쏠렸다. 그때를 놓치지 않고 태성은 진성의 몸 위로 온전히 자신의 무게를 쏟았다. 진성이 거실 바닥에 등을 박았고, 태성은 그 몸 위에 떨어졌다. 가슴에 통증이 있는지 진성이 컥컥거리며 기침했다. 태성은 얼른 일어나 진성의 몸에서 벗어났다. 황급히 주변을 돌아보자 진성이 놓친 라이터가 거실과 현관의 중간쯤에 떨어져 있었다. 태성은 그것을 움켜쥐는데 성공했다.

가슴의 통증에 숨을 몰아쉬던 진성은 태성이 라이터를 집어 드는 것을 보았다. 그리고 그 행동의 의도를 생각했다. 동시에 자신이 어디에 누워 있는지 알아차렸다. 자신이 뿌렸던 휘발유 위였다. 온몸이 젖어 있었다.

"안 돼."

그는 전기에 감전이라도 된 것처럼 온몸을 펄떡이며 일어섰다. 하지만 그 순간을 놓치지 않고 태성이 바닥에 흥건한 휘발유에 대고 라이터를 켰다. 순식간에 불길이 솟았다. 진성의 다리에 불이 옮겨 붙은 것은 거의 동시라고 봐도 무방할 정도였다.

놀란 진성이 펄펄 뛰었다. 그럴수록 불길이 거실 안에 점점 크게 번졌다. 태성은 일단 휘발유가 묻지 않은 주방 쪽으로 몸을 피했다. 그러고는 불길이 옮아오지 않게 하려고 조금 젖은 상의를 집어 던졌다.

진성은 이미 등줄기까지 불이 붙어 있었다. 어리석게도 바짓단에 붙은 불을 끄겠다고 뛰어서 사방에 푸른 불길이 번졌고 그 불들이 다시 진성의 몸을 타고 올랐다. 진성의 몸이 주방 쪽으로 홱 돌았다. 싱크대의 물을 노리고 있는 것이리라.

그때 태성의 눈에 거실 구석에 던져져 있던 휘발유통이 들어왔다. 진성이 집어던진 것이었다. 재빨리 달려가 그것을 집어 들었다. 바닥에 휘발유가 조금 남아 있었다. 싱크대의 물을 찾아 가는 진성의 등을 향해 휘발유를 뿌렸다.

"으아아악!"

짐승같은 비명이 울렸다. 인간의 목구멍에서 나올 수 있는 소리가 아닐 만큼 끔직했다. 불기둥이 치솟아 진성의 온몸을 감쌌다. 그 안에서 진성이 날뛰고 있었다. 불 속에서 춤을 추고 있는 것처럼 보였다. 욕망이 타고 있다.

"끝났다."

태성은 거친 숨을 몰아쉬며 눈을 감았다. 정신이 아득해지려 하고 있었다. 하지만 지금 정신을 잃어서는 안 되었다. 피가 날 정도로 아랫입술을 세게 물었다. 이곳에서 나가야 한다.

불이 어느새 크게 번지고 있었다. 사방에 매캐한 연기와 유독가스 냄새가 번졌다. 태성은 진성을 내버려 두고 현관을 향해 달렸다. 현관에 가까이 왔을 때 뒤에서 쿵 소리가 났다. 반사적으로 뒤돌아보니 불덩이가 된 진성이 거실 중앙에서 장작처럼 타고 있었다. 더 이상 그의 몸에서 움직임은 없었다. 대신 푸른 화염이 온 집안을 삼키고 있었다.

현관은 잠겨 있다. 1층은 이미 불길에 잠식되어 있었다. 그는 2층 계단으로 올라갔다. 부러진 발목은 거의 끌다시피 하였다. 살아야겠다는 생각도 없이 그는 거의 본능으로 움직이고 있었다. 2층으로 기어올라 곧장 가까운 방문을 열었다. 민서라가 쓰던 방이다. 주변을 둘러보다 책상 앞에 놓여 있던 의자를 들어올렸다. 그러고는 창을 향해 집어던졌다. 굉음이 나면서 유리가 산산조각 났다.

주저할 새 없이 태성은 바깥으로 몸을 날렸다. 아찔한 기분을 느낌과 동시에 바깥 마당의 잔디에 쿵, 하고 떨어졌다. 제대로 관리되지 않아 무성한 잔디가 그의 몸을 받아 주었지만, 온몸의 격통이 그를 숨도 쉬지 못하게 하였다.

그때 큰 폭발음이 들렸다. 부엌 쪽으로 불이 붙어 가스가 터진 것인지도 모른다. 난방관 쪽의 폭발인지도 몰랐다. 꺽꺽거리는 소리가 목에서 터져 나왔다. 눈물이 시커먼 얼굴 위에 흘러내렸다. 그는 하늘을 올려다보았다. 시뻘건 불기둥과 함께 새카만 연기가 솟아올랐다.

멀리서 사이렌 소리가 들렸다. 어디선가 신고가 들어간 것이리라. 그는 사이렌 소리를 들으며 혼절하였다.

* * *

태성은 병원의 침대 위에 있었다. 한쪽 다리가 깁스를 한 채로 받침대 위에 얹혀 있었다. 검사 결과 오른쪽 팔 뼈에도 금이 가 깁스를 했다. 죽기 살기로 도망쳐 나오다 보니 팔 쪽에는 통증이 있는 것도 알아차리지 못했다. 얼굴 여기저기에 그날의 상흔들이 남아 있었다.

목숨을 건지기 위해 세 번의 도망이 있었다.

부모가 밀어 넣은 번개탄에서 도망쳤고, 한동준에게서 도망쳤고, 형에게서 도망쳤다. 나는 매번 살아남았다. 살아남은 자가 승자다. 더 이상 억울함도 원망도 서글픔도 없었다. 형의 시신이 어떻게 되었는지 궁금하지도 않다.

"확인하세요."

옆에 서 있던 여자가 서류를 내밀었다. 태성은 비교적 자유로운 왼쪽 팔로 서류를 받아 무릎 위에 올렸다. 한 손으로 안에서 서류를 꺼냈다. 길게 읽을 것도 없었다. 태성은 자신의 마음을 잡아끄는 단 한 문장을 확인하고 씁쓸한 미소를 지었다.

"누전에 의한 화재."

안에 들어 있던 것은 이번 별장의 화재에 따른 화재조사관의 보고서였다. 경찰서에 있을 그 문서를 어떻게 여자가 가지고 있는지 태성은 굳이 묻지 않았다. 휘발유로 인한 화재가 어떻게 누전에 의한 화재로 탈바꿈을 할 수 있었는지도 묻지 않았다. 궁금하지도 않았다. 점점 커져 버린 일은 제이티그룹이라는 거대한 성 안에서 스스로 소멸되었다.

보고서를 가지고 온 여자는 한동준의 새어머니인 최인희였다. 그녀는 무덤덤한 얼굴로 태성을 보고 있었다.

"돈은 요구할 자격 없는 것 알죠? 이미 그쪽 형한테 입막음 대가는 넘겼으니까. 도의적 책임으로 화재 사건을 누전에 의한 단순 화재로 정리해 준 겁니다. 알겠죠?"

다짐을 받듯 최인희의 어조에는 힘이 들어가 있었다. 태성은 고개를 끄덕였다. 어차피 형이 받은 돈과 집은 자연히 자신에게 상속된다.

"동준이도 해외로 유학 보냈어요. 그러니 이제, 우리 두 번 다시 볼일 없어야 할 겁니다."

태성이 피식 웃었다.

"저도 바라는 바입니다."

혐오스러운 눈길을 보내며 최인희가 돌아섰다. 병실 문을 향해 걷기 시작하자 그녀의 자존심처럼 높은 하이힐이 또각거리는 소리를 내었다.

태성은 최인희의 뒷모습을 보다가 눈을 감았다. 감은 두 눈 안에서 불길이 너울거렸다.

진성을 휘발유 위에 눕혀 불을 붙인 것은 스스로 살아남기 위한 행동이었다. 정당방위다. 그러나 거기에서 자신은 충분히 바깥으로 도망쳐 나올 수 있었다. 하지만 몸이 불타는 고통에 물을 찾아 달리던 그에게 휘발유통을 들어 뿌렸다. 그리고 그는 화염에 휩싸여 죽었다. 그것을 오로지 살아남아야만 했던 필사의 노력으로만 볼 수 있을까.

그때 휴대폰이 울었다. 태성은 통화 버튼을 눌렀다. 전화기 너머에서 목소리가 들렸다.

"보험사요?"

태성의 말에 병실 문을 열던 최인희가 걸음을 멈추고 뒤돌아보았다. 태성은 아랑곳하지 않고 통화를 이어나갔다.

"형의 사망보험금요?"

전화를 걸어온 사람은 보험사에서 위탁을 받은 손해보험 사정사였다. 별장이 단순 누전에 의한 화재로 결론이 났기 때문에 사망보험금을 지급하게 되었다는 것이다. 태성은 최인희의 깔끔한 일처리에 감탄했다. 한동준의 별장이 단순 누전에 의한 화재이고, 우연히 그 근처에 수사 때문에 갔던 진성이 내부에 사람이 있는 줄 알고 구조를 위해 들어갔다가 화재에 휘말려 사망한 사건으로 정리되었기 때문에 진성의 앞으로 들어있던 사망보험금이 나오는 것이다. 물론 국가 공무원인 진성의 신분 덕분에 유족 앞으로 위로금과 연금까지 모두 태성의 몫이 된다.

"형의 사망보험금이라니……. 시간은 됩니다. 이쪽으로 오실 수 있겠습니까?"

형의 사망으로 침통해하는 동생의 목소리로 상당히 그럴듯했다. 태성은 약속 위치를 정하고 전화를 끊었다. 아직 나가지 않고 그를 보던 최인희가 질린다는 듯 말했다.

"당신네 형제들은 정말 똑같군."

그 말 덕분에 아주 어렸을 때부터 가져 왔던 작은 바람 하나가 태성의 머릿속에 떠올랐다. 부모의 믿음과 사랑을 독차지했던 형. 머리가 좋고 못하는 것이 하나도 없던 형. 스스로의 삶을 개척하던 형. 부모 때문에 비뚤어졌던 자신과는 달리 부모 따위는 상관없다는 듯 살던 형.

형처럼 되고 싶다. 늘 그렇게 바라 왔다.

태성은 웃었다.

"고맙군요."

그의 웃음은 더없이 천진해 보였다.

〈끝〉

지금 죽으러 갑니다

1판 1쇄 펴냄 2018년 4월 19일
1판 2쇄 펴냄 2022년 3월 24일

지은이 | 정해연
발행인 | 박근섭
편집인 | 김준혁
펴낸곳 | 황금가지

출판등록 | 2009. 10. 8 (제2009-000273호)
주소 | 06027 서울 강남구 도산대로 1길 62 강남출판문화센터 5층
전화 | **영업부** 515-2000 **편집부** 3446-8774 **팩시밀리** 515-2007
홈페이지 | www.goldenbough.co.kr

도서 파본 등의 이유로 반송이 필요할 경우에는 구매처에서 교환하시고
출판사 교환이 필요할 경우에는 아래 주소로 반송 사유를 적어 도서와 함께 보내주세요.
06027 서울 강남구 도산대로 1길 62 강남출판문화센터 6층 민음인 마케팅부

ISBN 979-11-5888-381-2 03810

㈜민음인은 민음사 출판 그룹의 자회사입니다.
황금가지는 ㈜민음인의 픽션 전문 출간 브랜드입니다.